红脸

国家审计在行动

一合 薛景辰 著

中国青年出版社

（京）新登字083号

图书在版编目（CIP）数据

红脸：国家审计在行动/一合，薛景辰著. —北京：中国青年
出版社，2013.10
ISBN 978-7-5153-1980-3

Ⅰ.①红… Ⅱ.①一…②薛… Ⅲ.①报告文学–中国–当代 Ⅳ.①I22

中国版本图书馆CIP数据核字（2013）第246951号

出版统筹：王寒柏

责任编辑：金小凤

特约编辑：张 欢

*

中国青年出版社 出版 发行

社址：北京东四十二条21号 邮政编码：100708
网址：www.cyp.com.cn
编辑部电话：(010)57350404 门市部电话：(010)57350370
三河市君旺印装厂印刷 新华书店经销

*

700×1000 1/16 14.75印张 4插页 210千字
2013年12月北京第1版 2013年12月河北第1次印刷
印数：1–10000册 定价：28.00元
本图书如有印装质量问题，请凭购书发票与质检部联系调换
联系电话：(010)57350337

一合，原名赵义和，中国作家协会会员，河北省玉田县人，河北北京师范学院中文系毕业。曾任中共河北省丰南县委宣传部副部长、新华社河北分社记者、河北省纪律检查委员会副厅局级纪检监察员。著有报告文学《黑脸》、《隐匿与搜查》、《罪与罚》、《红与黑》、《灵与肉》、《果实》等，长篇小说《断道》、《黑白奇局》，中短篇小说《未婚妻》《摇摆的楼》等，另有《一合文集》（三卷）、《中国作家经典文库一合卷》。获首届鲁迅文学奖，大红鹰文学奖，《中国作家》最具影响作家、作品奖，新世纪《北京文学》奖等。

薛景辰，作家、书法家，河北文安人，１９８３年毕业于河北大学中文系，现为河北省审计厅公务员。

审计长说，

　　审计是免疫系统。

老百姓说，

　　他们是国财的守护神。

像关公一样，

　　威风凛凛，

　　　　把守财门。

红脸，

　　赤胆，

　　　　忠心。

——题记

目　录

序　章

　　当郭明勤走进省长办公室的时候,突然有了一种冲动,一种"分享"的冲动。对,是分享,不是来汇报,也不是来呼吁,是来分享和交流。

　　分享什么呢? 那时,他刚上任三个月,还没有后来的那些政绩,也没有后来的那些甘苦和震撼,更没有那些希望和失望。那时,除了在机关院子里走来走去,他就坐在办公室里翻弄那几本法规,或者躲到档案室去倒腾沉睡已久的审计报告,做足了这些案头工作,然后就叫方方面面的人来座谈。也正是那时,初来乍到,"一张白纸没有负担",一些事情的印迹才会如此清晰和深刻,于是急切地想找人分享。

　　一进屋,省长就让他把材料放下,说,咱们得好好聊一聊,随便聊。

　　郭明勤也不做任何客套,直奔主题。他说,省长,我是按照宪法和审计法的规定来向您汇报的。

　　省长不禁笑了,对,审计厅是由我分管的单位。

　　对啊,所以我就主动来汇报。汇报什么呢? 就是一点心得体会。也不知道为嘛,总觉得这点心得体会汇报给省长,比憋在我心里更有用,所以汇报出来供您参考。

　　省长依然满面笑容,仿佛是在给他打气。

　　郭明勤说,其实,也就是三句话。头一句,您分管审计,我就帮您了解审计这支队伍,也可以说是您自己的队伍。他们能干、正派,翻单据、看账本,年纪轻轻眼睛就坏了,颈椎就增生了。为的个嘛? 就是为求个客观公正。他们赤胆忠心为国家把守财门,像红脸关公一样。

　　省长说,好! 红脸关公。红脸,这个比喻不错。红脸好!

第二句，对您也有用。您管着数以百计的市长、县长，要想洞察每一个人的为人和能力，着实不易。怎么办呢？问问审计。我们搞任期经济责任审计，搞预算财务收支审计，账面上清清楚楚，能反映一些平时看不到的事。咱绝对不是说别的部门不行，但最真实可靠的，肯定是审计给您摸来的情况。审计审的是钱，用数字说话，绝不打印象分。不管是谁，办好事，办坏事，办多大的事，都离不开一个钱字。钱啊，有零有整的钱。

第三句，管理问题已经成为政府工作的大症结，到了非对症下药解决不可的时候了。站在审计的角度看，现在各级政府和部门，管理混乱的现象非常严重，简直没法形容，管理粗放，太粗放了，触目惊心。上项目高兴，抓管理发愁，怕费精神，怕得罪人，所以贪污、浪费到处都是。一个开发区，10月份进去审计，从1月到10月，居然没有账！我们曾经审过一个县，到财务室打不开门。一打开，尘土飞扬，钱、发票、白条，堆着的、卷着的、摞着的、铺着的、盖着的，到处都是。县长要钱就给，没手续，做假账。我们编了一本《乱象》，有空儿您可以看看，五花八门，无奇不有。

郭明勤继续说，管理粗放，乱到一定程度了，上项目不招投标，各级领导抓发展、搞项目轻车熟路，抓管理却是软肋。要在管理上下工夫，否则上了项目也白上，这边哗啦哗啦流进来的是白银，那边哗啦哗啦流走的是黄金。

省长说，行了，老郭，别再哗啦哗啦地刺激我神经了！立规矩，治乱象，加大审计力度！多多发挥国家审计的作用。

第一章　蓄力

力要积蓄，积蓄靠智慧和手段。

在国家治理这个大系统中，内生了一个"免疫系统"，这个"免疫系统"具有预防、揭示和抵御功能，它就是审计。

国家审计是推进民主法治的重要途径。

法治将民主制度化、法制化，为民主创造可操作的、稳定的运行和发展空间，把民主容易偏向激情的特性引导到理性的轨道。

民主为法治注入新的内容和动力，使法治为保护人权、自由，促进人的幸福生活服务。

现代国家审计适应民主政治的要求，紧跟政府责任的深化而不断拓展审计领域，深化监督内容，将审计内容由财政财务收支的真实合法性，逐步扩展到政府活动的经济性、效率性和效果性，再扩展到国家治理的安全性、可持续性和公平性等，以审计成果来满足人民群众对政府履行职权、承担责任的监督要求，揭露严重破坏法律和秩序尊严的行为，并促使破坏者受到严厉的惩罚。

大禹为什么把浙江绍兴的茅山改为会稽山？是因为他在这里斩杀了一个不照章纳税的酋长，让人们记住以"会稽"为基础的审计。会稽者，会计也。

目前，世界上已有 160 多个国家（地区）建立了适合自己国情的国家审计制度。从目前情况看,各国的国家审计大体可分为几种模式。

在西欧、北美等发达国家和许多发展中国家,审计机关隶属于立法部门,直接对议会负责并报告工作,完全独立于政府,主要审计政府财政。这种模式是目前世界审计制度的主流。英美两国比较典型,是国会名副其实的"牧羊犬"。美国除了国会设有审计机构外,在联邦政府各部门还另设有监察长办公室,相当于政府部门的内部审计,主要负责审查所在部门的业务活动、经济效果以及本部门官员行为的合法性。

1. 直报——电脑里装着干部前程

中共十八大闭幕的当天,石家庄的天空给出个灿烂的笑脸。

郭明勤禁不住作者的缠磨,答应坐下来谈一谈。

乍一听老郭讲话,觉得有股浓重的山东味,其实他的家乡是衡水枣强,紧邻齐鲁,也算亲炙圣人的地方。

郭明勤走过很多地方,在企业当过老总,还当过市纪委书记和市委副书记。因为身高肩厚,站在人堆里总显得比别人大一号。

他是 2008 年到河北省审计厅当厅长的。因为对审计并不太了解,所以他上任不到任,在等待审计署批准任命的一个月里,来了个"恶补",把《审计法》和《实施条例》读了好几遍,还有杂七杂八的文件也拿来充电,害怕自己"新来的人,摸不着门"。

当郭明勤正式坐进厅长办公室履新行令时,已是驾轻就熟。

问起印象深刻的事情,他说是随审计长去欧洲,到奥地利、意大利、西班牙访问、考察。不光审计长每有活动都被请上主席台,就连他们这些团员的身份都比在国内尊贵多了。在西方,审计叫"经济警察",权威不容置疑。

问起动真格的事情,他说是"动干部"。官场有个"潜规则":新的一把手到任,一年之内不动干部。老郭不光动了,而且动得挺大;不光动静很大,而且做法还挺出格。

——那也是审计厅的人初次领略"郭氏风格"。

办事情就是办事情,干工作就是干工作,不讲套话和空话。

要干事就要调动干部的积极性。如何激励大家,提拔任用是很重要的一个环节。

干了一段时间，观察了一段时间，厅党组要提拔干部了。

按照惯例要先搞民意测验，但郭明勤在大会上说，厅党组的意见统一了，大家可以搞民主推荐，但丑话先说头里，民意测验管不了多大事。今天你们要推荐，但你们的推荐可能不管用。不管用为什么还搞这个，因为这是上面规定的程序，我必须执行。

一席话说得大家目瞪口呆。自从提拔干部实行民意测验以来，这种测验便越来越变味。所谓上有政策，下有对策。民意测验，也称民主推荐，好是好，但有了对策之后就不好了。互相拉票，老乡票、战友票、同学票、朋友票，哪儿还有什么原则？你好，我好，大家好，所以得票多少已经没有什么参考价值，可仍然被人们看得很神圣，不敢触动，不能"违规"。这不是笑话吗？这不是自欺欺人吗？

现在的厅党组不惯着这个了，几句话就给否了。

大家猛一听感到很惊讶，细一品觉得很痛快。

郭明勤当场宣布厅党组的新用人标准：敢于揭示问题，敢于坚持原则。

谁做到了这两点，做得好，做得优秀，做得有成绩，谁就是好干部，就是能干的人，谁就会受到重用。不能干的人——总会有不能干的人，也应关心爱护，但不重用。

复杂的问题变简单了。是的，提拔干部是个复杂的问题。正是因为其复杂，领导们慎之又慎，不敢启动。民主推荐，互相拉票，只是复杂的一部分。还有职数问题、编制问题，还有种种内幕、背后交易，说出来有伤大雅，不说也罢。要把这一切复杂的关系化解和摆平，把你想得到的东西孕育成功，瓜熟蒂落，着实需要时间，所以厅里已经有几年没怎么动干部了，憋得大家嗷嗷叫。

郭明勤上来就提拔干部，方方面面都做好准备了吗？厅党组真是铁板一块、用一个声音说话？他有这个能力和资本吗？没有金刚钻可不能揽这个瓷器活啊！

"揭示问题，坚持原则"，他真是这个意思吗？不会是大话、空话吧？说一套做一套，掩人耳目。还是按潜规则办吧，该联络感情的联络感情，该送点什么送点什么吧！

然而实践很快证明，老皇历看不得了，老路不再畅通。

揭示问题，坚持原则，这两点，说白了就是让你多干活。你只要去依法审计,肯定会发现问题。下边违反财经纪律、违反财务规定的事情多了,虚支冒领,土地管理不规范,偷税漏税,截留省级收入,账外账,公款私存,滞留、挤占、挪用、骗取专项资金,甚至贪污、盗窃、私分公款等等。只要你用一把纪律和法规的尺子去量,不合尺寸的事就会非常多。这也可以视为是一种特色吧。好像不违规,就办不成事情。

所以审计出的问题,似乎都情有可原、合情合理。说情、送礼、贿赂一齐找上门来。人都不是铁打的,都要开门过日子,能通融就通融一下吧!这样,组员审计出来的问题,报给组长时,就少了一点儿;组长报给处长时,又少了一点儿;处长报给主管厅长时,再少一点儿;最后报到郭明勤这里,就没有什么问题了。

这还了得!要加强审计力度,提高审计系统的地位和权威,却连自己的关节脉络都打不通,还有什么资格走出大门去跟别人施展拳脚?

办法总是有的,办法总比问题多。"两句话"不是有了吗,提拔任用的标准不是定了吗,就把这些落到实处,用技术手段固定下来,变成可操作的东西,不就行了吗?最终,这个办法出来了——直报!

两个字,简单明确。组员,组长,处长,依法审计,揭示出问题来,都可以直报厅领导,免去一切中间环节,打破固定的模式程序,谁想截留、贪污和吃回扣,搞不成了,只能把全部问题都集中在厅党组这里,审计业务会集体研究决定!

想得很好,能实现吗?

当然能够。被提拔,被重用,这可是人人都向往的事情。人在仕途,身不由己。你在政府部门工作,不混个一官半职,总是脸上无光的。为人民服务,要讲,进步也要讲。只讲一个方面,而不讲两个方面,都是不符合辩证法的,都是不实事求是的。

厅党组摸透了大家的心理,开始提拔干部了。谁做到了"两句话",谁就可以上,谁就可以进步。不附加任何条件。

变了味儿的民主推荐——否定了。

联络感情,送礼送钱——否定了。

只剩下了一条道儿——把你的"成绩单"直报给厅长!

怎么直报?厅长也不在审计现场,发现了问题或案件线索,很快就会扩散,大家都知道了,处置权就不在我这里了。我一个一般干部怎能当组长和处长的家?他们如果考虑到种种情况,认为不应该报,我再去直报,这不就违反组织原则了吗?

这种尴尬的局面,厅领导早就考虑到了。指挥计算机中心在审计专网里设置了极为简单的程序,把揭示的问题写在直报栏里,一按发送键,就到厅长电脑里了。为了让厅长及时看到,还在手机上设定了短信提醒,他如果在电脑旁边,即刻就可以打开电脑看到。绝对保密,不会有第三个人知晓,你还担心什么呢?组长、处长爱报不报,反正我报了,郭厅长都已经知道了。如果你们想吃回扣而少报,也与我没有任何关系,领导那里都掌握着呢。我揭示的问题,实实在在,不缺斤短两,一笔一笔,都放在厅长的电脑里。

千万别小看这一笔一笔,这是一个干部的政绩和前程,是能够"揭示问题,坚持原则"的有力证明。

现在不是流传"想当官,得送钱"吗?科级多少,处级多少,明码标价,也是一笔一笔。

前者的一笔一笔是沉甸甸的审计成果,重如泰山;后者的一笔一笔是轻飘飘的钱权交易,轻如鸿毛。

厅领导收下这沉甸甸的礼物,能不提拔他吗?这是给国家财政找回来的钱,挽回来的损失,堵住的漏洞,何止上万上亿!不提拔这样的干部,还去提拔谁?啪!副处!主任科员越过副处级调研员,直接提了副处长,实职!

论功行赏,厅党组就是这样大方。

与其说是大方,不如说是苛刻。功是那么好立的吗?问题是那么容易揭示的吗?查账本,翻票据,进入计算机的数字海洋之中,搜寻、筛选、比对、跑银行、下现场、见账、见物、见人、顶说情、拒贿赂、受威胁……

2.推出一座金山

李现华的汇报,使郭厅长火冒三丈。

李现华是河北省宁晋县凤凰镇人,1.8米的大个子,很富态,大眼睛,举手投足很像一个大干部,但只要谈上几句,就发现他并不具备大干部那种深藏不露的涵养。叙述事情很急切,很具体,很投入,脸都涨红了,目光明亮,上下左右不断闪动,使你越发感到,他的眼睛确实很大。

李现华原来是固定资产投资审计处处长，2005年任办公室主任，2009年改为厅长助理，负责领导交办的事项，后又提为总经济师，正处，实职。这也就是说，在厅长助理之外，还多了个总经济师的头衔，也算给了他一些安慰。

可李现华是一个想进步和干事的人，从办公室主任这个显要的位置上被拿下来，当了一个没有什么实权的厅长助理，尽管表面上说这个职务有多么重要、地位有多么高，但大家心里明白，这只不过是个荣誉头衔，"内部粮票"，安慰和养老而已。李现华心里很不是滋味。

新厅长上任之后，他也做了反思，自己可能不擅长琐碎的事务性工作，更善于在业务上打硬仗，过去在投资处干得就很好嘛！那都是过去的事了，郭厅长没看到。

李现华在承德市跋山涉水走了七个县，发现了县一级审计机关的许多问题。他要选一个最典型的县，端到郭厅长面前。厅长不是要找突破口吗？必须用这样的典型来调动起他的注意力，让他下决心。这个典型就是兴隆县。

兴隆县隶属河北省承德市，北靠燕山，南接长城，西与北京平谷、密云两县接壤，东与迁西、宽城二县相连，是京、津、唐、承四市的后花园，虽为山区，交通却较为便利。森林覆盖率达65％以上。雾灵山国家级自然保护区位于该县，旅游、林果业发达，矿产资源丰富。

从宏观上看，这个县也算是山清水秀、民风朴实，可是一旦进入微观，进入社会内部，很多问题就暴露出来了，真有点儿对不起这美丽的大自然。

然而审计必须进入微观，进入账本，纸制账本和电子账本。

由外而内，李现华首先要进入账本外面的东西，并以此来决定是否进入审计程序，确切地说，是以此来帮助郭厅长做出决断，选不选这个地方作为突破口。一旦成为突破口，那么审计的办法或者说武器，没有别的，就是进入账本，以账说话。

李现华汇报的时候，当然说了他调研的两个市，即张家口市和承德市的许多情况，一个县一个县拿出来说，但他知道，那都是铺垫，打基础，慢慢给厅长预热。

李现华说，这些县的审计机关是政府组成部门，但不是一个重要部门，不敢得罪人，作用没有真正发挥，地位不高，应该发挥的职能没有发挥出来。审计人员的地位很低，办公经费都保障不了，除工资外什么也没有。

这时他引用了一个统计数字，全省有170个县保障不了审计机关的办公经费，这证明审计工作不到位，本身没威信、没地位。更要命的是，让审计经费和罚没挂钩，审计机关和被审计单位为几个小钱儿讨价还价，成何体统？审计的公正如何保证？审计的风险如何规避？

厅长一开始还能四平八稳地听着，但越来越稳不住、坐不住了，激动起来。这时候李现华才适时地进入高潮，说起了兴隆县。

他说，我发现兴隆县审计局没有自己的办公场所，是借一家公司的房子。办公桌是1983年建局时用的那种"一头沉"，桌面都翘起来了。椅子没有靠背。沙发上都是窟窿。接待我的会议桌是个旧乒乓球案子。整个办公的地方是废弃的仓库和多功能厅改造的……

这个"审前调查"使兴隆县格外扎眼了。

李现华接着往下讲，兴隆这地方，真有点儿一言难尽。京畿之地，好山好水，有个乡土作家写了本《知我兴隆》，又有姊妹篇《兴隆之最》，把个兴隆风土人情讲得头头是道，更从政情、民风、胜境、人物、事迹、轶闻多个侧面拉拉杂杂道出兴隆自打钻木取火以来几百个"第一"、"之最"和"绝无仅有"。与优美的自然生态相比，这里社会生态和政治生态就复杂多了。任何物种包括人都是一样，一旦拥有丰厚的土壤而又缺少天敌的制约，就会变得芜杂和张狂。审计局本来是和财政局合用一座办公楼，斗转星移，财大气粗的财政局要拆旧建新，就趁机甩掉了审计局。主管县长说这我管不了，人家不带你玩了，我也没办法。不光如此，这二十来人的队伍有一半端不上财政的饭碗，要靠罚没创收来养家糊口。

听到这里，郭明勤一直轻敲桌沿的手指停了下来。像很多优秀的领导者和指挥员一样，对自己没出息的下属，可以戳着鼻子怒骂，却容不得旁人推来搡去。审计可是写进宪法的，看在宪法的情面上也得放尊重些吧？

郭明勤脸上呈现出一种零度表情。了解他的人知道这是下决心的时刻。有句玩笑话，"不怕郭明勤骂，就怕郭明勤不说话"。郭明勤至今没说半个字，但他已经决定直审兴隆县财政决算，当然形式上也可以理解为帮助兴隆县审计局工作。后来从他派出的阵容看，他没给潜在的对手留任何还手的机会。

郭明勤拍案而起。这太不像话了！他做了一个愤怒的手势说，审计局也是政府的一个部门，基本经费起码应该保证。太离谱了！

但他立刻压下了自己的火气，因为发火不仅没用，而且影响冷静思考。他在想，太过分了！造成这种局面，固然有当地领导方面的原因，认识问题也好，什么矛盾也罢，没办法也没必要去调查、深究和说理，以求改变，因为那是很难实现的。审计毕竟是块块领导，而不是条条领导。最好的办法是从自身做起，从自身寻找原因，改变面貌，从而影响当地领导，达到扭转不利局面的目的。

他扭头看了李现华一眼，颇有刮目相看之意。李现华激动起来，进一步提供情况，以便领导思考。

李现华说，县财政部门把县审计局的正常审计看成是一种报复，从而产生对立情绪。其实两个部门应该是一家人，审计是财政的守护神嘛。

郭明勤接过这话说，关键是你没有当好这个守护神。形式上搞了审计，但迫于方方面面的压力，顾及方方面面的关系，没能坚持原则、依法审计，不敢揭示问题，不痛不痒，走了过场，没有触到任何人的痛处。就像一个医生，给人看病，全部检查一遍，却说不出病因来，怎么会受到人们的支持和尊重呢？不仅不会受到尊重，还会说你添乱、没事找事。久而久之，你的威信和待遇就会越来越低，出现你开始说的那种局面就不足为怪了。当然我们这样说，并不是替当地领导开脱责任，只是从自己身上找原因。

那我们应该怎么办？审计厅同仁们不约而同地提出了这个问题。

郭明勤上任前就研究了审计法，审计虽然不是条条领导，但上级审计机关可以对下级审计机关实行"业务领导"和"业务管辖"，这是审计法的明文规定。所以他在一次审计会议上说，我们可以在直审兴隆县财政时，让县审计局大力配合，带一带他们，在共同工作中提高他们的威信。我们要体现上级对下级的"业务领导"，这样就能帮助县局把审计力度搞上去，把威风打出去，不怕他们站不住脚、摆不上位。

在座的听了都很兴奋，包括李现华在内，认为这是"业务领导"的最为有力的落实。

但是李现华仍然有些担心，他说，恐怕县审计局不会很好地配合。

这怎么会呢？帮助他们工作，这是好事啊！有人不理解。

李现华解释说，县审计局的干部都是县委、县政府任命的，他们怕得罪县里，位子不保。

郭明勤说，让兴隆县审计局请求承德市审计局的支持。

李现华说，市审计局也是听市领导的。

郭明勤说，咱们依法审计，谁都得遵守法律。我有办法让他听我们的。

郭明勤的雄心上来了。

这雄心来源于审计署。

当郭明勤走出刘家义办公室的时候，精神振奋，情绪激动。

作为一个新上任的审计厅长，拜会一下审计长，这是再正常不过的事了。

2008年是中国的奥运之年。第29届奥林匹克运动会将在北京举行。全国上下迎接奥运，办好奥运，势不可挡。

在这股强劲势头推动下，郭明勤迫切地要释放自己的能量，给奥运做点什么，为奥运增光添彩。

全国都在节能减排，净化环境，提高空气质量。审计的环境也不能差。审计的力度和威信要提升，这才配得上奥运。

郭明勤快步走出审计署办公大楼。身高一米八几，晃晃悠悠，步幅很大，像一个披挂上阵的运动员。心跳加快，斗志昂扬。然而，既然是运动员，那就没有不紧张的，因为胜负实在难料。

郭明勤的确是运动员，乒乓球打得不错，经常把小孙和老胡杀得大败，所以不大能体会到失败的滋味，但他知道，任何较量都有失败的可能，不止竞技体育，还有政治斗争。

审计也是政治斗争吗？怎么不是呢？审计与被审计对象，监督与被监督，本身就是一对矛盾。有矛盾就有斗争，政治斗争。不搞政治运动是对的，否认政治斗争是错的。

这个从基层，从工人，一步一步走上来的大个子，当企业老总、市纪委书记、市委副书记，最后来到全省审计这块平台上。

难道这是一张乒乓球台吗？没那么简单。推挡，扣杀，反手快攻，高吊弧旋，几个回合下来，可能解决得了小孙和老胡，不一定能解决得了甲乙丙丁等被审计对象。

郭明勤走到这一步不容易，风风雨雨经得多了。社会这部大书，他没有少读；官场这门学问，也并非一知半解。可以这样说吧，学历不高，文化不浅；理论不多，悟性很好。从他嘴里听不到理论的套语，起承转合的八股文他实在是不会作,往往是几句话就动了真招儿,见了湿土,投枪,匕首,一剑封喉。十八大后提倡改变会风,他如鱼得水。不仅讲话如鱼得水,经过四年拼搏,局面打开了,办事也如鱼得水。

当时是 2008 年,奥运之年,上任之初,形势大好,问题不少。

很快这一年就以四川汶川地震的悲伤和奥运举办的成功过去了,给国人留下了太多的不可磨灭的记忆。郭明勤在哀痛和振奋中,干好自己的活儿。他指挥推动着审计工作的车轮向前进。当然是按照自己的思路,当然也忘不了审计长跟他的谈话。怎么推? 推向何方?

他很明确,要选好干部。没有干部,谁给你去推车?

要推出一辆重车去,载满几百亿、几千亿的重车!

为国家推出一座金山,这就是方向。

国家的钱财浪费得还少吗? 进入个人腰包的还少吗? 问题资金,违纪资金,到底有多少? 把这些钱审计出来,追查回来,上缴国库,足可以消除贫困、富国强民了!

这是一座金山,但却淹没在违法违纪的汪洋大海之中,变成一座危险的冰山,能够颠覆共和国航船的冰山!

要把冰山推出海域。

要把金山推入国库。

喔! 当务之急,是派李石祥跟随河北援建团到四川现场审计去。他怕再出现地震中学校率先坍塌的“豆腐渣”工程。

转眼到了 2009 年,理顺关系,提拔干部,落实想法,河北审计工作在向着一个新的层次推进。总得长江后浪推前浪吧,新的审计厅长总不能原地踏步吧。郭明勤谦虚地这样想。其实他的内心埋藏着巨大的渴望,他要让河北审计以一个他所希望看到的样子出现在世人面前。

那是一种什么样子? 他说不具体,总之不是他现在所听到看到的那样——人们并没有把审计放在眼里。熟人见了面,听说他到审计厅工作了,便报以同情和安慰的一笑。他还了解到,各市县的审计局长,开会都是坐在后排。

审计厅的院子里有三个地方在开着口子打井,在他到来之前就开打了,好几个月了,还在打,永远也打不完似的。本来院子就不大,变成了打井工地,更是杂乱不堪,再配上一座墙皮剥落、管道锈蚀、门窗破旧的办公楼,竭尽所能地向省会人民展现出一副贫困的样子。放在过去的年代,这可能是一个艰苦朴素的典型,延安的中央领导不是在窑洞里办公吗?但今非昔比,看一看其他部门的地标性建筑,再看一看审计厅的矮小破败,绝不会产生学习模范的念头,只会使人联想到:这个部门肯定对国家没有什么贡献,是政府一个可有可无的机构。

这个结论太可怕了!堂堂的国家财政经济秩序的守护神竟然会是这种形象?堂堂的红脸竟然会是这种形象?它应该手提大刀威风凛凛地站着。

郭明勤不愿再想下去了,他要选一个突破口冲杀出去,打出审计的威风。

厅党组派出了四员大将,带队深入到全省 11 个设区市搞调研。

这四员大将有来历。他们都是厅长助理。这有必要吗?当然,有利于工作的协调指挥,上传下达,使厅领导的工作更有深度和张力。

这无疑是个好事。好事的副产品是更加实际的好事,那就是腾出了四个正处实职的指标。这四个厅长助理是从各个业务处的处长"提升"过来的。"提升"之所以要加引号,因为这一切都是名义上的,助理与处长本是平级。他们年龄偏大,就把他们从第一线的位子上撤下来,让给更年轻的人干,做一些荣誉性的指导工作,人尽其才,物尽其用,你好我好大家好。老郭的土政策总是深得人心。地方粮票不占指标,不用向编办申请,就空出了四个正处实职,等于四个职数凭空而降。

国家审计的机器快速旋转起来了。审计机关要加大力度,依法行使职能了,要为国家挖财进宝、聚敛资金了,它的门面还会这样寒酸吗?不会的,一切将得到改变。郭明勤的脸上露出了笑容。

3.阴影下的泥沼

厅党组是怎么取得承德市领导支持的呢?

就是在这个时候,一个大胆的想法在郭明勤头脑里形成,那就是省审计厅要通过"业务领导",对下面各市局的队伍建设提出一些有益的建议。

审计是块块领导,省厅不能直接安排各市局的干部,但有建议权,而且这个建议权是很重要的。因为"审计业务以上级审计机关领导为主",所以省厅就一个干部的业务能力、水平,提出一些意见和建议,不是太正常,也太重要了吗?而一个干部除了业务能力和水平,还有什么呢?噢,还有德。而这个德,只要不是腐败分子,只要还在现在的位子上坐着,你说他的德能差到哪儿去?所以郭明勤就运用审计法赋予的这样一种权力:在市委、市政府提拔和任用审计局领导干部的时候,对于不称职的局长,省厅党组投否决票。

这很重要。作为一个市的审计局长,如果在业务上不能服从省厅的领导,迁就地方政府,不敢依法审计,那么省厅对他的提拔任用,就有一票否决权。

相反,如果市审计局长能够坚持原则、依法审计、揭示问题,省厅不仅不会一票否决,还会向市领导推荐,提拔重用他。

关键时刻,郭明勤会对市领导语重心长地说,有一个好的审计局长给你把守好财政经济的大门,使你年年增收、政绩显赫,这不也是你自己的前程吗?相反,选一个不称职的审计局长跟你这儿干,发挥不了审计作用,光听话有什么用?财政出现了大窟窿,负债累累,全盘都搞砸了,这样的政治和经济风险你担得起吗?所以,提拔任用什么样的审计局长可是个大事,是个导向,你要三思而后行。

没有强迫,没有命令,市领导跟他达成默契,郭明勤不仅有了实实在在的一票否决权,还有了举荐权。哪个审计局长干得好,他可以向市领导推荐,市领导还真买他的账。目前全省已经提拔安排了省审计厅推荐的审计局长达四名之多,都分别把他们从县级提拔为副市级。

这是后话。当时只是有一个想法而已。而且在那次汇报会上,郭厅长也没有当众透露,只是私下里跟几位副厅长交换了意见,处于只做不说阶段。

突破口选在兴隆县定下来了,由李现华任组长,带领一组人马下去。

兴隆县审计局长姜云明很害怕。前段时间,省审计厅发现县局办公条件不好,紧接着就杀一个回马枪,来审计县财政,除了审计局,其他有关部门都认为这是报复,而且指责县审计局引狼入室。面对“报复论”,姜云明有口难辩,心里有些敲小鼓。

李现华做他的工作说,不是你们审计县财政,是省厅直审,你们配合,这样可以提高你们的威信。

姜云明说,还提高威信呢,别惹祸就行了,人家早就怀疑我们吃里爬外是内鬼呢!

李现华说,正是你们"报复"得还不够,这回要好好审计一下,"报复"一下,效果就出来了。

5月14日,追逐着2009年塞外山区久久不肯退却的春寒,伴随着夏天的脚步,审计组来了,给这个被规则遗忘、被潜规则统治的冰冷角落,带来了夏日的温暖。

李现华充满信心。别看他们现在有所顾虑,只要加大力度,拿出不容置疑的审计成果,一切将会得到改变,消极因素转化为积极因素,压力变成动力,乱象走向秩序。

跟随现华来到兴隆的还有主审马占仓和负责材料文字工作的李曙光。这二人同李现华一样,雄心壮志冲云天,都希望建功立业。

马占仓是河北省抚宁县坟坨乡滑石前村人,武汉大学审计专业本科毕业,1989年分配到审计厅,在行政事业处干了十年,提为副处长。郭厅长到来后,他干得很猛。这个人光头,骨架很大,肌肉发达,一看就是个猛将,但是一说话,却轻声细语,不急不躁,脾气很好。也许正是这种互补式的结合,才使他能干成事情吧,所以才派他当主审,打开这个突破口。他不能无所作为。果然,此役他也立了功,于2011年提拔为投资处处长。

李曙光是保定蠡县南庄乡宋岗村人,河北财经学院审计专业本科,中等个儿,戴眼镜,圆圆的寸头,很利索的样子,2002年到省审计厅工作。这次派他来,是郭厅长看中了他的文字功底。他没有辜负领导的期望,审计过后,写了一份3万多字的材料,叫做《兴隆审计二百天纪实》。拿给作者看,颇有参考价值。李曙光于2010年被提拔为文体卫处副处长。

有这两个人,一文一武,当左膀右臂,李现华感到心里很踏实。自己毕竟不像这两位兄弟一样是科班出身,十几岁就当兵,以副营职转业,虽然靠自学官至总经济师职务,但真正干起来,还要靠大家的智慧。

不过首先向他摆开阵势的,不是账本、单据和数字,而是说情、送礼和威胁。

当今社会有一种非常强大的,不能摆在桌面上,却可以凌驾于一切法律法规之上,无处不在,无所不渗透的潜规则。如果说人们的法律意识已经薄弱淡化到什么程度了,那么人们的潜规则意识也就相应强大浓厚到什么程度了。

这太可怕了。

面对三令五申,反复强调和施行的纪委监督、检察院抓捕、法院判刑,潜规则仍然可以大行其道,畅通无阻,更何况没有真正建立起权威的审计呢?在强壮、剽悍的潜规则巨人面前,审计简直像一个婴儿。

潜规则的巨大身影向李现华扑过来。

说情之道,五花八门,晓之以理,动之以情;论辩辞令,高屋建瓴,许愿发誓,天花乱坠。然而李现华当过兵,服从是军人的天职,服从法律法规,服从铁的纪律,服从郭厅长和党组的谆谆教诲,任何歪理邪说,都不能动摇他。

花言巧语还伴随着慷慨馈赠,有各种值钱和新奇的东西,当然也包括钱和卡。送得很艺术,退得很麻烦。不能伤了和气,还需要被审计单位配合,此后还要一起整改,大家的目标是一致的,虽然现在有分歧,甚至势不两立。

事实上,人家根本不想达到那个一致的目标,因为损失太大了。为了眼前利益,不愿携手前进。

先是质问:你们说是帮助县审计局工作,指导县审计局工作,可实践证明,你们来了这么多人,是省厅直接审计县里啊!可兴隆不是直管县,它的财政不是由省里直管,怎么解释?

李现华没有说话。他一说话,就会比较冲,效果不一定好。他拿眼瞥了一下马占仓。马占仓心领神会,立刻和颜悦色地进行解释,从《审计法》规定的管辖权,从财政扩权县到财政直管县的发展历史,到"文革"前后的财政监督,说得头头是道,最后证明财政审计是十分必要的,大有好处的,不仅可以本级审,还可以上级审下级,也就是上审下,省厅有权审计县财政,这是审计法赋予的神圣权力。说罢诚恳地一笑,似乎在问,大家听明白了吧?不用我再解释了吧?质询者只得黯然退去。

但是,威胁、恐吓的霹雳闪电,通过电话和短信,源源不断地找上门来。

狗急了还跳墙呢,何况审计出问题来,就会砸了某些人的饭碗,他们什么事都干得出来。审计组的人不能说毫无后顾之忧,他们除了向县公安局提出保障人身安全外,也做好了最坏的打算。既然来了,就不能退缩,为依法审计做出任何牺牲都是值得的。

审计组没有陷落在潜规则阴影笼罩下的泥沼中。

他们让县财政局把 2006 年到 2008 年共三年的账册,拿到了审计组。审计组住在宾馆,自带经费,自己结账,一顿饭也不吃县里的。

李现华在审计收费局账簿时,发现了一个叫做"兴隆县非法矿山关停查处办公室"的单位,存在时间只有几个月,是一个临时机构。他判断这个"办"会有问题。关、停、查、处,多种权力集于一身,没有监督和制约,难免发生问题。这个县又是矿产大县,收入可观,情况复杂,极易浑水摸鱼。

他看到了一张 500 万元的收据,是上缴县财政的钱,这很正常。

但我不这么想。李现华说,我按审计思路去想,这是缴的什么钱?收得合理不?应该缴多少?还剩多少?让县委办公室把全部资料都提供给我。

管这个事的,也就是说,这个"办"的主任是县政法委书记的秘书、县委办公室副主任栾必成。因为这个"办"只在 2008 年存在了三个月,所以没有正式账本。收支单据和散页纸记账单,包了一个包儿送过来了,是"包儿账"。

一看,共计收了 787 万元,向财政缴了 500 多万,应该还剩 200 多万,哪里去了?

就问,这 787 万全是非法矿主非法采矿的罚款,为什么没有全部上缴财政呢?

回答说,一是付给国土资源局 22 万元,二是个人借款 9 万元。然后就不往下说了,没有"三是"了。

审计人员不得不提示,这刚 31 万元,还剩很多呢,哪里去了?

不得不说,便索性说了。三是全部存入栾必成个人存折了,共计 241 万元。

问题来了,公款私存,这是违反财经纪律的。

但栾必成又拿来一份"包儿账"。

打开"包儿",清理存折和对票据进行分类。发现支出内容有以下几项:一是通过存折转存,以"退还乡镇"名义转出 106 万元。因为当时罚款罚多了,必须退给乡镇一部分,再由乡镇返还给各矿主,有的是乡镇垫付的,就不用返还矿主了。情况很复杂;二是支付矿业整顿业务费 36 万元;三是报销加班费、饭费、办公用品、土特产、汽油费 38 万元。这样合计支出 180 万元。

还剩 61 万元,哪里去了?

这 61 万元转存为栾必成名下的定期存单。

当然有解释,而且理由充足,但审计组还是将这 61 万元作为问题资金收缴了。

审计组将上述情况向厅党组作了汇报,厅党组指示,对可疑资金的支出情况进行延伸审计。

李现华跟主审马占仓一研究,认为那退还乡镇的 106 万元最有可能出问题。

他们来到了挂兰峪镇。

书记、镇长和女财政所长早已做好准备,严阵以待。

审计组在县里搞了三天,他们早就得到信息,也没闲着,填坑堵漏,平衡账目,补齐单据。镇财政所长云海霞向镇委书记王庆国拍着胸脯说,放心吧! 书记,我的账笔笔清楚,宗宗明白。过去也不是没人查过,查出问题来了吗? 没有。过去来的人都是专业财会人员,厉害多了,这次不就是一般审计嘛,脚面的水——平蹚,没问题的。

王庆国很欣赏地看了她一眼,嘴上挂着微笑。

4.拿钱的不打条,打条的不拿钱

财政所长云海霞,与镇委书记王庆国关系不错。她认为王书记是个干事的人。王书记则认为她既漂亮,又能干,是个很有前途的女干部。她从承德财贸学校毕业,对业务非常熟悉,各项财会制度和法规也都清楚明白,但严格按规章制度办,她却做不到。

社会环境太差了。要想办成点事,请客送礼拉关系,成为必不可少的一道程序。王书记出门办事之前,都要从她这里支取一笔钱,向来是连条都不打的。长此下去,就积累了很多这样的开支。怎么下账? 王书记是不管的,那是她的事。你不是财贸学校毕业吗,这点本事还没有? 她当然有。你不是拿钱不打条吗,我再找人打条不拿钱,这不就两相抵消了吗?

什么工程款啦,治理费啦,劳务费啦,打这样的白条,随便拉一些有求于镇上的人来,这个忙都是肯帮的。反正只是写几个字,按个手印,你让写多少钱,就写多少钱。卖个人情,将来也好办事。与人方便,自己方便嘛! 方法就是这么简单。

王书记对云海霞更加器重了。

她不可能不这么干。如果没有审计就好了。过去的财务大检查都应付过去了，因为大家都是现代人，都知道这是怎么回事，只要账目上能够自圆其说，礼数周到，感情到位——这一点她是准能做到的，因为她长得很像电影明星李秀明，那个可爱的"春苗"，谁会跟这样一个女子过不去呢？

虽然口头上说"不就是一般审计嘛"，但这"一般审计"到底会怎么样，她也心里没底。

审计组把她叫来了。她一看高大气派的李现华，心里就有点儿惧，但立刻笑着说，李组长找我啊！我来晚了吧？说着扭动腰肢，站得更靠近一些，扬着脸，做出聆听教诲的样子。

李现华让她坐下，单刀直入地问，非法矿山关停查处办返还给挂兰峪镇的 74 万元，你们发下去了吗？

他问的就是那笔 106 万元的返还乡镇的款项，其中给挂兰峪镇 74 万元。

云海霞说，都返还下去了，当时就返还了。该是谁的钱，就是谁的钱，笔笔清。

李现华问，有收款人给你打的收据吗？

她说，有，当然有。说着就慢慢抻开白色坤包的拉链儿，拿出几页纸，递到李组长面前。她说，看，这就是各村打的收据。

李现华仔细看那些收据，想看出是不是伪造的。不像，都是正规单据，盖有公章。他的脑子飞速旋转着。既然把财政所长叫来了，就不能放过她。

这时候云海霞完全放开了，找到感觉了。她站在一旁，用眼睛扫着那些单据，还不时把一只白皙修长的小手伸过去，指指点点。她说，这是二拨子村会计打的收条，这是三拨子村会计按的手印。当时退给这四个村 55 万元，因为四个村的矿主们罚款没有交齐，该交 200 万元罚款，他们交了 181 万，剩下 19 万是镇里给垫支的，所以就从应该返还的 74 万中扣除 19 万，变成了 55 万。李组长，您还有什么疑问吗？

说得这么清楚，收据都在，白纸黑字，还能有什么疑问？即便有问题，你现在也没有证据来证明。只得暂时放下。

不过，李现华留了一手。打仗要有预备队，审计也要有备用的问题。返还款虽然是重点，别的小问题，也可能牵出大问题。

他说，除了返还款，还有矿业整顿业务费，给了你们镇6万元。这个问题就不要在这里说了，回到镇里去看看账，顺便核对一下发放返还款的银行卡，你不是说银行卡在镇里办公室吗？

李现华这样说是有用意的。他知道，在这里说，无论什么问题，她都可以说得滴水不漏。正好她说到银行卡在镇里，那么就到镇里打开保险柜，查看一下现金、账本和单据吧。猝不及防，或许会有意外的收获。

李现华派审计组成员李石祥、李曙光随云海霞到挂兰峪镇政府取银行卡，顺便了解矿业整顿6万元业务费的发放情况。

刚才还很得意的云海霞，这时候有些紧张了。李曙光看在眼里，心情却跟她正好相反。刚才她是晴，他是阴，以为对她没有办法了；现在她是阴，他是晴，她的紧张和心虚，使李曙光看到了曙光。

云海霞突然意识到自己表情和举止的失当，心想，没有什么大不了的，刚才李组长这一关都过了，这两个年轻人更应该富有同情心，能把我往死里逼吗？

对于目前的事态，她的想法还是比较复杂的。一方面，自己要把假账做好，滴水不漏，让他们查不出问题来；另一方面，要把查账人的思想工作做好。但你一个被审计对象，怎能对人家说三道四？说三道四是不行的，但东拉西扯，说东道西，发表各种感想，还是可以的。

云海霞就试探着谈起自己的过去，为了不显张狂，好像是向审计人员交代"五官面貌"（即审讯时必问的姓名、年龄、性别、职业、政治面目）一样，自然而得体，并且说着说着，气氛就活跃起来，谈爱好，谈理想，声音逐步提高，有时还伴随着爽朗的笑声。

很快她就把自己与两个年轻人的思想感情拉近了。是啊，我们都很年轻，我也只有30多岁，没准你们二位还是我的老大哥呢！

那一刻她陶醉了，弄假成真了。我们有什么根本的利益冲突吗？不都是在社会上混吗？我们都是公务员，只是站的位置不同罢了。如果把你们放在乡镇，把我放在省厅，我也许干得不会比你们差。感情的沟通是掩盖错误的最好屏障。只要我能够自圆其说，他们何苦穷追猛打？

但云海霞想错了。这事如果放在过去，睁一只眼，闭一只眼，也许能过去，但郭厅长在向每个人要揭示问题的数量和质量，可以直报，谁揭示的问题多，谁就有前程，这可是最为实在的东西。对一个人，即便是一个女人,好感与否,那又算得了什么呢?

到了挂兰峪镇政府,进了云海霞办公室,当保险柜打开,发现1万元现金和一个私人存折之后,两位大哥都毫不手软地扣留了,要拿回去研究研究。

那个存折是六拨子村会计王海的,云海霞说,存折上的钱都是小流域治理的钱。她以为这样一说,就能够过关了。难道一路上的感情沟通,会不起作用吗?

还真是没起任何作用。他们说,光说是小流域治理的钱,太笼统。资金的来源和去向,你一点儿也没有说清楚。还是拿走吧!便打了收条。

正好镇长司铁军也在,那就说说6万元矿山整顿业务费的事吧!

司铁军说,矿业整顿时财政所的人员很辛苦,镇里将这6万元发放了劳务费。于是让云海霞从保险柜里找出发放表来,交给李曙光。曙光说,这个也带回去研究研究。

李现华让李石祥和李曙光跟着云海霞去拿证据,自己便去找非法矿山关停查处办主任栾必成。自从把他私存的钱收缴之后,栾主任便有些发毛,生怕审计组把矛头指向他。但李现华很明智,重点是挂兰峪,别的暂时放过。全面出击,力量达不到,而且团结栾主任,使他解除后顾之忧,对审计挂兰峪也大有好处。李现华知道,挂兰峪从镇党委书记到财政所长,已经给他布下了一张大网。通过他的冷眼观察,栾主任并没参与其中,即便是参与其中,李现华也要争取他反戈一击。

栾主任果然很配合,向李现华提供了很多财务资料。根据这些资料,李现华派审计组成员冯永红到承德市建设银行查询挂兰峪镇财政所长云海霞建行卡的银行对账单。

冯永红将卡的资金对账单交给李组长。李现华"不看不知道,一看吓一跳"。原来2008年4月17日县关停办转账存入云海霞建行卡上的74万元根本就没有发放,没有返还四个村,而是连同一笔刚刚还回来的借款,共计100万元,全部支取了现金,存了两个50万元的半年定期。2009年1月4日半年定期存单到期,云海霞又连本带利取出,存入了银行卡。不久又取出100万元现金,其中70万元上缴华伦铁选厂采矿权转让费,30万元转到利达炸药库账户。资金的收付与退还乡镇罚款没有任何联系。

这就是说,云海霞给他看的那些签名按手印的收据都是假的、伪造的。赶快派人去核对，找到四个村的四名会计，问他们真的领到返还款了吗？回答说领到了，千真万确。

再次把云海霞叫来，看来只有她自己能说清这件事了。

李现华这时很兴奋，他倒要看看，这个女人还会耍什么花招、编什么谎言，抑或是低头认错、痛改前非。

云海霞一扭一扭地走进来了，进屋就问，李组长，怎么又找我，事儿不是都说清楚了吗？

李组长说，还没有说清楚。说说74万元到底是怎么回事。

云海霞不知道栾必成已经抄了她的后路，建行卡把什么都暴露了，仍然装得很天真，把上次说的又重复一遍。她愚蠢地猜想，也许李组长很爱听她那生动的叙述，进一步把这事落实了，就算没事了，便越发风情万种地说起来。

她说，县里的返还款一到，当天我就取出了55万元，给那四个村的会计打电话，让他们过来拿钱。一说拿钱，他们跑得那个快！骑着摩托就到了。进了屋给我斟茶倒水，还递烟。一把让我打掉，姑奶奶可不会这个！总之那个讨好劲儿就别提了，恨不得给我磕头作揖。我把钱一沓一沓地交给了四个会计，记得顺序是这样的：先是给的杨瑞芳，第二个是徐建华，然后是王贵，最后领的是翟德才。你要是不信，可以问问他们。

李现华的确派人问去了，也说的是这个顺序，板上钉钉，千真万确。

看来攻守同盟把细节都考虑好了。

云海霞越这样说，越激起李现华戳穿她的欲望。李现华想看到，当他把真实情况摆出来后，她会是一副什么表情。还会这样活泼可爱吗？恐怕不会了吧？

然而经验告诉他，还不能把真实情况抛出去，要引而不发，诱使她交代出新的问题或线索。

李组长微微一笑说，你说得很生动，只可惜都是假的。你好像根本没有发给他们钱吧？

李现华以为，说到这种程度就行了，云海霞就知道自己施放的烟幕弹已经失效，就该把真实情况说出来，没准儿还会有意想不到的收获呢。

云海霞眨了眨那双动人的眼睛，然后一切都明白了，扑哧一笑，很抱歉地说，对不起，李组长，我没有说实话。

一个短时间的停顿。借着这个停顿，她把有可能出卖自己的人过了一遍筛子。看来光有镇上的联盟还远远不够，把县一级忽视了。也不是全部忽视，只漏下了个别人。一颗老鼠屎坏了一锅汤。

云海霞接下去说，我说谎了。镇里的钱很紧张，我哪儿有钱给他们发返还款啊！需要急着办的事多着呢！我整天拆东墙、补西壁，拆壁，补壁，壁补壁。

她好像撒了谎还很有功劳，一点儿压力也没有！

2008年4月17日，返还款一打到我的建行卡上（这个日子和这个建行卡，过去是只字不提的，现在她估计已经暴露了，不再是秘密了），就赶快存了个定期，预备着还账啊！后来就缴了铁矿的转让费，还用来买炸药，开矿总得预备炸药吧！这都是当务之急，不能拖着不办。

居然又是一个功劳！头脑太发热了吧？李现华不得不给她泼点冷水了。

李现华说，照你这么说，返还款就可以不还了，矿主们的利益就可以随便侵犯了？你这个镇政府是为人民服务的吗？

哪知道她非常赞成李组长的说法。李组长提醒得好！教导得对！她说。没有钱，我们也要返还矿主的钱，既然当时罚款罚多了，就应该退还给人家，但是哪里去找钱呢？我一狠心，就用自己的钱先垫上吧！

好！又是一个功劳！

李现华说，这么说你用自己的钱替公家还账了？这不是天方夜谭吗？你哪儿有这么多钱？你的月工资是多少？

云海霞说，唉，靠工资我是没有这么多钱，但是我表妹在天津有个公司，我入了股，她分给我利润，这我不就有钱了嘛！

第二章　突破

没有阻力，显不出力度；没有屏障，无所谓突破。

缘于国家治理，产生国家审计。其目标、任务、重点和方式，随着国家治理的需要而改变。

宰夫，3000年前西周时期的官职名称，中国最早的审计官职。宰夫"掌治朝之法"，考核和监督百官。

审计机关属于司法系列，也是世界审计机构的模式之一。即审计机关除具有审计职能外，还拥有一定的司法权限，显示了国家对法治的强化。因而，被西欧和南美一些国家采用。法国、意大利、巴西是典型的代表，它们设立审计法院，享有最高法院的某些特权，可以对违法或造成损失的事件进行审理并予以处罚。审计人员多为法官，审计的主要对象是国家财政，同时，负责管理财政部派出的公共会计。

几十年来，我国审计机关坚持依法审计，通过揭示和反映体制、机制、制度方面的问题，维护和推动完善民主法治，在建设社会主义法治国家中发挥了积极作用。

一是审计法规制度更加完善，形成了以宪法为依据、以审计法及其实施条例为核心内容、以审计准则为工作标准的法律规范体系，不仅实现了审计工作有法可依，也丰富完善了社会主义国家法规制度体系，推动了依法治国方略实施。

二是促进政府部门依法理财、依法行政。近年来,审计重点逐步从预算资金的收入环节向规范支出和提高财政资金使用效益方面拓展,逐步实现了从简单的查错纠弊向促进规范预算行为、提高财政管理水平,为加强宏观经济管理和深化财政体制改革服务的转变,有效促进政府部门依法行政。

三是健全审计结果公告和信息发布制度。着眼于深化党务政务公开,推进民主管理、民主监督,在依法公开审计结果、审计计划的同时,组织媒体对重大审计项目进行跟踪报道,及时公开审计过程和进展情况,为社会公众了解政府部门履行职责情况、监督政府部门财政收支活动提供了重要渠道。近年来,各级审计机关制定关于审计信息公开的制度1300多项,向社会发布审计结果公告1.8万多篇。

1. 只见贼吃肉,不见贼挨打

就在审计组与云海霞僵持不下的时候,形势发生了微妙的变化。说情也好,威胁也罢,已经不再对着李现华,而是对着郭明勤了。升级了。

你想提高审计的地位吗?没那么容易。在他们眼里,审计的地位就是借用人家的仓库办公,就着乒乓球桌开会。

你想加大审计的力度吗?更不可以。因为他们并不理解审计,认为审计一来,就大祸临头了。

所以必须把审计组拿下,把郭明勤拿下。只有把郭明勤拿下,才能把审计组拿下。

为什么早不行动呢?早行动没有理由啊!现在行了,到火候了。因为李组长审计了这么长时间还一无所获,那就证明没有问题嘛,不赶快撤掉,还等什么呢?给个台阶就下吧,郭厅长。

郭明勤接到一个电话,是省里一位领导打来的。看来他们运作到上头去了。领导兄长般询问了些调任审计厅长后的情况,说以你的才具,在现职只是过路,远未摸着天花板呢!

——这就叫利诱。

又说兴隆那个地方比较特殊,我省的边远,首都的门户。特殊就是不能和别处一样对待。那里的书记、县长不是我的门生就是老部下，我们当老兄的当然要传帮带多调教。

——这应该叫威胁。

"兴隆那个地方比较特殊"，特殊在什么地方了呢？蛮荒之地啊，人很野，小心人身安全。而且还特殊在京畿之地，那地方的官员都有不小的来头，你可要当心啊！最具威胁的是，他们都是我的老部下，你难道不给面子，要找他们的麻烦吗？

郭厅长当然没有反驳老领导，只说谢谢教诲。先给个面子有何不可？反正刀把子在自己手里攥着，这是国家法律赋予的权力，谁也夺不走，除非把我免职。

下一个电话是总审计师马建平打来的。他在兴隆审计现场，因为这次兴隆审计，他是总指挥。他请示说，周一，也就是明天，兴隆县委领导来厅"汇报"工作，看如何安排？

真是山雨欲来风满楼啊，堂堂的省审计厅帮着县审计局工作，或者说，直接审计一个小小的县财政，居然会招致如此轩然大波。照这样下去，国家审计还怎么进行？

郭明勤说，好吧，明天上午9点，我来听"汇报"。

郭明勤把手机关掉，扔在写字台上，走出家门，信马由缰，来到中心广场，遛了不知几圈。直到有个稚嫩的声音喊"叔叔"，他才惊醒地朝那个声音望去，见是一个小女孩。再环顾近处并无他人，才问，是喊我吗？女孩说，能帮我放风筝吗？没等他回答，就把拴着纸蜻蜓的滑轮递到他的手里。过往的日子里，郭明勤只是见过别人放风筝，自己从来没有放过，因此，几经飞起栽下，才在跑动中把风筝托过树顶，游进空中。在把滑轮交还时，竟发现女孩模样很像自己的乖孙女，便情不自禁地抚了一下她的发辫。

也就在这一刻，郭明勤从刚才牵引和擒纵风筝丝线中感悟到了一种力道和节奏。于是，他收紧了脚步。

对待兴隆的客人，也要注意把握好力道和节奏啊！过犹不及，不足也不行。

说兴隆和兴隆那一干人等是撞到了郭明勤枪口上，话只说对了一半。说直接审计兴隆县财政决算，帮着兴隆县审计局工作，以提高他们的威信，在县里站稳脚跟，也只是表面现象。实际上，郭明勤对兴隆早有了解，是他那藏在骨子里的、不怕歪邪的一股子拧劲儿起了作用，占了上风。

此人的脚板和身手比常人更硬朗和生辣,生长在人格深处守土有责的职权意识也更强烈。此来审计厅,纯然组织决定,但既然进了审计的门,就得坐禅撞钟,升堂理事。他也知道,干事的干部不好当,但守土有责,兵来将挡,水来土掩,歪风邪气、潜规则,能奈我何?

果然很多问题就给郭明勤看在眼里想在心上。国家改革开放发展到今天,对审计监督的要求越来越迫切。改革开放初期,要求寓监督于服务之中,要求"三个有利于"等,没有特别强调和突出审计的作用,现在提的要求高了,如果还按过去的步子往前迈,就会落伍。

国家审计大踏步前进的历史时刻到来了!

心有灵犀一点通。当刘家义审计长倡明"审计免疫系统"理念,郭明勤立即合上了节拍:系统为"体",免疫为"用"。要扩大县级财政直管的"省策",就必须先做足"系统"这篇文章,所以郭明勤把审计的触角伸向了一个县、一个乡,实在是情理之中的事情。

然而,全省两百多个县市区,他的触角偏偏伸向兴隆县,却很有一番渊源。

在现实一些的兴隆人心目中,信钱,信势,不信法。一位几年间几出几进兴隆,到头来无功而返的反贪官员摇摇头说,深不可测。有些人他会明明白白叫你知道他有问题,却叫你抓不到把柄。

恰好,审计揭示的一个案例,可为这句话作个注脚。

一个国有独资企业,像无助的猎物,被一群极有天赋和耐心的猎手,用了三年的时间,像表演一场行为艺术,设伏,狙击,猎杀,只是还没来得及分食,被从天而降的审计人员断喝一声,坏了好梦。

那是兴隆县粮食局的一些下属企业,有兴隆省级粮食储备库和其他四家粮站。2005年冬天,经省粮食局、兴隆县政府批准,把兴隆省级粮食储备库改为国有独资公司,兴隆县粮食局代理履行全县国有粮食购销企业国有资产出资人职责,多数粮企职工下了岗,名曰"改制"。

在这个芳草萋萋的季节,衰落空旷的园区里,改剩下的,是粮食储备公司及四家粮站的房屋、机械设备和几个隐约写着"备战备荒为人民"的硕大粮仓。当然,还有五块共计133亩国有土地的使用权。知道吧?中国的地方财政是土地财政。现实的房地产炙手可热。惦记这一百多亩土地的,就不止粮食局几个头头脑脑了。

接下来,县粮食局说要以土地使用权作价出资,组建合资公司。事情的发展似乎顺理成章。

兴隆是农业小康县，林果产业发达，山里红、苹果、板栗，琳琅满目。鲜储之外就要深加工，加工就离不开麦芽糖。于是县里考虑上个8万吨麦芽糖项目。红红的果实镶上琥珀饴糖，叫人想着就香甜。

想着想着就想来个陈老板。现如今圣人和坏蛋都是少数，大多数是不好不坏。陈老板是哪一种说不好。这招商引资就像种大棚菜，既讲求什么秧苗，也得看怎么栽培、怎么侍弄。反正权力在官员手里，头脑长在商人的脖子上。陈老板是土生土长的兴隆人，靠开矿发了家，如今兼做房地产开发。他一看县里开出的合作条件，优厚得有些不安，打兔子碰见了黄羊——捞了个大外快。继而读懂了背后的潜台词，咧嘴笑笑：造福桑梓，好说好说。

接下来的两年多，其间曲径通幽，动作套路绵密缭乱，内行人看了也头大。这么说吧，经过参股控股，土地招、拍、挂等招数，能让人看懂的，是陈老板花800万元代价为储备公司偿还旧债，把储备公司作为控股70％的子公司收于旗下，获取房屋、机械等970多万元地上资产的使用权。还有，继续承担每年100万公斤省级储备粮任务，继续享受国家粮储补贴。还有，按国家规定，仓储三年就是陈化粮，就要处理掉，而这处理掉的陈化粮正是生产麦芽糖的原料。

让人看不懂的是，陈老板名义上花2781万元拍得那133亩土地，实际只交给县政府每亩2万、总计266万元的"政府土地纯收益"，剩下的2514万元左手倒右手、顺着舌头和账本绕了一圈填充了陈老板那70％的控股资本金。

既让人看不懂，又让人想不明白的是，这一切运作过程和结果，无论是县财政局还是粮食局储备公司的会计资料上，没任何反映，更没签什么合同协议。

这是典型的国有资产流失。这笔国有资产结束了它复杂的旅程，只在等待时过境迁饕餮时刻的到来。

秃子打伞——无法无天了！

骗局戳穿了，但至今不知道板子该打谁的屁股。

只见贼吃肉，不见贼挨打。于是想做贼的人多起来。有些贼大意张狂栽在对手手里，也就不奇怪了。后来有些人就这么栽在了审计人员的手里。

现在审计人员又来了。是省审计厅党组派来的。是来打吃肉贼的。吃国家肉的贼。

难道厅党组派去的这些人，能被你们拉拢过去，或者威胁下来吗？那都是审计厅的精兵。

除了前面出场的几位干将，还有总审计师马建平。马建平，党组成员，白净斯文，上世纪 80 年代毕业于河北大学经济系，此后 20 多年揣着含金量很高的老本科学历，历练多个岗位，一直做到省厅审计业务掌门人。这次兴隆审计，他负责带队进点和整体指挥调度。

还有张京红，队中唯一的女性。还有丁伟雄，年轻的审计老手，能在计算机辅助审计上一显身手。尹亚涛，毛头小子，为了工作废寝忘食，但足球转播不能错过，善于在重要赛事开赛前 30 分钟体育馆门前淘低价票。

午前进了兴隆地界。马建平熟悉这里，指着车窗外告诉大家，这是十里画廊谷。于是大家惊叹着美丽和壮观。

见面会上，各自介绍在座的人员后，马建平代表审计机关讲话。他优雅地告诉对方，我来了，来干啥？审计，请配合。

兴隆方面，书记、县长优雅地表态，欢迎，理解，配合，并明确政府办、财政局、审计局负责人具体联系接洽。

省内嘛，到了一定层级，彼此直接、间接，或通过共同的同学、朋友，或通过长长短短的党校学习、在职培训，联络感情与找到共同话题是容易的。见面的气氛很融洽。

第一眼看过去，这个县领导班子不光人际关系和谐，年龄结构和性格上的互补也让人印象深刻。如果没闪失，按照惯例，老成持重的书记很快将享受副厅级待遇，或另有任用。年富力强的县长及在座各位，升任的、扶正的，各得其所，皆大欢喜。

可是审计一来，如果你有什么问题，揭示出来，可就保不定了，前程将会大受影响。想到这里，马建平竟有些不忍。

各自心里都在打着小算盘。然而，面部表情一片和谐。

谈完既定话题，书记不忘关照远来的各位别光顾着工作，还要注意身体。兴隆"十景"是很好的去处。

县长问年龄相仿、身量脸盘又与自己有几分兄弟相的马建平，兴隆有什么熟人？马建平说，有大学同学两人，是男女同学配。县长说，是这样啊，我与他们个人关系也不错，抽时间我约他们，领导你说，是一块儿，还是单独约女同学？

县长又说，县里工作不比中直、省直，一踩不准点就乱套，搁到京剧舞台上,行当都不一样。你们是蟒袍玉带,红脸黑髯,四平八稳,一派大须生形象。我们呢,三花脸,鼻梁上涂个豆腐块,一出场跟着锣鼓点儿紧捯扯,撩着袍紧颠儿,呔、呔、呔……见大家笑他,就叹口气说,唉,不是人干的活儿!他又扭头逗张京红一句,为我们见面才换的旗袍吧?

看似一派和谐,不愉快的事情还是发生了。

刚开始的第一轮拉拢收买和威胁没有奏效,现在又开始了第二轮。

因为现在正是时候。审计半个多月了,什么问题也没查出来,这就证明我们没有问题嘛!严防死守大获成功。现在不仅要防守,还要反攻了。

在主攻郭厅长的同时,审计组这一层也没放过。频频出招,坚决拿下。

为了工作方便,审计人员给有关人员留下了自己的手机号码,晚上就接到威胁短信:小子,注意点儿,小心把你给办了!审计人员搜索对方手机号码,证实该手机号码不在兴隆,而是在辽宁凌源的。兴隆人为了让子女高考时能考上一所理想大学,纷纷把孩子送到离兴隆不远的辽宁凌源市,搞"高考移民"。同时,许多孩子家长纷纷到辽宁凌源打工陪读。马建平及时向兴隆县政府通报了情况,要求保护审计人员和会计账册的安全。

除了人身威胁,还有政治威胁。兴隆一位在任县级领导给马建平总审计师打电话,老弟呀,兴隆的事不多就算了,不要影响你的个人前程!马总回敬道,审计人员干的就是这个活儿,我们依法审计履行职责,努力干工作,不会影响个人前程!

硬的不行,就来软的。这一招,过去曾屡试不爽。某天晚上,被审单位利用审计人员就餐的机会,让服务员打开审计人员房间,给每人放入 1 万或 5000 元不等的信封。大家不约而同地将信封交给了审计组长李现华,没有一个不交的。李组长欣慰地看着同志们,同志们也不回避他的目光,坦然地面对着,向他传递出一种信息:是的,这没有什么了不起,虽然这并不容易做到,我们却都做到了。大家的意志已经统一起来。与其说这样做是为了不给对方留退路,不如说是不给自己留退路。在法规面前,审计者和被审计者是没有区别的,都在面临着考验。如果认为自己优越,是审查人家的,便接受好处,那就一切都没有希望了。啊！心目中的红色神圣不可侵犯。既然当了红脸，就要赤胆忠心。

由李助理负责把这些钱统一退回被审计单位，并现场录音，留作证据。

像这样送钱送物的事情多了，都被审计人员拒之门外。

接下来的手段，还有跟踪示威。李国锋师傅开着审计组的工作用车"冀 A90073"，几次遇到陌生车辆跟踪，有时候吓得他直冒冷汗。马总的车，只要一到兴隆地界，马上就有人知道了。

还有监听探秘。审计组每晚要开会碰情况，司机兼安全保卫员李国锋师傅几次看到楼道里有人来回踱步，伺机偷听。有一次，审计组在会议室开会，李曙光站在门口，发现门外有动静，猛然一开门，一名兴隆籍干部差点跌进会议室，连声说，对不起，走错门了！

还有更惊奇的，头天晚上审计人员部署第二天要检查平安堡区建设办公室虚构假名单骗取财政资金一事，第二天早晨，常务副县长就带着相关证人和编造好的证词来向审计组解释。

县里是否有人采取手段将审计人员手机全部监听，现在还是个谜。

他们还报复举报者。挂兰峪镇一对养羊专业户老夫妻，冒险向审计组举报王庆国等人的贪污事实，儿子前段因开矿与人闹纠纷，经公安局调查已经结案，最担心儿子会遭连累。马建平拍着胸脯说你放心，相信国家和政府，我们可以保证不会发生那样的事情。结果，举报后没几天，兴隆县就将养殖户的儿子在网上通缉了，气得马建平胆囊炎的老毛病犯了。

可想而知，审计人员在兴隆县所处的环境是多么恶劣！但对手的这些招数没有让审计人员退缩，他们采取换手机卡、用固定电话联系、转移开会地点等办法与对手周旋，保持着旺盛的斗争热情。

2. 危险系数

马建平的压力大了。当时他是总审计师，副厅，实职，比李现华的总经济师高半格（现在马建平已经转成副厅长）。他认为说情风之所以这么猖獗，软硬兼施，理直气壮，无所不用其极，就是因为有一股强大的社会势力在做它的后盾。这种势力书面上找不到，官样文章中看不见。官方文件中看到的是，不准这个，不准那个。社会上流行的，却又是这个，又是那个。根本是两码事。马建平给作者举了两个小例子。他说，我到新加坡南洋理工大学留学一年，有时候我们会把茅台酒作为礼品送给人家一两瓶，人家却皱着眉头，没有表示高兴。什么原因？他们却又不好意思说。最后打听清楚了，因为所送的茅台酒，他们拿回去以后，不是放在家里喝或者卖给商店，而是需要向公家交酒钱，市价多少交多少，不打折扣，不搞象征性，碌碡砸山——石打石（实打实）。比人家自己在免税店买还要贵，他能高兴吗？

中国也有接受礼品交公的规定，但谁会在收的时候皱眉头呢？因为凡事都有很多变通的方法，保你不受损失。让你受损失了，还是无产阶级专政吗？

有一位市长到美国去访问，也邀请美国市长到中国来访问。美国市长说，对不起，今年去不了啦，没造预算，等明年议会批准了预算再去吧！中国市长说，还造什么预算！你去吧，往返机票，吃喝住宿，我全包了！他可真大方！而且绝对廉洁。

中国的规章制度很多，但大多是说了不做，做了不说。全靠审计，简直是杯水车薪，所以反对的劲头才那么大，因为是整个社会意识在对抗你。错误的，得道多助；正确的，却失道寡助了。

因此，好多事情抓不住。违法违纪了，但你抓不住。口头上照样冠冕堂皇，行动上全是男盗女娼。好多"不雅视频"不就是这样吗？哪个不是有头有脸的人物？

关键是违法违纪和犯罪的成本太低，危险系数太低。大家为什么愿意坐飞机？因为失事率低，简直可以忽略不计，所以大家都去坐，一点儿也不害怕。违法违纪和犯罪也跟坐飞机一样，坐着特美、特快，绝对掉不下来，何苦不来坐呢？

如果坐十次飞机，会掉下来五次，不用五次，一次也行，我想全中国就没有一个人敢坐飞机了。

同样，搞腐败抓住的几率就算是十分之一，也绝对没人敢了。

顶着这么大压力，对抗着强大的潜规则，得罪着除正直人士之外的全社会，来到兴隆搞审计，我真为老郭这个新上任的审计厅长捏着一把汗。老马说。

如果这次审计铩羽而归，不了了之，头一脚就踢不开，那么郭明勤以后的日子就没法过了。

他的政治生涯就此打住，他的人生价值黯淡无光，他的雄心壮志轰然坍塌，他天性不服输，也得服输，他的本性好胜，也得服软。

他没有退路了。他不能有退路了。面对着偷吃国家肉的贼，他必须去打。要不国家的财政，就被他们啃光了。

他坚决要增加犯罪成本，增加危险系数。

可是现在，挂兰峪壁垒森严，众志成城，能否攻下，还不好说。

云海霞每次到审计组来，王庆国都保镖一样跟着。那意思很明确，有"党"做你的坚强后盾。

他们都很聪明，我们让他们玩得一愣一愣的。马建平说。用两个一样的数字往前走，一个50万贪污了，另一个50万交公了。收了两个50万。而两个50万同时被查出来的可能性很小。只要你查出任何一个，他都可以说交给纪委了。确实交到纪委一个。一个违纪的，一个正确的。

马建平说，我常对同志们讲，要对得起良心和工资，得干点事。我给每个人订目标，每年一个人给国家创造1000万的价值，不是难事。总得让"坐飞机"的人感到不安全。

马建平看到在这次审计中，同志们虽然热情很高，但策略上做得还不够。他嘱咐大家，不要急于求成。发现问题不要忙着向对方求证和质询，那样他们就会制造很多假证据、假发票补上来。狡兔三窟，必须把三个窟窿都给他堵上，再进攻。先谨慎和小心并不是懦弱。老虎厉害不？它捕获猎物时，也先要小心翼翼不发出声音地慢慢靠近，等时机成熟了才猛地一扑。不能先把目标暴露出来，那样等于给对方发出了信号。

最后他说，千万要慎之又慎，有勇有谋，否则云海霞不突破，我们向郭厅长交不了账。

那天兴隆方面的"汇报"，本来是有些对立情绪的，却都让郭厅长给化解了。

市里的有关人物、县里的主要人物全来了。他们是有备而来，好像底气很足，用词也不软不硬，言语间，分明对同一件事情持有极大的保留态度。

郭厅长说，诸位说的这些情况也是存在的，现实情况不断发展变化，新的矛盾层出不穷，难免有法规涵盖不了的地方，也就是说，法律也有滞后的时候。这样我们依法审计,也有可能出现一些需要进一步研究和探讨的问题。

这几句话使兴隆来人颇受震动,他们以为这个"铁腕"人物郭厅长,肯定会跟他们针尖对麦芒,把他们看成敌人,加以进攻围剿,没想到却看成了朋友,加以体谅理解。始而震动,既而感动,齐声说,郭厅长说得对!就是这种情况嘛!

接着双方就一些现实问题展开了讨论,有来有往,各抒己见,气氛很是融洽。

郭厅长见时机成熟,就引导说,但是,没有规矩,不成方圆,在复杂的现实面前,我们还是要分清大是大非,用一个尺度去衡量事物。审计就是一把尺子。我们必须给审计一个空间,审计也要给大家一个空间。依法审计必须坚持,合情合理也要考虑,但是前提是弄清事实,审计清楚。希望大家回去就多给审计提供些便利条件,我们早完成任务,你们也好客走主安,该干吗干吗。怎么样?咱们的目标还是一致的嘛!

大家面面相觑,相视而笑。

接下来,郭厅长口气一转说,以上说的新情况、新问题,只是极个别的,占的比重并不大。现在普遍存在的是管理粗放、有章不循、有法不依、视财务制度如儿戏,任意捣鬼、弄虚作假,公款私存,设立小金库。是的,我们应该见好就收,但现在我们还没有见到这个好。你们那里捂得好严实,简直是铜墙铁壁。我是说,对我们审计人员是铜墙铁壁,对你们自己来说,则是散堆破垛。审计组长李现华都向我汇报了,挂兰峪镇的财务管理非常混乱,公款私存,几百万、几千万的资金在个人账户上随便支取,这难道会没有问题吗?你们说没问题,如果有问题,应该早就查出来了,所以让我们赶快住手。我的观点与你们不同。我觉得有问题,不能住手。

几位官员点头称是,无话可说。

郭厅长接着说,对了,我们是没有什么了不起,只不过是国有资产的看门狗而已。大家别笑,当国家的看门狗是很光荣的。再说这话也不是在下说的,是德国前审计长扎威尔伯格的名言,原话是:"审计部门是国有资产的看门狗。"

嬉笑怒骂皆成文章。郭明勤出于一片真心,听了被审计对象的"汇报",接受了他们"质询",并且给予"解惑"和批评,可谓滴水不漏,十分精彩。

客人走后,郭明勤拍着马建平的肩膀说,建平你别急,你的智慧难道会比那个"春苗"低吗？打死我也不信。

这个老郭,真是捧死人不偿命。

然而这一捧好像给发动机注入了核燃料,连胆囊也不疼了。马建平觉得必须对"春苗"采取点办法了,否则疯长起来要毁了她的。

现在审计组的行动还赶不上云海霞的快。第二天到建行去对账,发现上千万元的流水之后,还有存款 23.9 万元。第三天再到银行去看,这笔钱已经被取走,而且销户清零了。

真是坚壁清野啊。赶快找来云海霞,问这是怎么回事。她说,对不起,那是我自己的钱,我买房子用了。

马建平立刻做出判断:撒谎。

他不动声色地说道,你买房子有什么证据吗？她立刻从白色小坤包里拿出了一张收据说,马厅长,这是我买房子的交款收据。

马建平一看,确实是正规单据,房地产公司给开的首付收款单据,时间是 2009 年 5 月 23 日。他把单据扣下了,说我们拿回去调查一下。

云海霞有些不高兴,哟,马厅长,这还有假吗？调查也是白调查。

马厅长想观察一下她的反应,就说,我们刚刚查了你的银行卡,你正好昨天买房,而且钱数正好跟卡的余额相同,一分不多,一分不少,天底下有这么巧的事吗？

云海霞的表情出现了片刻的不自然,但马上就抹掉了,大千世界,再巧的事也可能发生。比如马厅长来到我们挂兰峪,不也是百里挑一吗？这是缘分。既然大家有缘来相见,就要互相信任嘛！反正我信任马厅长,收据你拿去好好调查吧,没问题了再还给我。

她相信丈夫办事稳妥,早就跟房地产公司协商好了,绝不会出现纰漏。

马建平倒被她的镇静闹糊涂了,难道她真没有问题吗？

经过一番调查取证,终于真相大白。云海霞确实买过房子,但不是昨天,而是去年,她让丈夫找到房地产公司,把去年购房交的首付款收据换成了今年 5 月 23 日交款 23.9 万元的收据。确实购过房,并非无中生有,只是款数和日期不同罢了。

那么这笔钱转到什么地方去了呢？转到其母亲建行卡上去了。

为什么要把这笔钱转走和藏起来呢？因为审计组追查74万元下落后，这张银行卡就变得危险起来。如果说返还给四个村的矿主了，那么为什么还有这么多钱在账上？应该收缴；如果说没有返还给四个村的矿主，那么这些钱更应该被收缴，所以这23.9万元绝对不能在账上趴着了，必须清零，消失，远走高飞。没想到最后还是被审计组追回来了。

3. 派她去寻梅

采访郭厅长只用了一个多小时，此后便一直不再接受采访。他用近似山东口音说，采访我干吗？工作都是同志们做的。书上也别写我。

我们说，那可就难办了。这不是给作者出难题吗？

他不置可否，立刻转换了话题。这是他的特点，或者说策略。遇到什么不好表态、不能表态、不愿表态的事情，他就转换话题，绝不跟你纠缠、辩论，给你留下一个不大不小的空白，让你去思考，或者把你引到另一件事情上去，把刚才的事忘掉。

此刻他谈的是自己的母亲。他是有名的大孝子。在他的精心照顾下，母亲已经活到一百零几岁。每周回衡水老家，他都给母亲洗头、洗脸、洗脚，坐在炕头上跟母亲唠嗑。

在他心目中，女性是伟大的。

他一天两顿坐在机关食堂餐桌旁跟大家一起吃饭。很固定，总是坐在那个把着一扇门的餐桌旁。几个巡视员和副厅长也到邻近的餐桌上跟他一起吃。大家说说笑笑，有什么事情当场就沟通了。他很少开会。处级干部和一般干部也可以到这里来一起吃饭。谁也没有规定这几个餐桌只能领导坐。但来的不多，因为坐在这里是要跟厅长对话的。你有话可说吗？你能言之有物吗？你有关于工作的好想法和建议吗？如果有，你真可以坐到这里来。没有哪个人拦你。

几张餐桌，为广开言路提供了很好的阵地。

刘军就经常坐过来，还有林海燕、靳志宏……

大多数人没有坐过来，但没有坐过来不等于不想坐过来，因为榜样的力量是无穷的，谁都想像刘军那样，跟厅长平起平坐，开玩笑，打哈哈，进言献策。王侯将相，宁有种乎？

况且郭厅长常常会临时动议，把某一个同志叫过来，攀谈询问一番。都要时刻做好准备啊！

几张餐桌的引而不发，调动了多少人的积极性！

这是否叫凝聚力？

也许有些牵强，或者没有必要这样联想。太累了。吃饭就是吃饭，解决生理需要。

可偏偏就是吃饭，却能吃出很多名堂。吃喝大有文章。宴请、聚会向来都不是为了单纯解决饥饿问题。不说别的了，只说这机关食堂，也不单纯是吃。

原来食堂办得不好，饭菜品种不多，来晚了就什么都没有了，于是大家就到外面饭馆去吃。一吃就免不了喝点酒，一喝酒，下午就不能好好上班了。反正食堂的饭不行，大家到外面去吃，理所当然。可有时吃喝过了边界，端被审计单位的酒杯，这就影响工作了。这不是小问题，不能掉以轻心。

郭厅长就把这当成一件大事来抓。

一抓就有了改观。窗明几净，枣红色的长条形餐桌一排排摆放着，热乎的自助餐花样繁多，干净利落的女服务员把餐盘和筷子递到你手上。餐盘刚消过毒，热得发烫，拿在手中，暖在心里。所有的食材也都有安全保障。这样的食堂，大家再也离不开，但中午不准喝酒。

别的单位也来学，连新疆的也来学。但能不能学成，那就又是一回事了。因为一把手必须坚持不懈地在食堂吃饭。

挨着门的那几张餐桌，是一道亮丽的风景。

噢，我们终于明白郭厅长为什么对女同志高看一眼了，因为审计厅有多一半是女性，他不笼络住她们怎么能行呢？

笼络的手段，就是拿她们开玩笑。几个女人就笑弯了腰，很满意地离去。

那天，马建平同他一起吃饭，向他汇报了兴隆审计的进展情况。自从郭厅长跟兴隆方面来的人谈话以后，马建平便建议厅党组请检察院介入。因为再不突破，审计的形势就不容乐观了。马总心里着急啊！

可是郭明勤不着急，他向前面的餐桌招了招手，郝卫宁，你过来一下。

马建平知道，郭厅长向来举重若轻。

郭明勤说,小郝,想不想下去跟马总历练历练?

郝卫宁说,太想了!整天在办公室写材料,上报下达,太需要到基层学点东西,实践实践了!

郭厅长说,现在正有个机会。马总那里有个云海霞,这个女人好生了得,听说长得还不错,像哪个电影明星。你去会会她吧!有美丽的外表,也就应该有美好的心肠。不要让她滑得太远,要尽量挽救。

郝卫宁心里没底,我行吗?

郭明勤说,你问我吗?我不知道。行不行,只有你自己知道。你不是写过《寻梅》吗?只当是再寻一次梅。

这一点拨使郝卫宁顿有所悟。她看到了郭厅长的菩萨心肠。即使对那些违纪违法的被审计对象,他也不想一棍子打死,他们也是人,具有人性,你要挖掘出其中的美好来,寻找出像梅花一样的美好,哪怕只有一点点,那也是可贵的。

郝卫宁写过一篇散文叫《寻梅》,郭明勤看过没看过不好说,但他会问别人的——作为河北省作家协会会员的郝卫宁,给自己当办公室副主任,在她身上发生的文学故事,他当然是要关注的。所以他也知道《寻梅》,知道那篇散文写的是,她寻了半天梅,最后也没寻到。原来她"心中有梅"。原来梅花本无形。寻梅只是寻求一种至高无上的美好,是她一生一世的精神之旅。

正好,那你就到兴隆县挂兰峪镇去完成一次精神之旅吧!

4.她没有孤立感

这时的挂兰峪镇,书记、镇长和财政所长正在暗自得意。他们的严防死守终于取得了成功。貌似强大的李现华也一筹莫展。他带人追查74万元,说发给村里了,没想到他们一查卡,那74万元干别的事了,露馅儿了。那也不要紧,还有第二道防线,云海霞用自己的钱垫上发给各村了。李现华当然不相信会有这样的事,立刻派人到村里去问。一问确实收到钱了,看不出一点破绽。

原来又走在了云海霞的后边。他们在后边追查,云海霞在前边铺垫。她在做这事情的时候,没有一点羞耻感,好像这事离违纪违法太远了,不仅可以去做,而且合情合理,是支持书记工作,是为镇上办好事。

这就很成问题了。如果大家在违反规则做事的时候，都有一种负疚感和孤立感，不好意思，不理直气壮，那还会好一点儿，还有可能随着监督力度的加大而有所收敛，正气就可能压倒邪气。现在恰恰相反，邪气好像变成正气，挤得正气没了位置，假正气却大行其道。

云海霞在办这些事情的时候，是很有一股假正气的。这是为镇里堵漏，别给能干事情的王书记找麻烦，别使镇上的经济受损失，所以她大张旗鼓地把二、三、四、六拨子村的会计叫来，把55万元钱交给了杨瑞芳、徐建华、王贵、翟德才四位村干部。她说，听着，这钱不是给你们的，只是让你们暂时保管。都听清楚喽，暂时保管。为啥？这不是上边来审计了吗，这钱得有个去路，就按罚款返还发给你们，等风声过去以后，你们再把钱还回来。不能让镇里财政受损失啊！

瞧，理由多么充分！

然而这事也奇怪了，本来就是罚款返还，怎么还"就按罚款返还发给你们"？难道你们就那么好说话吗？当然你们是代表被罚款的矿主的，那么那些矿主就那么好说话吗？

是的，他们都自愿地很好说话，因为他们根本就没指望罚款还能返还。哪儿有这么好的事？把钱都收走了还返还给你？但确实有了这笔名义上的返还款，那是镇党委书记王庆国和镇长司铁军多次找县委副书记蔡福浩汇报工作、请示问题，说情况、摆困难，千方百计为挂兰峪镇争取来的钱，补充办公经费的钱。来之不易。这钱能随便返还给矿主吗？

那怎么又跟返还挂上钩了呢？因为县里正常财政渠道也没有补充办公经费的钱，只能从罚没款里出。恰好蔡书记是分管关停查处办的副书记，又是县委包挂兰峪镇的副书记，那就只好并且有责任协调一下，让关停查处办以罚款返还的名义出了这笔钱。合情合理，无可厚非。

这样一来，这四个村的矿主们，四个村的会计们，还胆敢指望这笔钱吗？打死也不敢了。镇政府是为人民服务的，这是总体上讲，但自己也得生存，自己都生存不了，还怎么为人民服务？要生存就得有经费，所以这些事一路办下来，云海霞问心无愧，光明正大，有没有自豪感不知道，起码没有负疚感。

云海霞大大方方地对四位村干部说，这些钱虽然不是发给你们的，但你们必须给我打个收条，而且日期不能写今天。今天是2009年

5月多少号了？别管它多少号了，别写这个日子，要写2008年4月22日。也别都写22日，写两个22日，再写两个23日。

一切顺风顺水，一切自然而然，没有一处显得别扭，没有一处受到阻力。

这就是违法违纪的强大生命力！

云海霞有一种成就感，内心没有受到任何谴责，没有意识到这是违纪的，或者虽然也知道这不符合规定，不符合作为一个财会人员的职业要求，但职业要求也得服从政治需要。现在最大的政治需要就是解决镇政府的财政问题，也就是经费问题。这个问题不解决，书记和镇长就不能开展活动，就没有钱去打通关系、争取项目、发展经济。这可是关乎镇计民生的大事，是关乎镇领导政绩的大事，岂能等闲视之？

就这样吧！云海霞最后说道，别忘了事情过后得把钱交回来，一分不能少。这是镇财政的钱，还等着办大事呢！

这个防御工事筑得的确牢固，可以说是上下一心、众志成城。大家都知道是怎么回事，只有审计组不清楚。审计组陷入了人民战争的汪洋大海之中。

李现华意识到，不能再这样下去了。虽然从宏观上讲，这是一场力量相差悬殊的战争，省审县，大审小，但此时此刻，审计是如此不被理解，力量的对比发生了颠倒。可正因如此，才要从这个最难的点上寻找突破口，打开局面，让国家审计正大光明地行使宪法赋予的神圣权力！

他认为，挂兰峪镇的决策人物虽然是王庆国，但关键人物却是云海霞。审计组每次查清一个问题、发现一个疑点，眼看就要捅破那层窗户纸了，但就是捅不破，好像遇上了"鬼打墙"。这个鬼就是云海霞。她熟悉财务，聪明伶俐，垒起一道道防护墙，不让审计组进入。

你在摸索前进，她在前面打墙。

不能再让她打墙了。怎么才能不让她打墙呢？说服教育，肯定不行。她说的比唱的都好听。这个审计组成员全都领教过了。

只有一个办法，限制她的人身自由。

但审计组没有这个权力。

李现华请示马建平，这事怎么办？马建平作为总审计师，对事物的判断能力是很强的。前段时间云海霞出具23.9万元的购房收据时，他就判断那单据是假的，后来经过调查，果然是假的。23.9万元没有买房,而是转到她母亲的账上去了。现在李现华向他请示怎么办,他就知道这个审计组长已经有了办法,只是不想说出来,先听听他的意见。

马总笑笑说,要说办法,我可没有你的办法多。告诉你吧,我还真拿她没有办法了。你要不说,我就先回厅里了,郭厅长还等着听汇报呢!

这是个激将法。

一说向郭厅长汇报,李现华憋不住了,赶忙说,马总,我有个情况先向你汇报一下,你看这事怎么办?

果然有戏! 马总洗耳恭听。

李现华说,依据关停查处办主任栾必成提供的情况,有一笔36万元的矿业整顿业务费,发给了挂兰峪镇6万元、孤山子乡8万元、其他乡镇合计22万元。我们通过查阅清单和到银行查进账单,发现挂兰峪镇的6万元业务费由书记、镇长和财政所人员私分了,其中书记王庆国分1.5万元,镇长司铁军分1.5万元,财政所长云海霞分1万元,其他人员共分2万元。数额虽然不是很大,但却明明白白进了个人腰包,你的意见怎么办?

马总说,别我的意见了,你的意见呢?

李现华说,我的意见是请检察院介入。按照通常做法,咱们得等审计完了,出了审计报告,才能把触犯刑律的人移交检察院,但就目前这种情况,没有检察院的介入,还真难往下审计了。咱必须借用别人的手段,把人先控制起来,改变咱们走一步他们防一步的被动局面。

马总说,我非常同意你的意见,回去就向郭厅长请示汇报。

很快,马总就从省城回来了。

李现华迎接着,再往后边看,还有四个穿便服的检察人员,心中大喜。

这次郝卫宁没有跟马总来,因为办公室有别的紧急任务,耽搁了,但她说,马总,我一定会去的。

不说李现华这边的喜悦,单说兴隆县的紧张。前面交代,兴隆当局很注意审计组的行动,所以马总等人乘坐的汽车一进入兴隆地界,兴隆县的领导们就已知晓,甚至住哪家宾馆、哪个房间都十分清楚。

下一步怎么办?检察院来人可是要动真格的了。于是又是一番谋划和研究。

云海霞被检察院控制了。

审计组向省检察院办案组的同志移交了挂兰峪镇财政所长云海霞涉嫌贪污公款等有关兴隆县审计中发现的四个案件线索。

6月5日,省检察院办案组决定首先对云海霞立案侦查,并交由承德市围场县检察院具体承办。6月8日由承德市检察院反贪局侦查一处副处长李宏伟任组长,率领八名办案同志,来到了兴隆县,以私分公款和巨额资金去向不明为由将云海霞刑事拘留,关押到宽城县看守所。

检察院集中审讯,排除干扰,想一举突破,但是检察人员对账目上的事不内行,让云海霞绕来绕去,就绕不出来了。

李宏伟找到李现华说,咱们能不能一起审讯云海霞。李现华说,当然可以。这时他想到,云海霞虽然不能在外面活动了,但已经布下的埋伏足可以使她抵挡一阵,再加上有书记和镇长在外面活动,如不尽快突破,恐怕仍有变数。

心急吃不得热豆腐,必须派最合适的人去。这个人就是马占仓。

马占仓有耐性,让他去审云海霞,两个人可以比谁的耐性更好。现在需要的就是内紧外松,你越显得放松,她就越紧张。

李现华也亲自试了一下。不行,他心里发急,脸上就挂相儿,云海霞就更加四平八稳起来,所以他坚决派马占仓上。

2009年7月1日,正是党的生日,马占仓带领李永春、李曙光、丁伟雄三人从兴隆县广兴宾馆出发,沿着一条山路,向宽城县看守所而去。

白云蓝天,满山果树,再加上这样一个好日子,大家本应很愉快,但谁都没有那个心情。对云海霞,大家不是没领教过,名字很美,人长得也不错,但却很会把自己隐藏在云雾之中,使人看不清她的真实面目。

马占仓很聪明,他让李永春主问,自己从旁观察。

李永春先宣讲了一遍政策,这是程序,每次都要宣讲。无非是坦白从宽、抗拒从严之类,起到一种震慑作用。但他却说得很动感情,知道今天什么日子吗?党的生日。你要对党讲实话。举手宣誓的时候,可以为党牺牲生命,现在就不能讲实话?

云海霞却在心里说,老兄,这是两码事。的确是两码事。战火纷飞年代,刀光剑影之下,很有可能置生死于不顾,可现在大家都在入党做官,争取进步,用不着牺牲生命了。谁还会那么傻,主动去牺牲——政治生命? 所以她脱口而出说,快让我出去吧! 我一个一脚踩死的小官,圈着我干啥? 我进入看守所这件事会不会影响对我的提拔?

现在光想着进步和提拔的人不在少数。引导得正确,比如郭厅长,谁能揭示问题就提拔谁,那就是一种正能量;引导得不正确,比如挂兰峪镇,谁能在潜规则中出色生存,谁就受到领导重用,这就是一种负能量。

云海霞正准备着提拔为副镇长呢! 可不能毁在这次审计中。

李永春直接抛出了问题:5 月 22 日存款销户 170 万元资金的下落?

云海霞胸有成竹,把事先编好的谎话陈述一遍,严丝合缝,滴水不漏。

她说得有板有眼,有声有色,并且带着深厚的感情。她特别会弄假成真。因为这样撒谎全是为了镇里,为了王书记。想起王书记,她就有了力量,甚至有了正义感。我们这样干全是为了镇里的发展。你们与我们考虑问题的角度不同。都是各为其主,没有什么正确与错误之分。要非说谁错了不可,那也是你们错了。一个堂堂的省审计厅,抓住一个小小的乡镇不放,这算怎么一回事呢?

云海霞越说越放松,因为她知道,书记和镇长还在外边活动,是她的坚强后盾。只要她能跟检察院和审计组的人周旋下去,真实情况一点儿也不透露,让他们无功而返,外边再一使劲,就会把她放了。到那时,她就算立了一个大功,副镇长就肯定当上了。

5. 感情牌

马占仓亲自上阵了。对马处长云海霞早有防备。没被拘留时她就领教过此人的厉害。初次见面,看他那块头儿,那长相儿,就断定这是个猛将,从感性上就有点害怕。他要打我两下怎么办? 但从理性上一想,害怕就解除了。公检法打人不打人不知道,审计都是查账本的,恐怕不会打人。只要不打人,那我就不怕他了。越是长相凶的人,越可能心中没有道道,动口才和心眼儿,他肯定不行。

这次会怎么样呢? 她虽然心理上占优,但仍然多加了防备。

马处长以他惯有的和蔼可亲的方式开始了谈话。他说,云海霞,回去想得怎么样了？能不能给我们来点儿实的，别虚头巴脑地说那些没用的。

云海霞说，哎哟马处长，您可真会说话，妹妹哪句话是虚的了？还虚头巴脑，真会用词！

马占仓假装生气地说，别给我当妹妹！我没有你这样的妹妹，连实话都不讲！

说罢投去鼓励的一瞥，好像是说，你只要老实交代问题，我还真有可能认你当妹妹。为了审计的成功，我们的同志真是无所不用其极，计算上，心眼儿上，心理上，感情上，都想拉他们一把，不想看到他们走得太远。人心都是肉长的。

云海霞被这句话感动了，但咬咬牙，还得坚持自己的既定方针。

她说，马哥，我不是个胡搅蛮缠的人，我说的都是实话，都是实情，你要不信，可以去调查。

到这时她心里还非常有底。现在她虽然失去了在外面活动的自由，不能继续布置防御工事了，但是她都事先布置好了，够用了。他们尽管去调查，都不会露出马脚。如果他们都调查清楚了，还会苦心巴力地坐在这里问我吗？早就当炸弹抛出来，让我证实了。

马占仓不跟她务虚了。你不是最擅长在账本上绕吗？那咱就绕一绕吧，看谁把谁绕进去。

经过一段时间的调查，又让电脑专家丁伟雄把云海霞来往账目和存款账户分类筛选，马占仓脑子里就有了一张非常清晰的图网。

云海霞虽然记忆力极好，但毕竟不如电脑。她只对十几笔大数和一些关键账目记得很清楚，超出这个范围，就有点儿含糊了。

这回马占仓要试一试了。

马占仓跟云海霞一笔一笔对起账来。开始是云海霞烂熟于心的那十几笔大数，她显得不慌不忙，一边说着风凉话，一边解释，都能自圆其说。她以为这就完了，但是没有。马占仓又对照着十几笔大数的茬口儿，接出了无数笔小数，也就是在十几条大道上，接出了无数条小道。大道上她没有迷路，能说出东南西北来，到了小道上，她就不行了，五迷三道，找不到北了。

云海霞宽宽的脑门上渗出了细密的汗珠，心想不对啊！被拘留以前，我已经把镇里的大小账目统统拢过一遍，遵规守矩，没有漏洞啊！现在怎么就搞不清楚了呢？

是的，只要是虚假的，必然会自相矛盾。审计人员没有别的本事，只给你恢复事实原貌就行了。

她着急了，说话声音也高了，语速也快了。八个瓶子七个盖儿，盖来盖去盖不转。她再也不能四平八稳了。

马占仓却更加沉得住气了，指着一个存款账户说，这笔款是从哪儿来的，谁给你汇进来的，最后你又打到什么地方、谁的账户上去了？

云海霞实在是想不起来了，也就是编不出来了，因为每笔款项的来源和去向，是需要齿轮咬住齿轮，丁对丁，卯对卯的，不是张口就来的事。

她瞪着两只大眼看着马占仓，意思好像是说，你肯定也不知道。

马占仓好像猜透了她的心思，笑了笑说，打到谁的账户上，你不说，没有关系，反正我们已经掌握了，但是我又不能告诉你。跟你说了，你就没有坦白的机会，就不能从宽处理了。咱不能办那种对不起——妹妹的事。

又是一个"妹妹"，他总是在关键时刻，打这种亲情牌。

云海霞心中一震，但不能就此认输。找不到北，也要尽量找。凭着好脑瓜，现编也赶趟儿。他们已经掌握了？别骗我了，马哥，掌握了，还在这里问我？

她就说，这笔款嘛，干那个用了，那笔款嘛，我打给谁谁谁了……说来说去，南辕北辙，漏洞百出。

存折上共有 200 万元说不清来源和去向。审计人员拿出 2009 年 3 月 27 日六拨子村会计王海从其个人存折上向云海霞工行存折 7523 户转款 10 万元这一笔，问这是怎么回事。

云海霞这人除了爱说话、爱动感情、爱胡编乱造之外，还有个特点，那就是当没有证据时，她可以坚决不说实话，当你把证据摆到她面前时，她就痛快承认，投子认输，毫不拖泥带水。

这 10 万元就属于这种证据。她无路可走了。

云海霞不好意思（居然还能不好意思，证明有救）地说，算了！我承认，王海是向我账户上打过 10 万元现金，2009 年 5 月 23 日，你们来了之后，我让丈夫取走了。

丁伟雄还利用计算机进行辅助审计，查出 2006 年 4 月 25 日，云海霞让挂兰峪镇太平村、西安村、双官铺村、金山子村虚开收据套取"村村通"修路款 14.2 万元，然后放入镇里"小金库"。这个她也承认了。

所谓用天津表妹公司的分红归还的 74 万元返还款，当检察人员拿来天津表妹否定此事的证言后，她也承认是说了谎，四个村会计打的收条全是假的。

为了给镇委书记王庆国筹集活动经费，白条下账当然是一种方法，向饭店、修理厂买来发票，随便往上面填饭费、修车费也是一种方法，但都不如云海霞采用的这个办法好——向村委会会计们借来收据用一用。

原来县交通局给五六个自然村修一条几公里的路，钱当然要由各村的矿老板们出，因为修路主要是为他们服务的，没有一条好路，矿石怎么运得出去？所以他们出钱倒也踊跃，都交到各村的村委会。村委会会计再把这些钱交给县交通局，然后拿了收据存在村里。

云海霞看上了这些收据，在她眼里这不是几张纸，而是钱。她大张旗鼓地把四个村的收据要过来，说看一看，检查检查，其实是拿去复印。收据上的钱共计有 100 万元。

她把这 100 万元的收据复印件放到财政所，那就等于镇财政向县交通局交了 100 万元，然后支走了 100 万元现金，充当王庆国的活动经费去了。

就这么简单！简单得有点儿幼稚和可笑，但事实就是这样。这对于靠白条下账，甚至没条也下账的挂兰峪镇来说，已经是很不错了。

在证据面前，她承认了。

承认了许多问题之后，她就哭了。

云海霞说，马哥，你们理解一下我们行不行？这年头你不搞关系谁理你？你不送礼谁给你项目？没有项目，领导怎么出政绩？

不能说她的四个问题毫无道理，但怎么回答她呢？马占仓说，你们争项目、出政绩我们不反对，但打着争项目的幌子搞腐败，我们就得一查到底！

回答得很好。你说你的理儿，我说我的理儿。

云海霞动了感情，她说，马哥，你是个明白人，现在谁不这样干？我敢说百分之九十九点九的人都这么干。这是个社会问题。审计到我们了，就该我们倒霉。看在我都承认的份儿上，放我们一马行不行？不这么认真行不行？你就理解我们这一次吧！

这个感情牌马占仓不能打，他是典型的"一根筋"，干什么吆喝什么，心无旁骛，一条道走到黑。现在他可不想解决什么社会问题，只想把挂兰峪的审计工作搞好，所以语言就变得刻薄起来。云海霞，你作为一名乡镇股级干部，在全省名气可不小。现在，你们挂兰峪的案子连省领导都有批示，没人敢放你。今天我放你一马，明天咱俩就得掉个个儿，你出去了，我进来了。我能放你吗？再说，依法审计是我们的职责，我们吃的就是这碗饭，干的就是这个活儿。况且，你也没有主动交代，都是证据摆在你面前了，你才承认。

就在这个时候，郝卫宁来了。

郝卫宁出于作家的敏感，向同事们打问了许多云海霞的表现，知道她是一个非常爱说话的人，喜欢表白自己，说服别人。说的话虽然经不起调查，但表面上也能自圆其说，谈不上胡搅蛮缠。办案人员都说她在说谎，但又不得不承认，偶尔也有真情的话语，特别是在脱离开钱物，谈到个人的时候，那目光并非完全虚假，更谈不上邪恶。

有了这些认识，郝卫宁特别想亲眼见见这个女人。

郝卫宁跟着检察院的同志一起，来到了围场县看守所。云海霞被拘留后已经转移了三个地方。

检察人员审讯了一会儿，云海霞就哭起来，双手捂着脸，肩膀一耸一耸的。这个肢体语言使郝卫宁断定，她确实有冤情。是啊！弄虚作假她当然不冤，但什么力量使她这么一个有才有貌的女人变得这么狼狈，她难道不冤吗？

检察人员对云海霞毫不客气，一拍桌子说，不许哭了！她立刻止住哭，慢慢把头抬起来，并用手理了理弄乱的头发。

这时她看到了郝卫宁。

郝卫宁也注视着她。

有一会儿，郝卫宁被她的相貌镇住了——她太像电影明星李秀明了！那眼睛，那脸型，像极了，只是这时的云海霞没有了"明星"平时的那种宁静可人的微笑，而是睁大一双吃惊的眼睛看着她对面的另一个女人。多少天了，审讯她的都是男人，虽然马占仓有时还真把她当"妹妹"看，但关键时刻还是不理解或者不愿理解她。

她感到了男人的冷酷无情。今天终于看到一位向她投来理解、同情、怜悯、喜爱等多种感情掺杂在一起的温柔目光的女性，立刻由一开始的吃惊变成惊喜，又由惊喜变成感激，一股暖流涌上心头，温暖了她的整个身心，不由得掉下泪来，但她没有羞愧地去捂脸，也没有耸肩，而是迎着对面的女人，泪水滂沱地说道，姐，你是来看我的吗？

郝卫宁毫不犹豫地答道，我是来看你的！

云海霞脸上露出一丝喜悦。

检察官也受了感动，但仍然严肃地说，坐好喽！别影响领导工作。云海霞，今天你要老实交代！我们可以告诉你一个不幸的消息——

云海霞从刚才的激动中回过神儿来，眨着眼，准备听这个消息。"不幸"是对谁来说的呢？如果是对她说的，那就真不幸了；如果是对检察人员说的，那他们的不幸，就是我的万幸！她热切地盼望着这个"不幸"。也许书记、镇长在外面的活动现在收到了成效，上面有人关照下来，云海霞那点问题算什么，赶快放了她吧！

她这样做着美梦，不由得对郝卫宁投来一个感激的微笑，好像这个天大的好运，是这位姐姐给带来的。

但是检察官下面的话给了她当头一棒：王庆国和司铁军已经被逮捕，像你一样被关进看守所里去了。你不要再抱什么幻想，他们保不了你了。

美丽的眼睛闪出绝望的光芒。这光芒又渐渐熄灭，无光，沉入无边的黑暗。

忽又亮起来，那是对着郝卫宁的，充满了希望和诉求。

然而这个时候的郝卫宁能做什么呢？郝卫宁不能告诉云海霞，现在关进看守所的只有司铁军，而没有王庆国——她最关心和看重的那个人。他逃跑了。这是官方给出的答案，但谁能知道他到底在干什么？也许是在继续活动和找人，所以云海霞还没有到彻底绝望的时候。鹿死谁手，还不一定。

这是云海霞最后的策略，而检察人员就是要断了她的这个念想，让她老老实实交代问题。这可以理解。在胜负难料的情况下，这是可以理解的。大家都要争分夺秒。

也许是云海霞忽然亮起来的目光刺激了检察官的神经，心想你还是满不在乎啊！就继续说道，他们保不了你，他们要保自己了。王庆国都交代了，说事情都是你干的，跟他一点关系也没有。你还为他献什么忠心，保什么密？赶快说了吧！要不他说的那些事可就都是你的了。

这真是剜她心窝子的话。云海霞欲哭无泪，浑身颤抖，受不了啦。

难道王书记会是这样的人吗？不会！不会的！

但在讲现实、讲利益、讲金钱、讲政绩、讲前途、讲升官的今天，王书记能是一个另类吗？

云海霞左右摇摆了，她把目光再次投向郝卫宁。

郝卫宁则不敢直视她的目光，一扭脸儿。郝卫宁既不能帮着检察官引导她，也不能告诉她真相，只能一扭脸儿。

这时候办案人员又说，你知道什么是丢卒保车吗？王庆国是车，你是卒。平时哄着你往前拱，关键时刻为了保自己，就把你牺牲了。人之常情。你甘当牺牲品，我们也没办法；不甘当牺牲品，你就说，把什么都说出来。

听完这番话，云海霞再也忍不住了。她说，姐，你别扭脸儿，你瞅瞅我多可怜啊！我为他们干，哭着喊着地干，他们却把我抛弃了。

说着云海霞猛地打住，有所顿悟。不对！王书记不会办这种过河拆桥的事，我相信他的人品。你们骗我呢！姐，这是真的吗？

郝卫宁不能再回避了。郝卫宁温情脉脉地注视着云海霞，把温暖的阳光洒遍她的全身，用甘甜的雨露滋润她的心灵。这无言的凝视胜过了千言万语，使她看到了对方的真诚，一切谎言都不存在了，也不必寻根究底了。她拉着郝卫宁的手说，姐，你的目光告诉了我一切，我相信你，跟我说说话好吗？

郝卫宁语重心长地说，海霞，谢谢你的信任！你要理解我们，理解他们。我们，他们，也包括你，当然也包括你们王书记、司镇长，都要为净化目前不良的社会风气做出自己的一份贡献。对不拉关系、不送礼就办不成事的现象，你不也是很反感吗？可为什么还要跟着干呢？我知道是坏风气迫使你不得不这样干，比如项目跑不成，工程揽不来，政绩上不去等等，但这都是眼前利益、小利益，损害的却是民族的兴旺和国家的前程，这可是长远的利益、大利益。也许站在乡镇的角度上，看不到这种严重性，但事实确是如此。

云海霞沉默良久。她说，好，我配合审计，我应该理解审计，不是要求审计理解我，我错了。

唉！说到这里她长叹一声，王书记真会丢卒保车吗？

郝卫宁看着她的眼睛说，你的目光告诉我，你不相信。云海霞得到了极大的安慰。世间还是有真情的。

于是就谈生活，谈理想，谈工作，谈家庭，谈友谊，也谈到王庆国，云海霞说他是很能干的。

郝卫宁用心地听着,并且很理性地纠正着,以大姐的身份,亲切而自然,真诚而实用。

云海霞终于明确了一个理念:在做人的道路上,不能陷入迷茫,而要放出光彩。

最大的光彩就是同国家审计一起,为净化社会风气,尽自己的微薄之力。

二人从上午一直谈到晚上8点。

接下去马占仓、李曙光、丁伟雄等跟云海霞对账就比较顺利了。她主动交代,每月她与司铁军账外资金对账的报表在电脑上有记载,不过为了对付审计,已经删除了,但是家里有记载账外资金核算的12个黑色笔记本,并当场写了便条,让其丈夫把"上次我交给你的那些黑色笔记本,交给检察院的人"。

掌握了这些资料,再加上云海霞积极配合,主动交代,一笔笔违纪违法资金浮出水面。云海霞交代,四拨子村炸药库承包费110万元被转入了账外"小金库",还说王庆国虚开购煤发票套取公款13.8万元,还交代了王庆国、司铁军2006年至2009年春节和中秋节"两节"期间,从她手中拿走送礼的现金就达170多万元。最后查实,挂兰峪镇私设账外"小金库"累计达到463万元,认定王庆国、司铁军共同贪污、私分公款可作为量刑依据的资金为364万元。

是的,云海霞主动交代,并非是为了报复王庆国"丢卒保车",她不相信他是那样的人。事后她也没有后悔,只是表示有些对不起他。尤其是在王庆国到案后,把一切责任全揽在自己身上,说没有云海霞一点儿事,她感动得哭起来,双手捂着脸,肩一耸一耸的。

最后王庆国被判处有期徒刑12年,司铁军5年,云海霞则免于刑事处分。

6.不当三花脸

挂兰峪镇问题只是兴隆审计的一部分,审计组还揭示了兴隆山楂集团破产清算中巨额国有资产流失、兴隆县原县委副书记蔡福浩违纪违规、兴隆县财政局等单位违规用财政资金贷款、兴隆县政府违规发放奖金、平安堡工业区建设办公室购买线缆贪污货款、兴隆县移民工作办公室挪用移民专项资金、兴隆县政府办公室乱摊派等违规违纪问题共 15 大类,违纪违规资金约 6 亿元。

2009 年 8 月初,省审计厅根据审计组现场审计获取的大量事实,向承德市委通报了兴隆县财政管理依法理财意识淡薄,财经法规和重大财政管理改革措施执行不到位,缺乏应有的监督控制,乡镇财政存在重大管理漏洞,国有资产流失严重以及存在严重的公款私存、"小金库"等违法违规问题。

审计厅的通报引起了承德市委、市政府的高度重视,时任市委书记杨汭作出批示,责成承德市委常委、纪委书记卢建国同志牵头,纪检、检察、公安、审计等部门组成联合调查组,迅速启动反腐败工作程序。

8 月 5 日,承德市委反腐败调查组在兴隆召开第一次协调会议。市委调查组先后成立五个调查小组对审计组提供的 32 个综合案件线索展开调查。

在此后长达几个月的时间里,调查组不断派人到审计厅通报有关责任人的处理情况。最后,共处理、处分干部 27 人,其中受到刑事处分 4 人。

兴隆审计作为加强审计力度的突破口,目的达到了。虽然对有些当事人的处理还不尽如人意,但限于多方面复杂的原因,这样的结果也足以震撼视听,打出了审计的名声和威风。在全省各市县,一说到兴隆审计,都会惊讶和震动,并表示不会给审计制造阻力,一定好好配合。

兴隆县审计局和承德市审计局的地位也提高了。他们虽然迫于块块领导,一开始有些缩手缩脚,力度不大,但经过郭厅长对承德市审计局局长王振廷的严肃批评教育,王振廷放下包袱,带领市、县审计局积极参与到这次审计中,突破了许多关键问题。

说起对王振廷的批评,还有一段佳话。王振廷是一个很强势的人,一般人批评不得。他在承德市委领导眼里表现是不错的,还希望能被提拔重用,更进一步。省厅审计组到来后,他有点左右为难,是站在省厅一边,还是站在市委一边?考虑再三,觉得还是应该站在市委一边,行动便有些放不开。

郭厅长批评他说,王振廷,你很会打小算盘啊!作为一级政府的审计局长,必须要为国家财政安全打大算盘,这是你的职责所在,这是你安身立命的根本,否则绝不会有好果子吃。别以为你这样做,是为市委好，市委就会提拔重用你。你试试看，最后的结果肯定是恰恰相反。因为你从根本上就错了，不能为国家把好财政关，放着堂堂正正的红脸不去当，非得要当那种三花脸，会对市委的整个工作有利吗？

一席话说得王振廷无地自容。越是火性强的人越受不了。

他说，老板——他这是故意用了这么一个很江湖的叫法，觉得不这样称呼郭厅长，就不足以表现自己的归属感。现在他已经彻底地从"块块"转到"条条"上来了。他说，老板，啥也别说了，你就看我的实际行动吧！

他决心抛开一切私心杂念，坚决配合省厅搞好这次审计。就凭老板的这番话，就凭自己的党性，算了，别说这种漂亮话了，实话实说，就凭着自己的正义冲动，完全归属郭厅长了。当个堂堂正正的红脸！哪怕因此得罪市委，得不到提拔重用，他也认了。

兴隆审计圆满结束，大大提高了审计工作在承德的影响力。

第三章 会战

在国家治理这个大系统中,内生出一个监督控制系统。审计是监督控制系统之一,服务于国家治理的决策系统,对国家治理的执行系统实施监督和约束。

秦汉实行"上计"制度,对经济活动的监督有所加强。隋唐时期,在刑部之下设"比部",建立了比较独立的审计机构。公元992年,宋代设立审计院,是中国审计机构定名之始,"审计"一词正式出现。

公元2011年,河北省审计厅创造了以经济责任审计为统领,综合实施审计项目的经验,在全国拔得头筹,受到审计署的表彰,并将经验推广到全国。他们围绕经责审计,整合审计资源,调整审计项目,共享审计成果;把信息化作为审计的重要手段,把增强领导干部依法履行经济责任意识、完善领导干部管理和监督机制、促进惩治和预防腐败体系建设作为审计目标,努力走出了一条经济责任审计与其他审计相结合的新路子。

这事经过审计署、审计厅专业高手的总结、提炼、升华,一篇《以经济责任审计为抓手综合实施审计项目的成功实践》的文章,生了翅膀,飞向署机关,飞向全国每一个审计厅局、特派办,使河北省审计厅成为取经的所在。

审计机关不隶属于任何权力部门。以德国为典型,设立了联邦审计院,独立于立法、司法和行政部门之外,直接对法律负责。这种模式从形式上看是独立于三权之外,实际上它更偏重服务于立法部门。

审计机关在体制上隶属于国家行政序列,是国家行政机构的一部分,对政府负责并报告工作,但从发展趋势看,它也越来越多地在为立法部门服务。目前,实行这种模式的主要有瑞典、沙特等少数国家。

审计和监察职能合一。如韩国、蒙古等。韩国设立了独立于政府的审计监察院,受总统直接领导,具有独立的法律地位。

主计审计长模式。如印度等国,设立了独立的主计审计公署,负责财政决算编制、国家财政审计。

1. "见面会"差点擦枪走火

2011年八九月间,在北方名城张家口,一时聚集了70多名审计人员。

像其他著名战例一样,对张家口离任市长的经济责任审计,给审计和被审计双方留下了深刻的记忆。

有趣的是,参加2011年8月30日上午那场见面会的审计人员,对张弼的印象却是男女有别。女士们很欣赏他的潇洒干练,说这人坦诚、爽快、仗义。比如腼腆的靳志宏就掩饰不住地赞许,张弼是一个很会讲话的人。男士们就多了些保留,认为张弼敢作敢为,是市长里面的真汉子! 不过他那个讲话可有点儿不中听,有情绪啊! 明显带着火药味。

张弼长途驱车从河北版图最南端的邯郸赶到最北头的张家口,准时出现在见面会的现场。主政张家口的几年间,市宾馆的这间大会议室他曾无数次地出入,离别半年后,再次走进这里,特别是一眼见到坐在自己方阵里的昔日班子成员和三四十名各部门头头脑脑,一时间心潮起伏,感慨万端,多种滋味涌上心头。

就官场语境和逻辑来说,见面会开得高度合理、高度程式化。首先由审计厅总审计师马建平宣读审计通知书和廉政纪律,然后由副厅长也是这次审计的总指挥刘健对审计的任务和要求做一说明,接下来张家口现任市长王晓东对本市的人文、地理、经济、社会作一简要介绍,对省审计厅各位领导的到来表示热烈欢迎,要求在座的政府各部门对本次审计给予高度重视、高度配合,最后轮到"目标人物"离任市长张弼表态。

这时就有了两个看点，即双方主帅各是什么态度。

刘健已经讲完，四平八稳，没有引起什么波澜，大家都能接受。他的话不长，但包含了审计厅领导班子，特别是郭明勤的很多心思。刘健费了很多口舌来说明，党政领导干部和国企负责人经济责任审计的"正当性"、"常态性"。他说，我代表省经济责任审计领导小组讲几点意见——领导小组的成员单位，除了审计厅外，还有省纪委、省委组织部、监察厅、人事厅、国资委——他说，从 1999 年诞生算起，"经济责任审计"12 岁了，成长中还有"猜想"级的难题有待解破，我们期待它到18 岁的时候能够成熟起来。

他罗列了这 10 多年间经责审计过的 70 余名地厅级党政领导和大型国企负责人，有承德、秦皇岛、唐山、邯郸、廊坊的市长，有开滦、唐钢的老总。说来有点宿命的是，我们开门第一单市长经责审计，就是2003 年对张家口的原任市长张宝义的审计。言下之意，这次对你张弼同志的审计，是省委的意见、组织部的委托，不是临时动议，不具有特别针对性。他提了四点要求，一点希望对方给予配合，三点说给在座的自己人听，要求大家严谨、依法、廉洁。

现在轮到张弼讲了，气氛一下子紧张了许多。他会是什么态度呢？

张弼显然不像刘健那样有城府，上来就说，在我省 11 个设区市里，张家口地面不比别人大，人口不比别人多，钱袋子没有别人鼓，感谢组织，感谢审计机关的厚爱，百忙当中兴师动众给我这么一个总结学习提高的机会。我个人坚决配合。同时呢，想必各位也理解，张家口老少边穷，北京门户，战略要冲，限制多，瓶颈多，干成点儿事业不容易。

一口气，三句话，起伏跌宕，难掩胸中的不平。

他说，我当市长，处在拍板决策的位置上，做成一点事情是大家努力的结果，倘有什么问题和闪失，首先由我负责，不要记在部门和同志们账上……

他说着说着就有点儿动情绪了，用词偏激了，不甚好听了。大家都听在耳里，想在心上，却不敢出声，甚至不敢大声出气。仿佛那出去的不是水蒸气，而是液化气。而从张弼嘴里吐出来的也不是语言，而是火苗。火苗遇上液化气，砰的一声就爆炸了。

不少人悄悄注视刘健、马建平的脸色。刘健低头做着笔记,马建平白净的脸上架着白色的眼镜,依旧平静、板正。倒是张弼的三两位老部下私下里直埋怨他,话不该那样讲。

　　刘健闻到了火药味。经过政府债务审计等大型审计,他太了解自己统帅的这支队伍了,有时清点一下作业现场,20个人架着19副眼镜,有些人的脸上甚至还漾着孩子气,但一进入工作状态,一翻看票据,一进入电子账本,他们就会兴奋得不吃不睡。像张弼那种讲话法,很可能过度挑动起大家的工作积极性,以至于把厅领导班子既定的"以经责为抓手的综合审计"带到沟里,钻到"问题型财务收支审计"的老胡同里去。这是万万不行的。

　　于是他简单地和陈彦丰碰了下头,就去刘军、赵建护、任立晖、郝婷、骆瑞凯的房间串门,八个审计组中处长没来的,他就去找负责牵头的李洪钊、李石祥、赵增路,说你们把心态放平稳,客观公正是我们的宗旨,动心忍性是我们的本色。不是常说我们是吃着闭门羹、听着阴阳腔长大的吗?不要火气太大,火气太大伤身坏事。

　　下午,他又主持召开全体审计人员参加的动员大会,重申了郭厅长那句交代:客观公正,对张弼同志负责,对张家口市政府负责。他把私下里和处长们讲的悄悄话转换成标准的官样文章,排列出工整的二标题:高度重视,增强信心;搞好结合,成果共享;加强协调,通力配合;定期联络,信息畅通;严格程序,确保质量;抓住重点,客观评价;遵守纪律,维护形象。

　　宣布从今天下午开始,审计就进入现场作业阶段。

　　刘健不忘叮嘱大家,适度放松,保重身体,我们作业的宾馆前,就是张家口人也是张弼同志引以为豪的清水河,同志们早晚散散步,做做"八段锦"。

　　为什么是"八段锦",而不是广播体操?因为审计人员常年坐着看账目,容易得职业病。《黄帝内经》讲有"五劳之伤":久视伤血,久卧伤气,久坐伤肉,久立伤骨,久行伤筋。伤血伤肉不大看得见,但张岚他们这些年轻人却被颈椎病、腰椎病折磨得不轻。"八段锦",八组动作,八个名称,你听到名字就知道它有什么功效:双手托天理三焦,左右开弓似射雕,调理脾胃须单举,五劳七伤往后瞧,摇头摆尾去心火,两手攀足固肾腰,攒拳怒目添气力,背后七颠百病消。老祖宗留下来的,宝贝。

办完这些事情,就到了傍晚。刘健拨通了郭明勤的电话。

整个下午,郭明勤看了几份文件,接了几个电话,迎来送往谈了几件事情,清静下来就想喝杯茶。多少年的习惯,不抽烟不喝酒,但闲下来喜欢喝杯茶,且比一般人讲究些。茶谚说"春起花茶和单枞,夏爽绿茶和观音,金秋乌龙正当令,冬阳红茶与熟普",于是,望着窗外下沉的秋阳,他沏上一盏乌龙茶,把身体嵌进椅子里。

这时,刘健打进电话来汇报情况。老郭说,好,好,这样好。

第二天道别时,张弼诚挚地道歉说,昨天那个话我说得有毛病,兄弟赔礼了。

刘健就说,我怎么没感觉到啊!

本来嘛,河北就这么大个地面,见面就是不熟识,三句话也能找到共同的话题和共同的朋友。沟通不是问题。

2. 面对清水河

平日里不外出,陈彦丰还是喜欢赖床的。从泊爱蓝岛的家里出发到厅机关他都丈量了距离,掐算了时间,因此他总能在机关食堂闭餐前的最后一刻吃上早饭。到张家口这个清凉城,正是睡懒觉的好地方,他反倒躺不住了。

见面会开完了,动员会召集了,厅领导该做的、该说的也都做了说了。刘健和马建平已经打道回了省城。

留下了八个上足发条的审计组。一个组,多的有十来个人,少的有六七个人。组长、主审、审计组成员,各就各位。各业务处长坐镇,有的亲任审计组长,有的不任审计组长,背后指挥。一只老虎蹲一座山头。

陈彦丰作为建立在八个专业审计组之上的协调组组长,当然感到压力很大,别说睡懒觉,不失眠就是好的了。

他是河北省审计厅首任经责处长。

他知道经济责任审计是新生事物,历史不长,有很多未知数,夸张一点儿说,是审计的"哥德巴赫猜想"。

地球人谁不知道,在现实中国,没有当过县市主官的,就不能叫"官",只能叫做"僚"。因为没有上管兵、下管民,那么多不可想象的人权、财权、物权、事权,都没有过过手,所以分量就不够。

经责审计,面对着市长海量的事权和事务,审,审什么?

再者说,全市的经济社会发展指标,功也好,过也罢,当然跑不了市长,但是且住,别忘了这一亩三分地上真正的老大是市委书记。赶上老大柔和点儿、厚道点儿的,给你市长留点戏份儿;赶上强势点儿、霸道点儿的,你市长干脆就只有跑龙套和抓落实的份儿。审,审谁?

为这些,审计署、郭明勤和他的班子没少费心,没少讨论。为的就是描出一个靶心,横竖画出个定性定量的坐标,弄出个理想的操作指南,甚至模块。但几年了,还在摸石头过河。

这次虽然明确了要关注经济发展、经济决策、经济管理、经济风险、廉洁行政五个方面,确定了财政管理、产业结构调整、重点建设项目完成、宏观调控政策落实、土地管理、环境保护、保障和改善民生等18项重点审计内容,但这只是一张网。你可以纲举目张地撒下去,能不能打上鱼来,打上多少鱼来,就看你的本领了。

天刚蒙蒙亮,陈彦丰就起了床,沿着清水河先是拾级而上,然后折返,走了这么几公里,一边走一边看河流景象,一边找晨练、散步、遛鸟的人搭讪,给自己搜寻素材和依据,好叫自己有个初步的判断:这清水河流淌的是民心,还是景观;是政绩,还是面子,甚或什么污泥浊水?

先探测一下,然后再审计。

他突然想起了自己生活和工作的那座城市——石家庄。石家庄曾是一座朴实而美丽的新兴工业城市,有自己的拳头产品,行道树是高大而实惠的白毛杨。而今呢?登上排行榜的往往是它难耐的闷热和空气污染,所以有些想干点事的领导就不约而同地做起"风水文章"。据说,晚景凄凉、病魔缠身的程维高生前最后一次来河北,时任领导陪他游了太平河。程维高感慨地说,你比我气魄大,我只修了条民心河。水是城市的命根子。

眼前的清水河,清洌洁净,一望便知是有源头的活水。

是的,河水是清澈的,但这只是自然形态,审计面对的那条财政之水、财源之河是清澈的吗?

这些天,陈彦丰身边能呼来唤去的就一个李跃先。李跃先稳重倔强,是个仔细交往才能品味出优点的人。本来,综合协调组,除了组长陈彦丰,成员还有李和平、李跃先,但是李和平另有任务回厅里去了,这综合协调组,不管是"综合"还是"协调",实打实使唤的就都是陈彦丰的嘴、李跃先的腿。也正好是这样的时候、这样的角色,把繁复杂乱的事情处理得有条不紊、游刃有余，就彰显出一个人的优良素质和积淀。李跃先一个人承担了上传下达、文件起草、信息传输，还有现场审计、跟踪审理、照相等一应工作。每天做完了这些，落到电脑桌面上，文件包、文件夹、文档整齐有序，细密得像大姑娘的十字绣。

李跃先正想伸伸腰喘口气，陈彦丰叫他去趟开发区。

陈彦丰不是不放心刘军率领的开发区审计组，他是想找点儿第一感觉，一睹开发区的真容。看一个市长把一个城市治理得怎么样，不能数有几座高楼大厦，也不能看修了几条景观大道。看什么呢？想了解市政建设就得去城乡结合部，看是整齐洁净还是脏乱差；想了解民生就得去看街区里走过的老人孩子，看他们的脸上是否洋溢着甜蜜和安然；想了解经济社会发展后劲如何，就得去看经济技术开发区，看那里是活力四射还是跑马占地、烂尾工程。

经责处的处长正在变动中，赵增路在这次审计中担任经责审计组长——头一回当组长，就当了这么重要的审计组长。2006年从省武警总队转业以来，他就在经责审计处。二三十年的部队财会工作，转业前官居总队审计处副处长，技术八级，官职不高，但服务保障司、政、后、总队领导，也算见过世面，历练的结果是身材魁梧、身段柔软。郭厅长来了后，给落实了个副调研员。来厅里六年，陈彦丰给他当了三年处长，相处默契，所以，彦丰让他召集各审计组长开个会，他不假思索就承担下来。

他不打电话，逐个当面通知了财政决算审计组长李洪钊、养老保险基金审计组长任立晖、开发区审计组长刘军、张家口商业银行审计组长赵建护——赵建护这时是金融审计处长，19天后火线转任经责审计处长，此老赵正式成为彼老赵的顶头上司、国有土地收入及土地整理资金审计组长骆瑞凯、投资与产业调整审计组长李石祥、企业国有资产运营与管理审计组长张天永（企业审计处长郝婷玩儿潜伏，只自任了个审计组成员）。

赵增路谦逊地自称是猫，各位处长是老虎，现在"猫"劳驾各位"老虎"开个会，有几个事项汇报汇报、沟通沟通。各位处长说老赵你忒客气了，有什么事情直接布置就是了。赵增路在经责审计处待了六七年，光是署里组织的专题研讨会就参加过两三次，说起话来自然也深入浅出、头头是道。

他说，经责审计走过十年还只是万里长征走完第一步，很多事情还处在初级阶段，我们今天就又搞起"联产承包责任制"。既然是综合审计项目，就讲究个有分有合、统筹兼顾，各摊除了种好自己的责任田，还要按时足量把该交的"公粮"、"份子钱"入到"经责"的大堆里。他把这两天汇总的各组工作进展介绍了一下，规定好审计实施方案的调整时限和各组子方案的上报时间。各位"老虎"都说没有异议。于是，管弓的弓弯，管箭的箭直，各自发挥优势。想打咚咚鼓，总得二三人。经责大审计，众人拾柴火焰高。

3.寻找市长的"账本"

"会议记录"、"会议纪要"是这次经责审计的抓手，它不仅是抓手，还是要审的那个领导干部的"账本"，透过这个"账本"，追踪他的身影和行踪。

勾、稽、审、覆、计、比、磨、勘，这审计的"八般武艺"都对着"账本"来了。

于是，整个经责审计组，也就是组长赵增路，主审任永静，成员林海燕、朱西圣、王贞。上午开完见面会，下午就开始搭建审计项目信息平台，转换被审计单位的电子数据，交接财务报表、记账凭证、市政府办公会议纪要，审查《张家口市人民政府工作规则》，调阅市政府2008年至2010年三年的下发文件目录。为了寻找张弼的"账本"，或是给他重建个"账本"，过程是如此繁杂，他们做起来却轻车熟路。

局外人会说，烦不烦啊？听着头都大！烦，真烦。不光烦，而且累。要不怎么年纪轻轻就职业病缠身呢？就说朱西圣，春天去参加唐山的地方政府债务审计，唐山块头大，工作量也异乎寻常的大，朱西圣积劳成疾，眼睛得了虹膜结状体炎，紧着住院治疗才挽回了大部分视力。医生嘱咐，致病原因是免疫力低下，今后避免过度劳累，避免过量饮酒，春秋换季冷暖交替的时候要格外小心。酒是坚决不喝了，同志们心疼他、关照他不叫他过劳，但在这样热火朝天的环境里想清闲那是不可能的。再过十天就是中秋节了，正是"兼葭苍苍，白露为霜"的寒暑交替之际，更谈不上为自己那双眼睛操心了。

说不烦也不烦。审计生活大部分时间是苦中作乐、忙里偷闲，"干一行，爱一行"，乐在其中。孔夫子说，知之不如好之，好之不如乐之。乐从何来？

他们的回答与众不同，既抽象，又形象；既严肃，又有趣。

概率论。西方人说概率引导着人生，概率是悬在毛驴眼前的那把胡萝卜，渴望、诱惑、吸引、鼓舞、悬念、偶然、运道，时时让你着迷而欲罢不能，就忘了路途的艰辛和驮载的劳顿。审计人员的眼前不是数字和账本，全是胡萝卜。

淘宝论。在鱼目混珠的地摊上，在光怪陆离的玻璃柜里，在光线诡秘的文物店内，经过千淘万滤之后，说不定就在哪个角落里，那件踏破铁鞋无觅处的宋哥窑、元青花、明宣德、清粉彩，就那么命中注定地等待着有缘的你，你摊上好运啦！更高级的胡萝卜。

博弈论。只要还有人类存在，恐怕一赌输赢的那种刺激和快感就存在。挂彩头的胡萝卜。

拾山芋论。提出这一理论的不用说是出生在上世纪五六十年代、忍过饥挨过饿的人。长满垄亩的山芋无论是收获还是去偷挖，都没有多大意思，不过瘾。唯独是收过了，犁过了，再去蹚着铁锹翻拾，听到铁锹片挖到山芋的声音，便油然生出快乐和幸福。胡萝卜换成了山芋。

如此而已，岂有他哉！胡萝卜、元青花、彩头、山芋，只是求胜的欲望和目标，但眼前桌面上摆着的依然是如山的账本、如麻的数据。谁说无欲则刚？错！有欲才刚。就看你是什么欲。共产党没有理想，能得天下吗？

四个人先是按照"概率论"，从市政府三年间发的 676 份文件中，调取了 294 份；审阅了市政府常务会议纪要 2008 年 9 份、2009 年 7 份、2010 年 4 份；审阅市长办公会议纪要 2008 年至 2010 年分别 25 份、38 份、19 份。又按照"淘宝论"分析判断，甄别分拣出那些有含量、有成色的"初级矿石"。再按照"博弈论"，像玩扑克牌一样，按涉及内容和专业分工，逐一分发给各组作进一步审计：农业与环保 26 份，财政 10 份，投资 14 份，金融 4 份，行政事业 6 份。接下来，各摊各组就按照"拾山芋论"深入挖掘，或审计，或延伸审计。

这时，一张在整个牌局上举足轻重的"王牌"同时吸引了几个组的视线，这就是通泰控股集团公司。

刘秀清一如既往地辛苦并快乐着，一如既往地敏锐、爽朗。他和朱西圣一样，都是在春天的地方政府债务审计中挂了彩的人，他得的肠梗阻，是三更半夜用救护车从保定拉回来的。朱西圣险些丢了眼，刘秀清险些丧了命。尽管刘秀清会下意识地掩饰，但他的外强中干、底气不足还是明摆着的。别人的矫健是走路带着风，他的"矫健"是被风带着走。

这天在协调组的碰头会上几个人正在犯难，满眼都是"通泰"。一棵绿荫遮天的大树，翻遍了常务会和办公会纪要就是寻不到它的根子。这时刘秀清说，应该还有个党政联席会议的纪要。

一句话把大家给点醒了。

4."积极修辞"

"青山隐隐水迢迢，秋尽江南草未凋。二十四桥明月夜，玉人何处教吹箫。"杜牧生活的晚唐时期，扬州的风很美，月很美，桥很美，人很美，箫声也很美，只是有点儿幽怨。今夜的张家口，东升宾馆外，清水河上波光粼粼，座座桥梁杨腋柳瘦恰恰好，月亮像只硕大的芒果，不那么滚瓜溜圆却很丰满。很美，风却有些凉。

下星期二就是中秋节了，厅长已经恩准，到时放假两天，连来带去四天。

夜深了，幽暗的夜空里，照射着灯光的窗口像是猎豹的眼眸，整座宾馆和宾馆里的审计人员没有丝毫睡意。小伙子们干脆打开窗子叫山城的夜风长驱直入，把发烧的头脑冷却些，再冷却些。

郭明勤常以修身、齐家的理念来思考队伍问题。队伍有什么样的人气很重要，就像一个家庭，一事当前，如果同心同德，劲儿往一处使，家道就会越来越兴旺，久而久之，就会形成家风，兄弟姐妹就会各自呈现积极的一面。如果困难当头，兄弟姐妹各图自保，逃避责任，甚至全不念手足情深，出损招邪招，各逞丑恶的一面，就不光谈不上什么家风，这个家的分崩离析也指日可待了。经过几年的调教、激励，审计这支队伍正变得很有人气，能征善战。

因为是全新的组织模式，或许因为事出仓促，或许因为某种战术考虑，这次审计没有做审前调查，只有一个工作方案，实施方案则只是给出个框架，让各组边进点，边审前调查，边制定各摊的实施方案，还要制定经济责任实施子方案，再在各子方案的基础上形成最终的"实施方案"。是不是在意料之中不知道，反正这种不确定性，倒是给各专业审计组开拓了不少施展的空间。

只用了三五天,各组完成了各自的规定动作。各有关单位浅层的财务收支审计顺手就干了,深水区的专业业务审计是真正较劲的开始。网撒下去了,撒得很圆,入水很准,甚至已经看到了鱼的游走。

以往的审计生涯中,不同业务处的审计人员,业有专精、术有专攻,择菜抱葱,各管一工,很少像今天这样,几个业务处、几个专业审计组的人目光高度聚焦,中枢神经同时兴奋,同时被一个人、一个单位、一件事、一本账所刺激和牵引。协调组、经责组、投资与产业调整组、企业国有资产运营与管理组,近 20 名经验丰富的审计人员,不约而同地把目光投向了张弼一手搭建和调理出来的通泰控股集团有限公司。

张弼是名有个性的官员。"个性"是个褒义词。为人、为艺、为官,都有两种很容易混淆但本质上天壤之别的境界,一种叫有个性,一种叫有习气。比如豪爽与粗野,潇洒与流气,认真与呆板,果敢与蛮干,前者是优点,后者是毛病。张弼很有个性,不愿意当那种平平庸庸熬年头的市长。

在张家口市长任上这几年,"账本"是沉甸甸的。在所审计的这三年里,光是贴上"经济责任"的常务会和办公会,他主持召开了 102 次,其中只有一次他因故委托常务副市长主持。

在这三年里,全市财政收入年均增长 16.4%,高于全省平均值。

他打造了一条张家口市的"经济航母"——通泰控股集团股份公司。这个兼有企业经营、公共事业、融资平台属性的巨无霸,全市 22 家国企总资产 250 亿元,它自己占去 204 亿,占 81.6%。而这艘航母的实际舵手,是市长张弼。难怪呢,在张家口,人们把"通泰"叫"二政府"。

别说是当时的审计人员,就连作者本人也感到疑惑不解:被法律赋予国家出资人资格的国资委,在这里几乎一文不名,连名称也由"张家口市人民政府国资委"改叫"张家口市国资委"。少了"人民政府"四个字,这意味着它从具有国资法人资格的专门机构弱化成为政府的一个部门。事实也是如此,张家口市国资委只监管着一家企业,"蓝鲸",还是一条濒死的"鲸"。

写作这部作品时,张弼已荣任承德市委书记,真正的任重道远。作者就带着疑问去请教刘健,因为刘健也在承德干过,当过县长、财政局长,还当过副市长、高新区工委书记,阅历丰富。他的回答概括起来就是四个字:资金,效率。按照他的指点,来描述一下张弼的心路历程吧！

张弼要做一篇经济社会发展的大文章。从"修辞学"的角度讲有两种做法：一种做法叫消极修辞，要求把文章写对；另一种做法叫积极修辞，要求把文章写好。总体而言，当前我们国家的体制架构和制度设计，基本上是要求你做对，对做好没有量化的要求。从这种意义上来说，张弼是既想做对，更想做好，甚至为了做好，不惜牺牲做对。他看重"积极修辞"。

当审计进入尾声，张弼觉得就审计报告的交换意见仍言之不足、意犹未尽，2011年11月28日，亲笔写了一篇言词恳切的《关于土地使用管理工作中有关问题的说明》，通篇三四千字大部分是在解释和说明通泰集团和178宗土地的问题，字里行间流露出的，是为了张家口的提速发展恨不得点石成金的急切心情。这也印证了我们的描述。

5.好文章是改出来的

张弼那篇《说明》不是平白无故写的。

张弼有个性，他若是普通人，这个性充其量就影响他的家庭，但他是市长，这个性就不再是简单的个人和家庭问题，会给张家口的整个社会生活打上烙印，甚至性格当中的某些特征会被有意无意地放大。

张弼是"积极修辞"，大手笔，能放得开、收得拢，但是下属和下级部门，手笔也许就稀松许多，甚至根本就不通文法，不管什么红线、白线、高压线，胡乱写去，那就不堪设想了。

败笔是不可避免的，只是还没有一个机遇接受专业点评，于是笼而统之、轻描淡写地解嘲为"文无定法"。

过了中秋节，各组都倒排工作量，严格按照"实施方案"设定的审计时限和进度安排，展开审计、延伸审计。市里市外、机关学校、厂矿企业……调查、座谈、盘库、查询、取证、采集、处理、分析、判断。疑难时刻，刘健、赵颖也几度代表厅党组来到张家口，现场指挥调度。这期间，多少甘苦、多少事迹，很难一一道来。

那天，李洪钊对陪同在身边的张家口市财政局、审计局的同行说，今天休整休整。他们二位就去赶场喝了顿酒。李洪钊就和刘秀清、靳新营、李猛去寻找那家并不存在的印刷厂，一下撩开了"跑办费"的面纱。

赵增路和任永静冒充学生家长，混迹在接送孩子的人群里，打问，你家孩子的年级是不是也交那么多杂费啊。

胡永茂找来撬棍和一根闸线，大讲开保险柜的窍门，对方就说，密码想起来了。

吴彩兵一路劳顿回到家，开了门锁却拔不下钥匙，满头大汗地坐在沙发上哭起来，这时女儿放学回来拔下钥匙问，妈，你忘了拔钥匙了？

眼下，时间过半，审计报告的初稿已经接近完成。

审计进展和发现的问题，以日报、周报的形式陆续送到郭明勤案头。

好文章是改出来的。善于指出人家文章缺点和短处的人，往往自身就是文章高手，能切中要害、指出瑕疵，还能够讲清怎样改好，甚至文思泉涌，修改出堪称经典的篇章。审计厅很多人，郭明勤、李树森、吴兵冲、刘健、赵颖、马建平、段宁等，就是这样的人。张弼大手笔，郭明勤的手笔也大。那是一种很熨帖、默契的互动，常常以"同志式的理解和对手式的较量"的形式表达出来。

这就是审计。

审计人员手里是握着"兵器"的，那是《中华人民共和国审计法》赋予的：处罚、封存、通报、移送、处分建议、公告。此外，郭明勤手里还握有一件重要"杀器"——"专报"，绿色无障碍，直通省委书记、省长的要情报告。这"杀器"最初是国务院总理给审计长的，后来省领导也给了审计厅厅长。现实政治生活里的中国官员，最怕的无过于两件事：一怕不当行为曝光引发群体性浪潮，二怕自己负面的东西被领导和组织所掌握，毁了前程。

是"大杀器"就得慎用，战略武器，不随便用，放着，我有，镇国、镇省、镇厅。郭明勤他们更乐见的是那种"良性互动"。

到 2011 年 11 月 7 日，这次审计的重大问题和案件线索经过梳理、归类、汇总后，报上来整整 100 大项、162 条，构成案件的有 7 大类、19 项。

郭明勤是大手笔的人，面对这些脸上也没有显而易见的感情色彩。

张弼也是大手笔，最初也是泰然处之。他甚至对张家口方面的老同事、老部下们频繁的一惊一乍和沉不住气，大不以为然。然而，没过多久，他心里不踏实起来。有些问题还真得好好认识和理解啊！就说自己那个得意之作——"通泰"吧，"在理解国家土地政策、法律法规方面出现了偏差，从而在土地的管理、使用上出现了一些问题。这次的审计意见，对我们是一个及时的警醒。"——他在《说明》中这样写道。

张弼的措词很讲究分寸。他说"出现了一些问题"，用了"警醒"一词。出了什么问题？又警醒什么呢？原来，"通泰"以土地作抵押，向四大国有银行融资贷款，所涉及 178 宗土地，从土地登记有关手续来看，只有 18 宗具有合法用地手续、基本符合登记程序。说白了，搁在老百姓头上，一般法人如果这么干，使用假土地证、虚假流转、虚假抵押，就涉嫌骗贷了，不过搁到张弼和"通泰"头上，有张家口市人民政府的信誉和招牌做担保，就可以视为笔走偏锋、动作不严谨了。

还有那个"密苑"项目，由马来西亚卓越集团投资的大型旅游地产项目，项目一期计划投资 30 亿元。这本来是张弼做得很有眼光的一件事情。张家口的崇礼县，夏季是避暑胜地，冬季有河北（为避免不必要的争议，不说"北方"）数一数二的滑雪场，交通相对便利，餐饮独具特色，在发展未来型县域经济上有着良好的创造空间。主题好、素材好，但跑了题。

原来，《国务院办公厅关于加强建设项目管理确保工程建设质量的通知》里，要求对边勘察、边设计、边施工的"三边项目"，坚决取消立项，并追究主要负责人的责任。这是一道"红线"，踩不得。而在"密苑"项目上，2010 年 11 月 28 日，张弼主持市长办公会议，明确要求"边规划、边建设、边经营"，记录在案。而且，规划中还有犯忌的高尔夫球场。

跑题了。好在还有挽回的余地。张弼毕竟是张弼，绝不文过饰非。

于是，他诚心诚意地来省审计厅交换意见。

于是，在张家口市政府一个月内五次行文落实审计决定之后，张弼写了那篇堪称"陈情表"和"答辩状"的《说明》。

郭明勤是大手笔，大手笔就举重若轻、收放自如，意料之外、情理之中，就中情、中理、中法。他在刘健送来的报告上云淡风轻地签下："请树淼、建护同志阅。在这个说明当中，张弼同志的认识还是比较到位的，提出的问题较客观，应该说达到了经责审计的目的。望认真总结。"

这一总结就引起了审计署刘家义审计长的注意，要求班子成员传阅，还交代财政审计司和经责审计司去调研、总结，拿到全国去，推动深化这项工作，更导致了张家口市委、市政府在 2011 年即将过去的时候，向全市号召"以经济责任审计为契机，加快提升政府依法行政水平"。

文件中还特别提到了审计的"免疫"作用。

第四章　守财

命中注定,审计人是把守财门的红脸,看守钱财的"奴仆",是国家的"守财奴"。

善治包括合法性、透明性、责任性、回应性、有效性、参与、稳定、廉洁和公正等特征。

实现善治,离不开审计。它作为"免疫系统",始终立足建设性,坚持批判性;立足服务性,坚持监督性;立足宏观全面,坚持微观查处;立足主动性,坚持适应性;立足开放性,坚持独立性。

元、明、清三代均未设立专门的审计机构,大部分审计职能并入御史监察机构。

1911 年辛亥革命以后,北洋政府和南京国民党政府先后设立了审计院,颁布了《审计法》。

在上下级审计机关领导体制方面,各国也有较大区别。印度、葡萄牙等少数国家只设一级审计机关,地方不设相应的审计机关,对地方的审计工作由其派出机构负责。

在分级设立审计机关的国家,最高审计机关与地方审计机关的关系也不尽相同。美国、英国、日本等国家最高审计机关与地方审计机关之间一般没有领导与被领导的关系,也没有业务指导关系,两者完全平等。

韩国审计监察院与地方自治团体监察机关之间是业务指导与合

作关系。

法国的审计法院可以接受对地方审计法庭判决不服的上诉,并做出终审判决。

菲律宾的最高审计机关对地方审计机关实行垂直管理。

1."孬小子"

拥有200多名公务员和"参公"人员的河北省审计厅,除了办公室、人事处、机关党委、纪检监察、法规、教育中心、计算机中心等职能处室外,还有经济责任、财政、企业、投资、交通贸易、农林水、文体卫、行政事业等18个业务处。按照传统看法,业务处是最能打硬仗的,是攻坚克难的战斗部队,是野战军。能到业务处当处长,个个都不白给,得带兵打仗,所以业务处长多少都身怀绝技,有自己的一套办法。

我们采访了许多处长,对不起,男的居多,女的居少。正处长里边,除了郝婷是女同志,便没有别人了。可是从全体男女比例来看,女同志却占了多一半,顶起了多半边天。只是处长这片天,还得男的顶。

什么原因?说不清。反正那些男处长们,个儿顶个儿的不同凡响。前面我们已经见识过几位了,现在又有一位处长向我们走来——在我们与郭明勤同桌吃饭时,他端着盘子过来了。

郭明勤说,"孬小子"来了,说说又干什么坏事了?

刘军笑笑说,坏事没有少干。不干坏事,怎么来好事?好事都是用坏事换来的。

"孬",自然就是"不好"。"孬小子"者,家乡土话,坏小子之意也。在老郭眼里,刘军孬小子、坏小子的性格特征很突出。也就是说,他的绝技在"孬"上,关键时刻会使出些淘气甚至顽劣的招数,以毒攻毒,出奇制胜。然后人们就不敢小瞧审计了,就比较顺畅,坏事变成好事了。

这一招儿屡试不爽。

所谓行政事业审计处,就是其他业务处管不着的都归它。千万别小瞧这些剩落儿,不是有权的,就是有势的,顶不济的也有社会影响。公检法司,人大、政协,工青妇……你一个小小的审计,敢碰吗?

必须碰,不碰开展不了工作。

刘军去某局审计,人家根本没有把他当碟儿菜。审计了一段,不冷不热,配合也不主动。刘军正在想"坏"主意,局长突然要宴请审计组。本来这个时候是不该接受宴请的,问题还没审计清楚,吃人家嘴短怎么办? 但刘军为了看看局长葫芦里到底卖的什么药,以便见机行事,给他使点儿"小坏",便欣然答应了。

真是酒无好酒,宴无好宴。不说是鸿门宴,起码是个下马威宴。那气氛,那气势,明显地表示出来。刘处长,见好就收吧! 别死乞白赖地审了,弄不好可没有你们的好果子吃。为了配合这种显示,酒风也极为不正,居高临下,以势压人。

局长大人劝别人喝,自己却不喝。

问之则曰,我身体不好,不能喝白酒,只能沾沾。于是他就沾来沾去地让别人喝。

刘军微笑着说,局座身体重要,身体重要。我喝干,我喝干,你随便沾,随便沾。

可是他端着酒,并不喝,更谈不到喝干,一边看着对方不断地沾,一边说,郭厅长还有两个移送指标我还没有用呢,就目前审计出的问题看,你们可……

可够严重的,可够危险的,可够悬乎的,可够移送了……

但就"可"打住,没有说"可"后面的话。

刘军把酒放在桌上,观察着局长的表情。

局长的表情很不好看,脸上的肌肉抽搐一下,似乎要发作,但又不敢。因为"移送"这个动词是带有一种强烈色彩和威慑力量的,把他吓住了。纪检监察办案,先党内后党外,先自己人后犯罪嫌疑人,中间那个关键程序就是"移送"。一移送公安和检察院就麻烦了,所以谁都不想被移送,谁都怕被移送。

现在官场上谈移送而色变,局长岂能例外?

脸色就由红光满面变成黄绿相间,再由黄绿相间转成白中带黑。看来问题不小。

不等刘军再说什么,局长一扬脖,一杯酒干了。

这就好。刘军不想以势压人,也伸手去端酒杯。局长却把他的手按住了,你不用喝,我连干三杯!

不一会儿他就喝高了,出溜儿到桌子底下去了,但不忘口吐真言,我都喝这样了,别移送了吧?

什么移送,什么移送指标,有多大问题是多大问题,还能提前有指标吗？郭厅长向来就没定过指标。

郭厅长笑着问刘军，你又打着我的旗号干什么坏事了？

刘军把盘子放下，一边吃饭，一边说，我都是善意的谎言。

郭厅长问，怎么就体现出你的善意来了？

刘军说，口说无凭，这不，作家们也在这里呢，可以跟着我下去转转，到被审计单位看看，看看人家是怎么说我的，让他们有仇的报仇，有冤的诉冤。

作者说，有你带着，谁还敢当面说你坏话？

刘军说，那你们就自己去。我不打任何招呼。

最后作者还是跟他一起去了，因为只有亲眼看到他和被审计对象的关系，心里才有底。

我们来到了某市电视台。漂亮的大楼，严格的警卫，但我们的小车到来时，电动门提前拉开，笔挺的门卫举手敬礼，台长和纪委书记站在院子里热情迎接。这和两年前发生的那一幕形成了鲜明对照。

那是2011年初夏的午后，刘军派马占仓和李曙光去了电视台。门卫盘查得很严，好不容易进去了，却找不到管财务的人，被领到一个屋子里，人却不见了，剩下两人坐在那里等，过了半小时，又过了半小时……

这就是那个时期，个别单位对审计的态度。

承德审计打出了威风，除了挂兰峪镇移送了几个干部，全兴隆县的财政问题也被揭示出来，对责任人进行了党纪政纪处分和法律追究，然后提出建议，促其全面整改，效果很好，震动很大。一般的市县和单位听说审计来了都不敢怠慢，而且往往会说一句话：我们从思想认识和实际行动上欢迎审计，为审计提供便利，绝不会像兴隆县那样给审计出难题。

但电视台不是一般单位，非常牛。仗着是党的喉舌，新闻舆论宣传阵地，有市委、市政府罩着，根本没有把审计放在眼里。当然根本原因还不是有意对抗，而是不理解。只是自己的特殊地位，使他们把不理解放大了，达到了目空一切的地步。

于是便出现了上述的冷落。

这是一次全国性的地方债务审计，审计署统一部署，河北省也在全省11个市全面铺开。刘军是该大区审计组长，负责该市和所辖26个县市区的政府债务审计。电视台本来不是重点，重点是市本级政府性债务,大量工作是审计市级财政收支,弄清政府性债务数额。

电视台主动把一部分账目送来,申请确定是政府性债务,以便得到政策优惠,减轻自己的负担。

看账本的任务落在了张岚身上。这个30多岁的女子别的都挺好,就是颈椎不好。在审计厅,年纪轻轻就颈椎不行的特别多,张岚只是其中之一。她祖籍衡水冀州,石家庄出生,南开大学毕业,学的是审计专业,考公务员到了审计厅。她言语不多,不爱张扬,但能打硬仗。

张岚是这次审计的主审。在她眼里,主审就是多看账、多干活、多发现问题,是个极苦的差事。反正自己颈椎已经突出了,都戴上颈托了,就尽着自己苦吧,让别人少看点儿账。既然领导信任,那咱就当主审,多干活。心胸倒很开阔。

她看电视台送来的账,主要是看债务是怎么形成的,人家是申报债务的嘛!一看不对了,根本不属于政府性债务,而是集资形成的债务,本身就是违规的。再详细了解一下吧,别冤枉了人家。

于是到电视台看财务资料。不正常,大量白条入账,现金支出很多,装修、建房、修车、加油、耗材、办公用品等等。集资就是问题,又有白条,而且量大,笔数多,起码证明财务管理很乱。张岚就说把账带回去研究研究。电视台以为是研究能否定为政府债务,毫无阻力,说那就带回去吧!

张岚连续看了三天账,疑点太多,但又不能确定什么问题,便向刘军汇报,刘军又向郭厅长汇报。张岚给厅长写了个材料,通过内网发给厅长,走的是直报。郭厅长派马副厅长过来督促这件事(这时马建平总审计师已经是副厅长了)。马占仓也过来了。哪儿有紧急任务,哪儿就有马占仓。

向电视台发了审计通知书,要单独审计。这下阻力就来了。本来是申报债务的,现在不仅债务没申报成,还招来了审计。偷鸡不成,反蚀一把米。

所以,当救火队长马占仓和他的搭档李曙光来到电视台,便坐上了冷板凳。

说这两个人是好搭档,是因为马占仓胆大心细,善于冲锋陷阵,而李曙光能文能武,既是审计科班出身,又是笔杆子,考虑问题全面客观。

此刻,二人全都英雄无用武之地,坐在那里干等。

本来以为老马来了,问题就解决了,没想到碰了这么一个软钉子,上不着村,下不着店,找不到人了。

本来采取的是突查战术,直奔财务科,让他们来不及做手脚。现在,从把他们晾起来的态势看,也恰好证明电视台还没有来得及做手脚,所以更不能离开这里半步,因为这里正是财务科存放账册的地方。

问题虽然没有解决,但心里还算有底。两人看着那一个个保险箱、铁皮柜,好像看守着一笔巨额财富,是电视台的,也是国家的,不允许任何人去随意搬动。

他们虽然被晾在这里了,但是也值。有晾冷的饭,没有晾冷的事。马占仓开始给刘军打电话,汇报情况,请求支援。他觉得,现在只有刘军能降住电视台这帮子人。

2.开柜先开心

刘军个子不高,一脸嘎相儿,让人不由得联想到《小兵张嘎》里的那个嘎子,好像嘎子长大后,变成了刘军。恰巧他跟嘎子都是保定人。

嘎子是小八路,刘军也正式参过军。

刘军老家在保定安国县,“大跃进”那年出生,14岁初中还没毕业就进了总参三部,当了一名搞技侦和无线电的反侦察兵。他政治嗅觉敏锐,也许与此有关。1984年以正连职转业,进了审计厅。那时审计厅刚刚成立,很多业内传统意识还没有形成,没有科班出身和半路改行之分,不分高低贵贱。桌子、板凳一样高。按现在的观点看,转业算半路改行,在厅里地位不是很高,所以刘军跟作者开玩笑,我出身不好啊,不是名牌大学。

敢小看自己的人,正是最自信的人。

其实刘军在河北经济管理学院脱产学习了两年审计专业,是名副其实的专科学历,后来这一届的学生大多在省市审计部门挑了大梁,被称为“黄埔一期”。刘军是班长。这足够引以为豪了,但他总是不满足。

靠闹点小事、出点小花招,当孬小子,是不能成大气候的。他认为,审计不是很好干,监督别人,手段又弱,必须具备三力:内力,合力,定力。

内力是基本功,不是谁拿来都能干。基础是会计,还得超过会计。

面对账本，会计能归类和分类，是专门技能的技术活动。而审计，则需要掌握经济状况，运用会计技能，进行监督和服务。监督是依法审计，服务则是给你出主意。

刘军举了一个例子。他说，衡水市政府用再就业资金5000万元盖办公大楼，这是严格控制的，违规了，怎么办？停下来成了烂尾楼，损失巨大。我就给他们出主意，办公大楼和再就业服务中心合用，下面大厅是再就业服务中心，上面用来办公，为再就业中心服务。这就没问题了。中纪委来查都没问题。

合力。审计是集体项目，一个人干不成。审计本身专业知识分工很严格。审计之外，还要取得被审计单位的支持，所以要有协调管理能力，整合各个方面，形成合力。多种专业包括银行、财政、企业、工程造价、评估等。内部要有分工，按行业划分业务处，点多、面广，涉及50个厅局。不仅需要专业知识，还要发挥不同部门的互补和协调作用，形成合力，才能把审计工作搞好。

定力。审计的根本在于监督，服务是派生出来的，所以揭示问题、问责、移送是主要的，这就免不了要面对形形色色的威胁和利诱，意志不坚定、没有定力是不行的。经刘军的手，三年处理了30多名违法违纪的，被问责的达21人，这都需要有强大定力来顶住来自各方面的压力。

下午4点，刘军来到电视台财务科的财务仓库，也就是集中保管账册和钱物的地方，也就是马占仓他们被晾在了那里、兼职卫士、把守不放的地方。他掏出手机来，给电视台台长打电话，电话关机。又跟市政府联系，说派人去找台长。过了一会儿，电话打回来了，说我们也找不到，你们自己看着办吧。

这时候，电视台来了几个人，但都说打不开保险柜。刘军就对在场的人说，刚才市领导说了，让我们自己看着办。那好，占仓、曙光，准备锤子、撬棍和钳子，咱们自己有办法打开保险柜。

占仓、曙光面面相觑，心想这怎么行，这是不文明的。回头看着刘军。刘军说，还愣着干什么，赶快按我说的办！说着向他们眨了一下眼。

两人立刻明白了，这又是一计。

马占仓心领神会，好像猛然想起什么似的，哎哟，我忘了向刘处汇报了，刚才是一个女同志把我们领到这儿的，是财务科长，叫白海燕。

刘军故作惊讶地说，这问题就大了，财务科长把你们领到这里来，又不给钥匙，这不是明显要让咱们砸保险柜吗？那咱们还客气什么，动手！

不知在什么地方躲着的白海燕，这时候不顾一切地跑过来，说别砸保险柜，我给你们找会计还不行吗，钥匙在会计身上。

会计当然找不到。继续僵持下去。到了吃晚饭的时间，电视台的人看到了一线曙光，说大家忙了半天了，咱们吃饭去吧！说着连拉带拽，热情得不得了。这种小伎俩怎能让审计人员上当？一吃饭，离开保险柜，他们马上就会把不愿让人看到的东西转移了。

刘军给市审计局打电话，不一会儿，孙淑花局长就带人来送盒饭，但是门卫不让进，说电视台可是重要的地方，不能随便进，搞政变都先占领电视台。孙局长可不是好惹的，过去当市计生委主任，什么场面没见过，门卫岂能挡得住？三言两语解决问题，进来了。

大家吃完盒饭，市审计局副局长、刘军的"黄埔一期"同学温丽娜也赶到了。

此人是 60 后，面皮白皙，口才极好，特别会学郭厅长用近似山东口音的衡水方言说话，惟妙惟肖。

有一次她到厅里汇报工作，在院子里碰到了郭厅长。郭厅长说，温丽娜你别走，听说你老在背后学我说话，给我学几句听听。温丽娜说，就学这次全省审计工作会议的讲话吧，你说：（你说后面便是一句衡水方言）"在这种形势下，从审计人员来讲，如果不掌握信息化技术，就会失去审计资格。"

"资格"，典型的山东味儿。郭明勤很感兴趣，微笑地注视着她。令他吃惊的是，她竟能背得一字不差。"从审计人员来讲"，而不是"对审计人员来讲"，这正是郭明勤的习惯说法。

郭明勤说，听我讲话，你们这么认真？

温丽娜说，也不特别认真，一般。我只是记性好。我数学不好，语文好，记性好。看小说能倒背如流，何况您的讲话。

那你再给我背一段！郭厅长来劲了。

温丽娜想了一会儿。一段背不了，还是背一句吧！"从审计机关的领导干部来讲，如果不了解信息技术，就会失去指挥审计的资格。"

这回不是用衡水调儿，而是她的家乡保定调儿。

一样啊，还是刚才那几句。其实不一样，一个是"审计人员"，一个是"领导干部",一个是"失去审计资格",一个是"失去指挥审计的资格"。

说完不等厅长表态,她自己先发表意见了,您这一讲话,把我算糟践了!俩"资格"都失去了。我没有数学脑瓜,对电算化信息系统和联网审计模式,说是一窍不通有点儿过分,起码是闹不明白。作为审计人员,我将失去审计资格,作为小破副局长,我将失去指挥审计的资格,所以对您这两句话,我记得特别清。

郭明勤感到了这个下属、这个女人的可爱之处,颇动感情地说,小温,年纪轻轻的,千万不能有这种想法。你咋不比我聪明,连我都入门了,你还能在门外待着?我给你找个老师。庞飞!四下看了看,没有庞飞。过后我让计算机中心主任庞飞给你派个老师去。

温丽娜笑着说,有郭厅长这么关心,我有条件要上,没条件也要上了。我们局里也有好老师,就不用厅长派了。

言归正传,此时温丽娜一边往财务科走,一边想:电视台这个门口可真不好进,刚才自己进门的时候就被盘查了半天,最后还是孙局长电话协调才进来了。从门口的不好进,想到这个单位在市里的地位非同一般。人们传说,这里每个人上头都有人撑着、罩着,一般人都不敢惹。自己这位大师兄可不是一般的人,是"二般"的,脾气上来谁也不怕。今天肯定有好戏看了。

温丽娜来到现场,门里门外站着好多人。从下午一直僵持到晚上,领导干部找不到,总得有人应酬吧,乱乱糟糟,吵吵闹闹,来来往往。温丽娜进屋一看,刘军手下的五员大将,每人屁股底下坐着一个保险柜。刘军则站在一边打电话。他在请示郭厅长。形势发展到这一步,他也始料未及。想不到电视台顶的劲儿有这么大。两军对峙,他不能就这么灰溜溜撤走,太有损审计的权威了。

刘军说,领导还没有登场,我要请开锁公司打开保险柜了。

郭厅长说,用不着,用不着。人家只是不理解,我们要给人家面子,不能把事情搞僵。刘健副厅长马上过去,你们再冷静坚持一下。

刘军收起手机想到了定力。这正是需要定力的时候,千万不能激动。看来厅长的定力比自己强。局面到了这种程度,他还是信任被审计对象,不把对方往坏处想。

好像是为了专门考验他的定力似的,先是温丽娜上前说,老班长,你也不向老同学打听打听电视台是啥门口,贸然闯关,恐怕不好收场了。

刘军说，我已经请尚方宝剑了，不一会儿就到。

温丽娜开玩笑说，来了还想杀几口子吗？

刘军说，正好相反。到时你就知道了，舌战群儒。

他非常相信刘健的口才。

刘军话音未落，走进一个人，一边扭着腰，用右手按着腰眼儿，一边说，哎哟，我这腰！押了。是谁要舌战我啊？听说还要免了我的职。我倒要看看谁免谁的职？我还要到上边告你们去呢！

此人是电视台办公室主任张兰洲。

终于来了一个管事的，没想到是这副德行！

刘军的定力受到了极大的挑战，有些定不住了，那句有名的粗话又冒了上来，心想我非得让你叫爹不可，但嘴上却说，张兰洲同志，你得配合我们工作啊！别说那些用不着的话。

噢，刘处长，少见，少见。你这么兴师动众，真是没有必要，有伤大雅。

你们不是申报政府债务吗？不是有2000多万元吗？我们给落实落实，看这笔债是怎么欠的，是为国家、为集体，还是进了个人腰包？

说到后边这一问时，眼睛死盯着他。张兰洲被看懵了。

凌晨，审计厅副厅长刘健赶到了审计现场。

刘健经常深入基层，了解和掌握许多下面的情况，回来向郭厅长汇报。郭厅长很多事情都跟他商量，让他拿意见。一旦决策做出，奔赴现场具体指挥实施的又是刘健。

这次郭厅长来不及与他商量了，说刘健，磨扇压住手了，你马上到电视台去一趟吧！四个字：耐心，说服。

这个书法家兼诗人的刘健，总是充当郭明勤救火队长的角色。从他的书生气质和儒雅外表来看，好像更应该干点儿别的，但命中注定，他必须做老郭的手臂，不断地披荆斩棘，攻坚克难。

刘健前脚刚到，马建平后脚也赶到了。郭厅长不放心，来了个双保险。

两位副厅长都到了，有关领导再不出面，可就太不像话了。

来了，楼道上传来杂沓的脚步声。

一见面就握住了刘副厅长的手，又握马副厅长的手。来晚了！来晚了！猛然看到刘军。作为常务副市长的莫云岭当然认得该区审计组长刘军，审计伊始，开见面会时都互相寒暄过，一切项目的进行还基本顺畅，只是在电视台的问题上卡了壳。

他握住刘军的手说，对不起！对不起！

刘军说，别说对不起了，赶快把保险柜打开吧！

莫市长就喊，成果，把保险柜打开。电视台台长李成果显出很为难的样子，说会计的确回河南老家了，钥匙也带走了。

莫市长双手一摊，显出无可奈何的样子。

这时刘健便开始执行郭厅长的四字方针：耐心，说服。

他先说国家进行政府债务审计，摸清政府债务底数，对促进国民经济的发展，澄清国际上的误解和偏见，都具有不可估量的政治意义和经济意义，又说我们不能因为一个小小的误会，破坏了整个债务审计的大局等等。条分缕析，鞭辟入里，不紧不慢，耐心之至，诚恳之极。

是的，小小的误会。难道不是吗？刘健说。成果，你是去年才上任的吧？一上任就锐意进取，兴利除弊，做了大量有益的工作，但是你把财政问题忽视了，财政，财政，没有财，哪儿来的政？只有管好财，才能出政绩啊！刘军处长是来帮你理财的，你却把他拒之门外。这怎么能行呢？

一席话说得市长和台长心服口服。心打开了，保险柜也就打开了。

3.“叛徒”

台长李成果很不好意思。对审计，对这种财政监督，自己一开始怎么就这么不理解呢？听了刘健副厅长语重心长的话，很受感动，也很不好意思。最让他不好意思的是，他竟然带来了法律顾问。那是准备找碴儿的，只要刘军有任何不法之举，例如砸保险柜，法律顾问就是个见证。幸好刘军不认识那位，还以为是白海燕的家属呢。

这时候马建平与莫云岭谈得很融洽。马建平说，你对审计这么理解，干脆跟我们到审计厅一起干吧！莫云岭说，不行！不行！我可干不了。我们干事，你们监督，各司其职，是两股劲儿。马建平说，两股劲儿可以拧成一股绳。莫副市长说，对的！对的！

当保险柜被打开的一刹那，最抢眼的要数张兰洲了。只见他弯下腰（这时候早把腰疼忘了），两只胳膊伸出去，做了一个搂抱的动作，失态地叫道：这是我的钱！好像要把保险柜里的那些钱都搂到自己怀里。

保险柜里的现金太多了，最后经过清点，达到100多万。

他这个肢体语言被刘军尽收眼底，必须打掉他的嚣张气焰。

计算机中心的石亮赶到时，看到一沓一沓的人民币摆了一屋子，像小地砖一样镶满了地面，连个下脚的地方都没有了。易连祥盘腿坐在地上数钱，那种专业，那种受用，成为日后大家经常回忆的一景。

很多人平生头一次见这么多钱。

这就是钱啊！其实不过是上好的道林纸印上了花纹和图案，但它吸引了那么多人，为它顶礼膜拜，为它呕心沥血，为它日夜奔忙，为它铤而走险，为它违纪，为它犯罪，为它坐牢，为它神魂颠倒……

这就是钱的魅力。在某些人眼里它已经失去了买粮充饥、买衣遮体等基本功能，只剩下了妖艳的魅力，一种把人引向黑暗和深渊的魔力。

闲话少说，张岚等人蹲下来数钱，已经手指酸疼、眼睛发花。董升给现场拍照。直到凌晨4点，战斗才结束，100万元现金，60万元存折，若干本账册，几包单据，放进铁皮柜，装了一汽车，拉走了。石亮装走的却是一个小小的U盘，里面拷的是相关数据。

张兰洲还是不配合，寻找靠山，制造麻烦，串联鼓动，设置障碍，而且颇有号召力。本来他如果不继续嚣张，刘军也想放过他了，因为此来审计并不想针对哪个人的，但他这样一来，就绝对不能放过了。放过他，审计就很难搞下去，他这么卖力气抵制，也肯定不是为了电视台，而是为了掩盖自己的问题，证明他问题不小。

于是矛头一转，直接对准张兰洲了。这下张兰洲慌了，本来他想把自己隐藏在集体之中，鱼目混珠，闯过这一关。没想到刘军重视起他来，百忙之中，专门为他抽出三天时间，单独查起他来。这他就招架不住了。

这回张兰洲再不张狂了，好像换了一个人，点头哈腰地找到刘军，说话连声音都不敢放高，请求放他一马。刘军伸手去够烟盒，他立刻抢过去抽出一支，送进刘军嘴里，又啪的一声用打火机给点着。

接着献上的是高级人参等。

他说要花100万元把刘军拿下。

张兰洲职务不高，能量不小。一个以某领导干部为首的安国籍说情团组成了。刘军和张兰洲都是安国县人，说情团也全是安国县人。老乡见老乡两眼泪汪汪。那是相亲相爱的泪汪汪，不是互相仇视、互相拆台的泪汪汪。兰洲都被你整得泪汪汪了，你真下得去手吗？

又一次对刘军的定力提出严重考验。安国这张牌打得好。家乡都轰动了，都知道有一个六亲不认的刘军。往好说是坚持原则，往坏说是不近人情，在民间有被彻底孤立的风险。

直到我们这次回访，还不经意中听到有身份的人说他，这小子不是东西，把安国人糟践苦了！纯粹是个叛徒！

听到这些话，作者对刘军肃然起敬。别看他是个孬小子，有一点却非常可贵，为了审计的尊严和大局，宁愿牺牲自己的一切。不到现场就感受不到这种沉重。我们在回访时，不完全是座谈，还通过朋友、同学的私下交谈，了解到电视台这码事在社会上反响可大了。平时没有人敢在太岁头上动土，省里、上边不是没有人过问过电视台的事，而且衙门都不小，但每次都是不了了之，唯有省审计厅把他们治住了。看来社会在慢慢地走向法治，虽然很艰难。对照这些良好的社会效益，刘军真是功不可没。

刘军的定力经受住了考验，他一点儿也没松口，以贪污罪把张兰洲移送给检察院，这才为电视台的审计扫除了障碍，查清了问题。

张岚也付出了代价。

她不仅看账，还指挥董升、石亮等四人跑遍了该市所有的银行，看资金往来情况，打出对账单，看哪笔资金可疑，便调取凭证，搞清是从哪儿来的，又往哪儿去。最后查出该电视台共计违纪资金 3000 多万元，没收 98 万元。张兰洲被判了刑。经营性亏损的 2000 多万元，根本不能作为政府债务申报，为国家减轻了负担。结果是，张岚颈椎更加凸出，不仅戴颈托，还得枕颈椎枕，回来就住进医院做牵引去了。

4.成果的成果

李成果个子不高，长得很精干，恢复高考的第二年便考入河北农业大学，学的是农机专业。这人好学上进，干什么事都得干出自己的风格、自己的特色，所以进步很快。科委，共青团，宣传部，安新县宣传部长，市委宣传部副部长，社科联主席，一路上来，凭的就是实干。

李成果是 2010 年到的电视台，让他来当这个台长是为了推动和完成这里的文化体制改革。这是一个很难的课题。虽然没有签下什么军令状，但领导的信任和自己的要强，使他不敢有半点懈怠。

李成果到任时，电视台的一些骨干都走了。因为单位发不起工资，已经拖欠职工两个月工资了。节目质量差，广告收入低，好多企业一看节目不行，就不做广告了，但电视台的收入来源主要靠广告。当时财务账面上只有10万元。连钱都快没有了，还能有什么问题呢？所以这一块就忽视了，顾不上了。先抓改版成为当务之急、重中之重。因为只有改版，节目生动了，才能招来广告，增加收入。

李成果当过市、县的宣传部长，又注重文化修养，善于交往，有着广阔的人脉关系，所以改版的大旗一树，号令一发，立刻人才云集，创意丛生，三个频道，十余个栏目，新闻纵横，文化娱乐，经济生活，节目精彩，耳目一新，收视率攀升，广告源源而来。第一个月就赚了300多万元，以后每月都有增无减。在当今报纸、杂志、电视、网络群雄争霸、互相残杀的局面下，能做到这样，实属不易。

正在李成果扬鞭打马、奋勇前进之时，审计来了。

而且这么强硬，不给批准政府债务也就罢了，自己努把劲再赚他2000万元，也并非难事，千不该、万不该还要查我们，难道我李成果在财务上还能有问题吗？电视台，不，他到任后已经把广播电台也合并过来了，应该叫广播电视台，变成了一个新单位，干部职工从过去的600多人，增加到1000多人，过去600多人还发不起工资，现在1000多人衣食无忧，怎么，这还不行吗？还要审计我的财务问题吗？所以他顶的劲儿非常之大。

再加上张兰洲等人的煽动，他更加抵制审计了。

为什么不敢打开保险柜？张兰洲等人是因为有自己的私货，李台长则因为是几个月的绩效工资还没发，库存太多，怕不符合财务制度。绩效工资之所以迟迟不发，是因为奖勤罚懒落实到了工资数额上，还有一部分内退人员工资也要减少，谨慎的李台长认为还要做思想工作，贸然发放怕闹事，改革的大好形势来之不易啊！

说来说去是一种误会和不理解，所以当问题一旦挑明说清，李成果和刘军立刻成为好朋友。李成果太需要审计人员帮着他整改了。节目改版他是专家，财务整顿刘军是内行。

当我们跟李台长座谈的时候，刘军有意回避了，但从眼神中看出，李成果特别希望他留下来听听。目的不是为了讨他的好，而是为了感谢他。

李台长说，过去我不懂审计，也了解不多，通过这次审计，受到了很大启发。审计人员特别敬业，非常辛苦，电视台这么多年的账，一笔一笔都给审清了，找出了许多隐患，让我心里有了底。这些问题不解决，我在业务上搞得再成功，也不够填财务这个大窟窿，很快就会再次陷入困境。审计真是及时雨啊！针对我们的问题，给我们制订了整改方案，帮我们建章立制。在刘军处长指导下建立的这套财务制度，我敢说是最严格、最好的。过去建立制度主要是束缚下边，当官的可以不遵守制度。现在我们建立的制度，首先明确当官的要执行，是约束当官的，约束自己的。广告部在这次审计中问题最严重，主要是审核制度不严。现在广告收入、现金票据、广告合同，都要经过财务部、广告部、监管部和承揽人四个方面核对，这就避免伪造和虚支冒领。还有办公室采买，制度订得很细，办公耗材添置要事先申请，哪家便宜买哪家，饮水机能修就不能买，凡购物必须提供三家供应商，哪家物美价廉买哪家，严格禁止开发票时用"办公用品"统称，必须写明具体物品名称，杜绝"大头票"。大的办公用品，如电脑等，均登记为固定资产，调走交回，否则不给办理调动手续。还有广告物抵的管理，过去出库比较随便，现在制订了严格的广告物抵管理办法，申领部门提出，说明申请理由，然后层层领导签字，主管台长签字，纪委书记签字，办公室负责登记出库。全台只有一个部门管钱，那就是财务部。广告业务员都不能收钱，连一个门禁卡的补办，虽然只有五元钱，也得交到账务那儿。哪个部门也不能有财务，不能有钱。如果过去出台这么多制度，下面会说你没事找事，就你"能耐梗"，你想办也办不成，没有预热，没有共识，没有思想基础，没有那个条件。现在行了，经过审计揭示出这么多问题，有的人还出事了，你还想让大家都出事吗？这是一个不可辩驳的理由，正好借审计东风推行严格制度……

对了，还要提一下白海燕。这个电视台财务科长一听说要砸保险柜，就吓得现了身，她怕自己担责任啊！领导是很信任她的，让她跟审计组保持联系，平时就跟刘军接触比较多，尽量表现得完美一些，身段婀娜多姿，声音优美动听，很希望能感动"上帝"，给电视台以优惠。后来形势紧张起来，她夹在中间很不好过。但她有过十几年财会工作经验，明显地看出这次审计对电视台混乱的财务管理会有很大帮助，所以到跟我们座谈的时候，她用一句很文学的话，说出了自己的这种感受:我痛苦并快乐着。

她说,刘军处长是在给我们治病。治病的过程会有一些痛苦,但好了就轻松了。大额付现是不对的,因为现金最容易发生问题,它流动起来没有痕迹,容易被转移。现在有了现金管理制度,货币资金流动有了安全保证。过去受习惯势力和潜规则的影响,很多制度执行得不严格,手续不全,单据不清,领导示意、发话、点头,都可以调动大笔资金。现在我是执行制度最严格的一个,即便李台长明确指示,只要不符合财务规定,也是分文不能支取!李台长很欣赏我这样,他说,你也是这次审计的一个巨大成果。

5.抓纲,抓力度

在小会议室里,刘军正在向厅领导汇报工作。他说,我们完成了某某市本级 1997 年、1998 年、2002 年和 2007 年至 2010 年共八个年度政府性债务情况审计。

说到这里,刘军停顿了一下,往四下看了看,看到了参与汇报的张岚。她是主审,对数字和关节点掌握最清楚,所以必须有她在场,他心里才有底。她每天去医院做牵引,还戴颈托,今天为了汇报,既没去牵引,也没戴颈托。他一说到八个年度,就下意识地想到小张的颈托。八年得有多少账册啊!纸质的,电子的,都得伸着脖子用眼睛看啊!一个已经坏了的脖子怎么架得住!少了一个颈托,就少了一个对八年的注释。他感到很遗憾,但也只能如此了。

刘军接着说,审计发现的问题有:一是虚报、冒领、骗取政府承贷或者担保的外国政府贷款 99.46 万元;二是债务资金违规使用、闲置、浪费共 7561.38 万元;三是虚假出资 5100 万元;四是非法集资 6703.78 万元;五是违规集资 5697.55 万元;六是挪用专项资金 48.63 万元……

郭明勤心里估算说,已经有两个多亿贴不到政府债务上来了,自己想办法解决吧!是喜,是忧,却分不清。

刘军嘴里继续吐出一串串干巴数字:电视台公款私存 8780834.61 元,私存私放公款 1044751.95 元,抽逃出资 2510000 元,公款列支宿舍楼工程款 18120727.99 元,非法集资 67037800 元,偷漏税款 1493998.01 元,职工个人长期占用公款未归还 1156162.71 元……

他又看了张岚一眼。他坚持不用万元而用元做单位来念这几串数字，而且还要精确到分！因为张岚伸着一个坏了的脖颈给你精确到分，你能把它贪污了吗！

郭厅长也注意到了张岚，这个只会埋头苦干、永远沉默寡言的女孩。他很钦佩她。领导一旦看好谁，谁就有可能被重用，但郭厅长为了防止自己看走眼，永远把一个重要标准定在了揭示问题上。这次电视台的问题，就是她首先揭示出来的。有直报为证。

善心人皆有之，郭厅长也不例外，但能把善心用到极致，却是出于一种政治目的，那就是把全体审计人员的力量凝聚起来，去完成审计神圣的政治使命。

每个人，每个兵，在他眼里都是掌上明珠，珍惜得不得了，因为他们都是加大力度的力量，必须让他们感受到自己的爱，在爱的感召下，释放全部能量。

这是一个简单的逻辑，但不是想爱就能爱的。因为爱是感情和善心，而不是一句空话或官话。

郭厅长能做到真爱，动真感情。这没有办法，是天性。

我们采访了众多的人，众多的人笼罩在他爱的帷幄下。能干的任实职，德高望重的任虚职，实在没办法的也要搞个什么级别的生活待遇，就连已经退休的老干部也时时放在心上。目的只有一个，那就是让大家劲往一处使。

爱是天性，爱的目的却是要调动大家干成一件事情，那就是加强审计力度。

审计力度是个纲。

以什么为纲，现在不再提了。对此，郭明勤有自己的想法。虽然当着人他也不提，但该怎么做还怎么做。他觉得干事情还是有个纲好，纲举目张。这绝对没有什么错。

他回忆自己的成长历程，关键时刻也都是因为抓住了纲才成功的。他有四个姐、两个哥，他是老小。高中毕业后到枣强县工程工具厂当工人，车钳铣刨样样精通。接着就当车间主任、副厂长、厂长、枣强县水利局副局长、农业局副局长、衡水地区商业局副局长，再往后"副"字就不怎么挂了，因为他逐渐显示出当一把手的范儿，很快升为衡水地区商业局局长。没干一年，省里看上了，提为河北省商业厅副厅长。这只是个过渡，很快升任河北省物产集团董事长兼总裁。干了六年，又以正厅级到唐山市当纪委书记兼市委副书记。四年后，2008年调任河北省审计厅厅长。

在当农业局副局长时，县农场是老大难，打架、告状，把领导的下巴都打掉了，还磨刀霍霍要杀人。地委害怕了，派他去解决问题，结果一年大变样，成了先进单位。

商业局亏损，里里外外一团糟，5月份派他去，到"双节"供应时一切都整顿好了，还搞了商业一条街，什么商品都有，里脊、火腿、山货、水产，琳琅满目，他让肉价比市场价低一块钱，结果连冻肉都卖光了。亏的钱，用国家猪肉补贴给补上。他还让离休干部去洗澡、修脚、理发。这么一闹，省里看上他了，调任商业厅副厅长。

刚一上任就给他充电，派到北京挂职学习，当北京市商委副主任。在北京这个商海里他畅游学艺，受益匪浅。他做了调查，掌握了北京市场的副食品容量，光蔬菜每年就是 60 亿吨，猪肉 30 亿吨。为使河北农副产品占领北京市场，他在廊坊召开了河北省农副产品进京洽谈会，实实在在给河北办了一件大好事。

物产集团有两个主要矛盾，一是资产不清，二是债务多。这就是纲。抓住这个纲，他弄了两条渠道进行考核。属于不良资产的划出去，这是一条渠道；属于当期效益的，赚多少钱是多少钱，这算当期利润，又是一条渠道。用当期利润补偿亏损，明明白白。如果混着，那就永远是一笔糊涂账。这样产权清晰，责权利分明，物产集团很快便走上正轨。

在第二次接受采访时他说，必须为人民谋利益，也就是为人民服务，否则长不了。盲目抓发展付出了多少代价！必须可持续发展。要为人民的长远利益服务。不要要小聪明，贪点儿，占点儿；要有大智慧，把大事干好。一是留美名，二是利益自在其中。

实在！非常实在！作者赞道。对于这种不唱高调、赤诚相见的人，我们由衷地钦佩，愿意视为朋友，引为知己。"利益自在其中"，太值得玩味了。咂摸咂摸确实有味道。你想着留美名，就不会干坏事，尽量干好事。你尽量干好事，不干坏事，整天喝西北风也不行，总得有个衣食住行的基本条件吧。所以那个利益还是要考虑考虑的。但只要你专心地干好事，不干坏事，偏偏就不用你考虑衣食住行了，它们自在其中，组织上给你解决了。什么是利益呢？只是钱财、豪宅和美女吗？在郭明勤的眼里显然不是这些，但拼命获取这些东西的大有人在。郭厅长明确表示，咱不干那种下三烂的事。可除了这些还有什么呢？作者认为，那应该是，无衣食之虞的平静生活。郭明勤是个智者，他肯定想到了这一点。

是的，把大事干好，这才是纲。这个大事就是加强审计力度。不加强审计力度，就不能赢得和谐。

电视台不就是一个生动的例子吗？

如果不加强力度，就得铩羽而归，赔礼道歉，甘拜下风，使审计监督形同虚设，财务混乱恣意横行，这是和谐吗？这是巨大矛盾，巨大隐患，巨大不安定，不和谐！

刘军加强力度，审出了一连串长长的阿拉伯数字，电视台就服气，非常服气，就建立了友谊，达成和谐。审计力度转化成整改力度，取得了上述大好局面。

6."守财奴"

赵建蕊曾有过一次"伟大"的经历，那是在全国粮食审计，摸清粮食底数，为粮食改革做准备的时候。因为是全国统一部署，审计署牵头，在河北省便由审计厅牵头，抽调各部门的人组成审计组，全省铺开。

赵建蕊，一听这名字，作者就联想到赵蕊蕊，那个国家女排明星队员。跟赵蕊蕊相比，在绝对身高上，赵建蕊虽然达不到前者的高度，但相貌不落下风，也很美。赵蕊蕊以 1.97 米的身高，外加美丽，成为国人之骄傲；赵建蕊那修长的身材，外加美丽，却"藏在深闺人未识"，一直是个一般干部，没有崭露头角的机会。

机遇就在那个时候到来了。

保定和廊坊两个市是一个大审计组，抽调纪检、监察、财政、发改委、农发行、粮食等七个部门共 100 多人组成，组长就是审计厅的一般干部赵建蕊！连两个市审计局的局长都是副组长，听她指挥。

面对这么多人讲话，还是第一次，但赵建蕊立刻就找到了感觉。大家用专注、期待、略带惊异的眼神看着她。因为大家都是各单位抽调来的，互相陌生，只有她能把大家联系、组合起来。人无头不走，鸟无头不飞，所以大家专注且期待。惊异什么呢？她的名字，她的美丽，她的气质，抑或她的地位——审计干部，内行，专家。

想到这里赵建蕊心里有底了。这位河北财经学院金融系毕业生，在审计厅干了整整十年，理论与实践熔于一炉，蓄势待发，现在正好有了一个表现的机会，找到了一个突破口，于是喷薄而出，一发而不可收。

确切地说，她给大家上了一堂审计基本知识普及课，从审计内容，到具体方法步骤，如何看账，如何填表，如何使用计算机——对不起，当时是1998年，计算机运用还不普及，但是她已超前地讲到这一点。大家听得非常入神，夹杂着点头和感叹。这一切都传达到她的神经中枢，一个领导者应有的自信心和责任感就马上具备了。

接着赵建蕊便领导和指挥着这个百人队伍工作了八个月，查出了粮食挂账折合人民币90亿元。

这次"伟大"的实践之后，她还是一般干部。虽然这时她的内心充满了渴望和自信，套用现代京剧《红灯记》一句台词，有了这碗审计的粮食酒垫底，今后什么样的酒也能对付！

机遇终于来了。

上次给赵建蕊创造机遇的是前任厅长张成起，这次给她创造机遇而且还提拔重用的则是现任厅长郭明勤。

上次是酒，粮食酒；这次是烟，白条烟。

——被审计对象是河北中烟工业公司和河北烟草公司。

这时赵建蕊已经从经贸处调到企业处，当了正处级调研员。在郭厅长的用人机制下，这样的人才怎能埋没？总会创造条件，让她崭露头角。正处级调研员不是实职，一是职数有限，二是正处实职那是要带兵打仗的。正处级调研员可上可下，就看你干得怎么样了。

这次审计赵建蕊是主审，组长是企业审计处处长姚军科。

当主审是一种考验。马占仓当过，张岚也当过。要与审计组长配合好，相得益彰。这就要看主审的风格，同时还要看顶头上司，即审计组长的风格了。像李现华、刘军那样强势的审计组长，让马占仓、张岚这样的主审去配合，简直如鱼得水，但绝不能让赵建蕊去配合，因为她也是强势的。一山容不得二虎。可是让她去配合姚军科，那就相得益彰，恰到好处了。

因为姚军科是个帅才，而不是个干将，善于把握全局，协调关系，处理大事，具体工作往往能放手让下面的人去干，所以深得领导信任，接替李现华当了办公室主任。不是李现华干得不好，而人尽其才，物尽其用也。

也正因此，赵建蕊只有在姚处手下，才能有用武之地。

现在可以说一说为什么要审计"烟草"了。社会上有铁老大、煤老大之说，没有烟老大之说，但烟草专卖，皇家禁地，也好生了得！你牛，可以，但不把审计监督放在眼里就不对了。财务管理混乱，以烟谋私，大笔的货币资金外流、浪费，让郭明勤这个"守财奴"看着着实心疼。是的，守财奴，他是一个不折不扣的看守国家财富的"奴仆"，简称"守财奴"。

河北的烟草生产销售等是由河北中烟工业公司和中国烟草总公司河北公司两家主管的。

他们习惯了管，而不习惯被管。因为只有审计署才能审计烟草行业。全国只有一个审计署，怎么能关注到河北？

但郭明勤可以替审计署关照。

他想办的事没有办不成的。这事交给了薛景辰去办。薛景辰多次跑审计署，申请授权审计河北烟草行业。终于等到了通知，即《审计署关于印发 2009 年度授权地方审计机关审计项目计划的通知》(审办发[2009]41 号)。有尚方宝剑在手，烟草行业被列入河北省审计厅的审计对象。

了解被审计单位的基本情况，确定审计目标，划定审计范围、内容和重点，送达审计通知书，正式审计开始了。

但是出现了一个问题，全组只有八个人，要审计省里的烟草公司和 11 个市的烟草分公司及三大烟厂，面有这么大，人又这么少，怎么办？

郭厅长的办法来了，先搞试点，以点带面。

赵建蕊的脑子快，她立刻想出了"一变二、二变四"的具体落实办法。

先到邯郸烟草分公司搞试点，两周搞完，取得经验，然后分裂出去，用搞过试点的人为骨干，抽调各市局审计人员参加，逐步扩大，很快 11 个市和三大烟厂便被"蚕食"了。

赵建蕊上下跑，这几天在省城的中烟公司和烟草公司，过几天又到了邢台、唐山等市的烟草分公司，再过几天则到了张家口卷烟厂和保定卷烟厂。

如果说郭厅长是个大"守财奴"，她则是个小"守财奴"；如果说郭厅长是个宏观"守财奴",她则是个微观"守财奴"。

大和小,宏观和微观,相辅相成,缺一不可,相得益彰。

赵建蕊知道自己的职责,所以才拼命地奔跑,拼命地往细里抠,而且还有超常的耐心。

中烟公司、烟草公司对她不理解,认为我们是专营,向来没被审计过。她就赶快"检讨"自己,说我们的工作做得很不够,过去你们这个门口进得不多,今后一定常来常往。对方马上说,还是少来好。赵建蕊一笑说,不打不成交,到时候你就知道审计的好处了。她知道,审计的作用在这个行业还发挥得不够,怪不得人家不理解、看不起。她对未来充满信心,所以永远不急不躁,不生气,跟他们细细掰扯。

赵建蕊和颜悦色地说,这是我们的工作。你们不是有生产,也有质量检查吗?你们是国企,按照国家法规和企业制度办事,我们帮你们审计一下按照这些法规和制度办事的效果有什么不好呢?你们生产一盒烟,没指标也不行,可你们生产了那么多,都走账外,发福利,这就违法了。

白条烟,试吸烟,礼品烟,国家是允许的,但是有控制,你们却远远超出控制指标了。

到库房一看,烟叶少了,生产卷烟了,计划外卷烟,但账上库存没动,只是管库的台账上少了,动了,与财务账不一样。

礼品烟集中放在中烟公司,不上账。为什么不上账?要用,迎来送往总要用,拿着方便。有的说这是个人的烟。个人的烟能占公家仓库吗?而且连羽绒被、高压锅等生活用品也放进仓库里来了。管理未免太混乱了吧!

资产项下有银行存款、现金、库存原材料、无形资产、土地、商业信誉、专利权、土地使用权、流动资产、固定资产,一项一项都要审计清楚。负债项下有借款、应付账款、应付工资、应付福利费、应缴税金,也要一项一项审计清楚。权益项下有所有者权益、实收资本、注册资本金、股权、资本公积金、未分配利润,更要一项一项审计清楚。互相都有钩稽关系,对不上就是问题。

损益要看当期盈亏、收入、成本、费用、当年实现多少收入、目前经营状况,沿着几种产品的营业收入往下分解,该做的没做,就是问题线索。翻凭证,看实物,总账和分类账符不符,账表符不符,必须账实相符、层层相扣。

必须把整个企业经济活动的每一个细枝末节搞清楚。

每一个项下，每一个条款，以及它们后面跟着的一长串数字，枯燥无味吗？否！在赵建蕊眼里，它们生动活泼，欢蹦乱跳，争先恐后地从眼前跑过。有的没问题，有的有问题。有问题的数字总是羞羞答答，她一下子就把它们逮住了。

最后，赵建蕊起草了中烟公司的审计报告，另一位同志起草了烟草公司的审计报告。如果把中烟公司的问题全部列出来，一定会看坏读者的眼睛，这里只摘录几笔——

多列工资性费用 38951967.01 元。

多发工资 35797485.83 元。

多计宣传、招待费用 2096591.63 元。

少计管理费用 4303993.76 元。

漏缴税金 30520891.2 元。

少缴地方行政事业性收费 7698480.50 元

……

所有问题都出具正式审计报告反馈给被审计单位，然后向中烟公司和烟草公司提出处理意见和整改方案。按照这个程序走下去，河北烟草行业的财务管理上了一个新台阶，效益很快显示出来。当然也牺牲了许多个人的好处。这也是好事。两家的关系不像过去那样生涩了，虽不是常来常往，也是有来有往了，感到多跟审计单位接触，收集一些警示信息，听一点逆耳忠言，也并不是什么坏事。

第五章 电子

再也不能小看它了——电子计算机。它席卷世界，包举宇内。审计也要对它俯首称臣。

全面审计，突出重点——这是国家审计行动的规律。

党和政府重大决策，重大投资项目，民生专项资金，土地矿产等国有资源，环境生态保护，国有及国有控股企业——这是国家审计行动的目标。

揭示体制、机制和制度性问题，推动深化改革——这是国家审计行动的目的。

1932 年，中央革命根据地成立中华苏维埃中央审计委员会。

1934 年，中华苏维埃共和国中央政府颁布了《审计条例》，明确规定了中华苏维埃共和国审计机关的职权、审计程序、审计规则等。

1949 年 10 月至 1983 年 8 月的 34 年间，中华人民共和国一直未设立独立的政府审计机关，对国家财政收支的监督工作主要由财政部门内部的监察机构完成。

1983 年 9 月，中华人民共和国审计署成立，是国务院的组成部门，县级以上地方各级人民政府也相继设立审计机关，审计工作在全国范围内逐步展开。

1994 年 8 月 31 日，《中华人民共和国审计法》正式颁布，自 1995 年 1 月 1 日起施行。

1997 年 10 月 21 日，国务院发布《中华人民共和国审计法实施条例》。

2006 年 2 月 28 日,修订后的《中华人民共和国审计法》正式颁布,自 2006 年 6 月 1 日起施行。

2010 年 2 月 2 日,修订后的《中华人民共和国审计法实施条例》正式颁布,自 2010 年 5 月 1 日起施行。

1. 知音

在审计厅,如果说业务处牛,那么还有一个单位比业务处更牛。这个单位就是计算机中心。这是一个后起之秀。

随着全球信息化的进程,金融信息化,会计信息化,电子政务……计算机的作用越来越大。美国政府先后出台了《政府纸张消除法案》和"重塑政府计划",要求政府各部门呈交的表格必须使用电子方式,这个措施大大加速了美国的电子政务进程。美国政府一年的纸张消耗量为 12 万亿张,而通过计算机及其网络传送电子文件,节约了大量森林资源,并节省了 90% 的预算。

郭明勤在讲话中大声疾呼,中国电子政务建设与发达国家相比,差距还是非常大的,排名第 74 位。在这种形势下,从审计人员来讲,如果不掌握信息化技术,就会失去审计资格。因为在手工数据处理系统中,存在着大量的肉眼可见的审计线索,比如,大量的纸质原始凭证、记账凭证、总账、明细账、汇总表等形成一条明显的审计线索,但在电算化信息系统中,从原始数据到最后的报表,这中间的全部数据处理过程已经由计算机自动完成,大量的证据都存在肉眼看不见的存储盘上。对这些证据,审计人员只能利用计算机技术进行取证,才能有效完成审计任务。如果审计人员不掌握信息技术知识,不具备计算机审计能力,就会进不了门、打不开账。

听了这段话,业务处的同志们惊出一身冷汗。幸亏现在还没有全部电子化,还有纸质的票据可翻,还能找到蛛丝马迹的线索,幸亏有 AO 系统现场审计软件,能把被审计项目的电子数据传到上面去,转换成我们能识别的电子账目,且有查询、分析和筛选功能。如果被审计对象在计算机上做了手脚,把某些东西隐藏起来,或者让你破译不了,你能用相应的计算机技术识破吗? 大家不由得把目光转向了庞飞。

庞飞戴个眼镜,文质彬彬,正襟危坐,目不斜视。他知道自己作为计算机中心主任此时此刻的分量。他也感觉到了四周的目光。虽然对郭厅长的高标准、严要求心里也是没底,但他不能表现出来。因为地位决定,他是大家的主心骨。

曾几何时,庞飞还是一个被人忽视和看不起的"打字员",没想到现在竟这样火了。时势和潮流真是不可阻挡。

既然不可阻挡,那就要及早地顺应和推动。能做到这一点的人并不多。人们对传统和老套的依恋与感情,那种驾轻就熟,那种自以为是,总是要远远胜过对新生事物的追求。因为后者的不确定性太大了,冒险性太大了。

庞飞经历了这个事物发展的全过程。

他深深地感到,能够助自己一臂之力的人是智者。

庞飞是河北大学电子系计算机专业 1989 年毕业生,当时是全省第二批计算机专业毕业生,大家都抢着要,几十个单位争一个学生。是的,大家都赶潮流,但真正能顺应和推动潮流的却没有一个。老师说你们学的这些东西十年以后才能用得上。

十年以前怎么办?分到了武警消防部队政治部秘书科,用计算机搞火灾统计,后来又到科技科,用计算机管理消防器材,跟专业的结合度很低。庞飞瞄准了财务科,因为他们全是手工操作,买来账册,往上面一笔一笔地记账,天经地义。他要改变一下,编了个财务报表和汇总的软件,交给科长,却被一笑置之,束之高阁。

1996 年转业,进了审计厅。

知音来了,他叫陈金如,河北省审计厅副厅长。

一开始还是按最低档次的认识,把庞飞分配到人事处用计算机统计数字。庞飞教别人使用计算机,大家好大不情愿。背后说,有他自己当打字员就够了,还拉别人!他正悲哀地向隅而泣,听到了轻轻的敲门声。他说,请进!一个高大笔挺的男人站在了他的面前。他慌忙离开座位,陈厅长!

陈金如,江苏南通海安县人。1961 年上高三时当的兵。因为农村挨饿,浮肿,所以才从学生中招兵。战士,班长,排长,连长,指导员,教导员,团政治处主任,团政委,师政治部主任,师政委,一个台阶不落地走上来。在老山打了一年多仗。在无锡、昆山、镇江、苏州、南京、九江等地，搞"四清"、"支左"、"军专管"、大比武、抗洪。

1969年"苏修"增兵百万，他调到张家口布防。

1971年加入27军国家战略预备队，来到石家庄。

戎马半生，跑遍全国，1993年转业来到审计厅，仍然不想停下奔驰的脚步。

当时是陆生厅长和邵吉庆副厅长，两个人一起到省委组织部直接把他领到会议室，处长们在等着他讲话。

作为一个军队的政委，口才是毫无问题的，但那次讲话不以口才取胜，而是以感情动人。他穿的是军服，致的是军礼。右臂有节奏地抬起，身子一绷，脚下一磕，啪，一个军礼！

处长们为他鼓起掌来。

同志们！我是向大家来学习的！

一句非常普通、非常程式化的套话，但是从他嘴里说出来，就不是套话了。他说得真诚无比。那渴望的、迫切的眼神，那虚心诚恳的声调，那刚刚敬完军礼——这个庄严的军礼与其说是军人的致敬，不如说是军人的求助。他从部队转业到地方，一切都要从头学起——那刚刚敬完军礼的手，还在颤抖，还在等待，等待着回答，等待着接纳，等待着入列的口令。

就这样，大家被他的真诚感动了。

再一次为他鼓起掌来。

感谢大家接受我这个新兵！

啪，又是一个军礼，然后原地向右转，左脚跟上半步，立正，开步走，下去了。

最简短的讲话！最动人的肢体语言！

从此他和同志们打成一片。

陈厅长一摆手说，坐下，坐下。能不能在 Windows 的状态下编干部管理软件？

庞飞脑子里嗡的一声变成一片空白。这是陈厅长吗？他不是个虚心学习的大兵吗？审计学、会计学、金融学那一套，就够他啃一阵子的了，怎么一下子飞跃到软件上去了，而且还知道"在 Windows 的状态下"？这可是时至今日，还无人问津的高级学问！

他低估陈金如了。

正是因为虚心好学，陈金如的知识宝库才有巨大存量。

陈金如在学校学的是英语。很多人在学校学过外语，但谁还记得，谁还能说呢？陈金如到部队以后，能说英语，并吸引别人向他学，他就跟一个学过俄语的军官互教互学，从而学会了俄语。他还要掌握第三种外语，那就是日语，因为日本管理好。三种外语足以使他更好地学习知识了。家中的藏书，图书馆的藏书，各种报刊，在这片知识的海洋中他尽情地遨游。法制、经济、商贸、金融、会计、管理、文学、马列、科技一座座山峰上都留下了他攀登的足迹。

转业的时候，来到审计厅陈金如非常高兴。

尽管已经掌握了很多与审计相关门类的理论知识，但他不知道在实践中审计是如何运行的，所以在见面会上，才显出那么强烈的向审计干部学习的渴望。

经过一段时间的学习，陈金如学艺成功，并且看到了不足，尤其信息化办公一片空白，不赶快建立和发展，在信息化时代审计何以立足？所以他敲开了庞飞的房门。

庞飞吃惊片刻，回过神儿来。看来陈厅长对计算机是了解的，即便不太懂，只是能说出一些这样的计算机用语，那也不简单，因为他是领导，可以借助他的力量推广计算机应用。庞飞说，可以，应该可以编一套干部管理的软件。

厅长说，你上学时应该学的是 dos 系统，转成 Windows 有困难吗？

庞飞说，有一定难度，但原理都是一样的，让我试试吧！

厅长又说，如果有困难，你也可以尝试一下 unix 操作系统，安全性要比 Windows 好。

当然更好，但只有少数人才会用。这时候庞飞再也不用怀疑和测试老陈的水平了，便忍不住说，厅长，您是专家，您指导我做吧，我给您打下手。

陈金如哈哈一笑说，把你唬住了吧，我只有这方面的知识，而没有这方面的技术，这点知识用来做你的坚强后盾还算够用吧？你放开手脚，大胆地干吧！

陈厅长显然很高兴，那不是因为在庞飞面前显示了自己，而是证明了自己。好像学会了一门外语，总希望能跟外国人对话，以检验自己一样。现在自己电脑方面的知识已经可以跟计算机中心主任对话、切磋了，所以很高兴。

陈金如为什么学那么多门类的知识，想成为专家吗？否，他是想成为一个优秀的领导者。没有知识的队伍是愚蠢的队伍，而没有知识的领导者怎么能带出有知识的队伍呢？审计这支队伍必须是有知识的、掌握计算机技术的信息化部队，这样才能战无不胜。

让庞飞编一个干部管理方面的软件不过是投石问路而已，他的目标远远不在于此。庞飞两周以后把编好的软件拿出来，应用起来不错。陈金如心里有底了。

接着便招兵买马，组建计算机中心。这个不容易，首先得申请编制。必须一把手出面了。当时审计厅长是张成起，他当过廊坊市委书记，写一手好散文，是中国作家协会会员。抓审计工作注重宏观思考，出了许多经验。陈金如对他的评价是"思路清楚，大事敏感"，尤其表现在计算机问题上。本来张成起对计算机不太理解，曾说过本厅长办公不用计算机。但是说归说，做归做，当陈副厅长向他提出成立计算机中心，需要向编办申请编制指标时，他立刻同意，出面争取，大力协调，最后说，你具体去跑吧！跑来多少是多少，多多益善。这也说明他对计算机这个大事的敏感，不以自己意愿否定之，而是给予大力支持。

编办在申请报告上批了六个人，陈金如对编办主任王玉清说，我要十个！王主任说，省人大才十个！陈金如说，你必须给我十个！王主任说，那你得找财政厅长去商量。他就去找财政厅长，商量什么，没商量，必须十个，最少十个。他运用自己广博的知识讲了一大堆道理，厅长被他说得入了迷，入了电子政务的迷，说还要请他到财政厅来给讲课。十个人当然没问题了，请主管厅长办理，主管厅长又请预算处办，预算处长高子玉说，不错！同意！啪，盖了章。600万元资金也相继到位，建起了机房、数据库。

省里建立后，又以石家庄市为试点，向全省各市推广，一个联网审计的格局初步形成了。

接下来便是培训。全员培训，骨干培训，厅里的、市里的都来上课，请河北师大的老师来讲课，连续搞了三年，全省审计人员计算机水平得到普及和提高。

现在陈副厅长已经退休，但仍在审计协会发挥余热。

吃水不忘挖井人，谈起陈厅长来，庞飞至今仍然满怀感激。

这时作者不失时机地问，郭厅长对计算机重视吗？

只见庞飞把脸一扬，深吸了一口气，然后慢慢摆正，鼓足了勇气说，简直是"周扒皮"！郭厅长太重视计算机了，不断地让我们改进、提高，提高、改进，让办公的人越来越方便、快捷、有效，让他们越来越紧张、迅速、成功。总体来看，享受成果的他们比较舒服，创造成果的我们比较劳累。紧张——迅速——成功，永远是这个模式。郭厅长下达任务总是很紧急，限时完成。任务紧急，我们紧张。完不成是要挨批的。落实在行动上必须迅速，因为要求高，必须反复试验，很费时间，如不迅速，怎能按期完成？最后的结果是成功，必须成功。郭厅长的习惯要求是，只许成功，不许失败，但允许有偏差。

在郭厅长的不断要求下，审计厅的视频会议室是功能最全的，而且大小有好几个，演示屏、投影仪、主会场电脑、分会场电脑。小会议的圆桌上，一按电钮，便有一台平板电脑徐徐升起，共 25 台，都可以徐徐升起。此外还有数据库、交换机、常温机房、外网、专网，无纸化办公在逐步实现。进入网络的数字和揭示的问题便不可更改，实事求是，用于事后查询。

采访郝卫宁时，她给作者演示。正好，手机响了，好像是为了配合演示似的，是手下人给她发来的短信，告知起草的文件已经传过去了。她立刻打开电脑修改。她一改，文稿变成红字。再用鼠标一点，就显示出改动的内容。非常直观，清楚明白。

这也是郭厅长的点子。原来只能在固定的地方批改。郭厅长提出要在任何地方方便修改。庞飞便组织人攻关，终于成功。此外还有人脸识别、指纹识别等，也都是由郭厅长提出，庞飞等完成。

郭厅长的目标远大。他要搭建一、二、三级平台，建立审计数据局域网，精确、安全、综合、同步，高度实现电子办公，极大提高审计效率。

2. 奔鹿

任何技术都是人控制的，人机结合起来，才能产生最大效益。

这个女人向我们走来了。

她脚步匆忙，头发蓬松，面孔严肃，目光机敏，好像经过一场殊死搏斗，刚刚从战壕里爬出来，虽然有些疲惫，却仍然保持着警觉和速度。

我们隔着窗户，看着她从办公楼里出来，穿过院子，进入我们所在的这栋楼。因为是俯视，那爆炸式的头发夸张地向后飘去，使她好似一匹奔跑的小鹿。

不一会儿，这只"小鹿"就坐在我们面前了。

噢，那眼睛真有点儿像鹿的眼睛，善良、温顺、明亮。

她坐在那里，不知说什么好。

她是各业务处里唯一的女处长。前面说过，业务处是野战部队，攻坚克难，斩将夺旗，没有"孬小子"刘军那种本事，是带不了的。现在却偏偏来了一只"小鹿"。

作者也不知道说什么好了。

既然是采访，总得引导人家说话啊！还好，作者仍热衷于计算机，就表扬了几个计算机高手，说审计厅真有人才啊！你显然也是个人才，要不怎么能独当一面，领导一个业务处。

下面我们就准备听她说当处长的体会了，因为懂计算机怎么说也是一种技术，而当处长却是领导艺术，不在一个档次上。

她笑了一下，表示很明白作者的意思，但是却拒绝说处长，偏要说计算机。

她说，业务处谁都能领导，不是我换了别人照样能干好。我倒觉得我在计算机方面，有一些小小的贡献。

我们忽然意识到自己的盲目，事实也证明我们太盲目了。刚才那么情绪高涨地表扬几个计算机高手，却偏偏没有她。其实她才是真正的高手，全国有名，得来的奖状有一厚沓，她编的模块成为经典教材，而且广泛推广使用，电脑上可以免费下载。

事后作者向她要来了那些模块的说明，想领略一下其中的风景，搜集一些写作素材，却大失所望，因为根本就看不懂。

唯一的收获是感慨。每个模块的说明有几千到近万字，没有一句我们能看懂的空话和套话，全是实实在在的问题、项目、英文缩写、数字、表格、几何图形。那些表格和图形是上了颜色的，花花绿绿，可能会有美感，但绝无轻松感。

表格不是空的，上面蚂蚁似的爬满一串串数字。那只是形态。把它们求证出来，理直气壮地写在那里，会耗去多少时光，付出多少脑力和体力？

这时你会感到轻松吗？还有那些图形，形状各异，颜色不同，里面也写满了字。字的背后是什么？这里没有一件轻松的东西。

然而，郝婷就是编这些模块的专家，而且不是编了一两个，而是编了几十个，被审计署评为专家模块的就有七个，其中一个还是"优秀"级的。她太累了！编一个模块得耗费多少心血和体力，她那娇小的身体能承受得了吗？所以她再也没有机会长胖和长高，脂肪耗尽，腰身苗条，像挤压而成的煤，储存着巨大能量，所以她可以永远保持一种箭在弦上的姿态。就像刚才从战壕里跳出来一样，那种警觉和速度，那种象征奔跑的飘飞的长发，永远是她的主旋律。

我们感觉到她骨子里有一种倔强的精神。当她说了几个模块，又说到祖父的时候，我们才知道，她骨子里的东西是从祖父那儿来的。

郝婷是河北省正定县兆通乡西庄屯人，家里四个姐妹，她是老二。保定河北银行学校毕业，学的是金融专业。1984 年到审计厅，刚 18 岁，按入厅前后排位，她是第 43 人，现在是前五名了，年轻的元老级人物。长期在财政金融处当处长，2009 年才调任企业处处长。

郝婷的爷爷叫郝桂岚，抗日名将。从延安抗日军政大学来到河北省武安县继城镇，化名贺进，展开抗日斗争。1943 年，27 岁的爷爷由于叛徒告密，在邓家庄被鬼子杀害。他上过燕京大学，很会演讲，受到民众爱戴。牺牲后，继城镇改名贺进镇，邓家庄改名贺赵庄。"赵"是赵祥民，县民政助理，同爷爷一起遇害。

郝婷这条战壕是从爷爷那儿挖过来的。是的，审计不是打仗，但审计应该是爷爷没有完成的一个目标。共产党的事都是爷爷未完成的事，所以她永远有一种战斗的劲头。

一个弱女子能在河北金融界打出威风，骨子里没有爷爷那种劲头是不行的。不是还叫贺进镇吗？千万不能让它改了名儿。贺进的后代还在。

战壕前边，面对的是贪污和腐败。

电子计算机当然是一种高科技，但还要掌握在人的手里。郝婷的信念是如此坚定。祖父手里如果有先进武器，那就更了不起了。这是她的成功之本。她要掌握武器，而不是被武器所掌握。

论计算机专业知识，厅里许多同志都是科班出身，显不着她，但是她坚信，有丰富的业务知识和经验，肯定更有优势，所以她总是不放手，模块自己编，而不是图省事交由计算机中心去做。

在审计署召开的全国会上，作为专家上台去演示模块的都是计算机人员，只有河北是业务处长。会后，审计署金融司司长崔光庆找到郝婷说，郝处，你给我说说，业务人员怎么搞计算机审计？

郝婷说，计算机我懂得并不多，但只要掌握16个字和几个编程语句就够用了。遇到具体问题，再去请教计算机人员具体解决，但总体思路必须是自己的。

言简意赅，完了。那16个字是大家都知道的，即：集中分析，发现疑点，分散核查，系统研究。

编程语句也没有什么神秘的。

这就够了？

够了，足够了。

爷爷当年不是小米加步枪吗？又来了！拧劲儿又来了。冷静，冷静，搞金融的那帮人个个都不是白给的。郝婷接着说，财险审计，没有软件，只有署里研发的人寿版审计软件。我把主要业务数据转过来，汉化编程。难的不是计算机技术，而是把金融审计的方法、经验，转化成计算机的思路。这要动一番脑子。要了解数据库的结构，业务和财务的比对，要研究结构表的构成。存放几百张，只有几十张表可用。研究表和表之间的关系，按照基本信息代码进行数据列比对，通过编程语言，实现不同数据表之间的关联，达到审计目标……她滔滔不绝地说。

后面又说了许多，属于机密，不让写。说这块你们就不要写了。她说。

2007年，新疆、山东都到河北审计厅学经验。

金融系统一说"郝婷来了"都害怕。那是因为她能真正揭示风险。

3.《悲惨世界》

借用电子技术所向披靡的郝婷，在保定市的社保审计中，突然失去了速度感。

那是2012年初，除省会城市由审计署直接审计外，全厅组成十个审计组，由十名业务处长担任审计组长，奔赴省属十个设区市，对其社会保险、社会福利、社会救助三大类18项资金开展审计。

郝婷以企业处长身份任保定市审计组组长。

这样一个所辖县最多、任务量最大的市，交给一位女处长，可见厅党组对她的信任。

面对28个汇总单位，审计核实并汇总上报450张表，她毫无惧色,提前谋划,全市一盘棋,上下一致,协调联动,同步扎实地推进,圆满完成了审计任务。

工作速度不慢,但大面积、多渠道的骗保事实使她心情低落,思想沉重。速度感没有了。日子变得很难挨。一方面是需要救助的苦难人群,一方面是侵吞救命钱的各色人等。中国社会每向前迈出一步都这么艰难吗?

一种人文关怀和博爱众生的情愫缠绕在郝婷的心头,使她不能释怀。甚至对那位在审计中落马的院长,她也不能放下。

看起来郝婷的骨子里不仅流淌着祖父的血脉,也注入了父亲的仁爱和柔情。父亲是学中文的,受其影响,她读了许多外国文学名著。一时间,冉·阿让、芳汀这些《悲惨世界》中正直而善良的人,一起向她走来。

人们为什么这么骗来骗去呢? 难道就因为对方是国家,是一碗酱,就可以随便蘸来蘸去吗?

那些钱是进行社会保险,发放社会福利,用于社会救助的,是救急、救命的钱,怎么可以设计骗取、大肆侵吞?

噢,因为它是国家发的,国家有的是钱,不拿白不拿。

是的,国家有的是钱,但也有它的用处啊! 拿出这么多钱已经很不容易了,让他花超了,数字无限增大,别的事还干不干? 那不就乱套了吗?

他说我可管不了那么多,还有许多贪官,拿钱可比这个多多了,你们怎么不去管?

如此的国民素质,如此的互相攀比,如此的机制问题,使郝婷无限怀念文学作品中那些正直而善良的人。

在无数件令人痛心的事实中,最后他们来到了一家民营医院。目的很明确,继续找不痛快来的。没有办法,因为审计也是医生,要下药,要动刀,就必须先找到病。

这真是一个巨大的矛盾。郝婷还要继续折磨自己。

她见到了那个年轻的院长。长得很帅,一派学者风度,很有礼貌,不卑不亢,谨慎地笑。只是谨慎而已,并没有紧张。她多么希望他的心灵也像他身上的白大褂一样洁白。

希望只是希望,意愿只是意愿,行动却必须向着相反的方向努力。

电子技术的运用在这里就不是关键了。一个小小的医院没有海量数据供你去搜寻、锁定和分析，只需简单调取电子数据，人脑完全够用了。

审计组在了解掌握该市医保资金总体情况的基础上，看出医保资金可能存在的问题与该市医保定点民营医院有很大关系。那就从民营医院入手吧！

全市有近20家医保定点的民营医院，选哪一家呢？必须不偏不向、客观公正。不能选中问题小的，而遗漏了问题大的，那样就太不公正了。工作上不完美，良心上过不去。

作者问，你敢肯定选中谁，就会处理谁吗？郝婷苦笑一下说，这是肯定的，咱不说百分之百，百分之九十九吧！留出一线光明来。

那么谁会中这个彩呢？

首先从近20家民营医院中调取了不同规模的10家民营医院向市医保中心报销药费、医疗费的电子数据。对药品数量、单价、总金额分析排序，对住院不正常的现象（最极端的例子是一个病人一年住了367天院，可见是张冠李戴，虚增住院，多报医疗费）也分析排序。前三名中有这家医院。2011年共报销城镇职工和城镇居民医保资金额达780多万元。

这家医院被选中了。下达审计通知书，见面提要求，作保证，互相承诺。院长以礼相待，文质彬彬，虽然谨慎地笑着，但早已忐忑不安。郝婷何尝不是！她也忐忑不安，而且更甚。

先盘点药品库存。因为已经获取了该院至审计日止药品进、销、存电子数据，看看与实际库存能否对上号。电子数据说进了多少药、销了多少药，这个数量是很大的，要不一年怎么能报销780万元医疗费呢？如果属于不实、虚报，库存上一定能反映出来。

可是这家医院电子数据与仓库的进、出、存情况完全吻合，没有一点漏洞。也就是说，进了大量药品，也销了大量药品，进－销＝库存，严丝合缝。

但大家凿了个死理儿：真的假不了，假的真不了。反复检查，终于发现了蛛丝马迹。

那就是，为什么在通知对方后、盘点库存前，药品进、销、存系统中出现了集中而大量的退库？是巧合还是故意为之？正因为这种非常及时的退库，才不致使库存量过大，出现进－销＜库存的情况。审计人员推测，退库肯定是假的，虚拟的。当初手脚可能只做了一半，只做了进的入库手续，没有做销的出库手续，谁会来查库存呢？但审计人员穷追不舍地来了。这可怎么办？便临时抱佛脚，出现了集中而大量的退库现象。实际上也没有真正退库，只是补上了退库的手续。

做得还真到位。当审计人员提出要看退库凭证时，马上把退货药品单据和退货发票拿来了，并给出了药品破损、过期、更换批号等光明正大的理由。

这时郝婷想到那位院长谨慎而颇有礼貌的微笑，难道他想跟自己达成某种协议吗？他可以把假做得非常真，难道我就不能假戏真做，放他一马吗？遗憾，我不能。可惜啊！你的聪明和才智。惋惜啊！你这个毕业于军医大学、留学美国的高才生。把智慧都使在这里，你不觉得悲哀吗？

质问开始了。如果是药品破损，那么在药品销售出库或购进入库时就应该已经发现，如果是在医院造成破损，那么属医院责任，医药公司怎么可能接受退货？

除特殊药品外，批号不同也不影响药品正常使用，为什么退货更换？

经查证原始票据，发现退货票据显示所退药品均在保质期内，根本不存在过期问题。

对于审计组提出的问题，医院无法回答和解释。

那么就只有一种解释：医院实际药品库存量少，达不到数据系统中那个巨大的用量，为了达到进药与销药的平衡，必须虚增库存量，也就是采用现在这种做法，快速虚拟退库。这样进和销就达到了平衡，在审计组盘点的时候，就不会因账实不符而露出马脚了。

为了证实这种推测，审计组抽查了 15 种药品进货发票，发票完整。看购货入库单，入货单齐全。要销售出库单，销售出库单也有。找医药公司销售公章，也不缺边短角、端端正正地盖着。

然而，这齐全和完美又无形中暴露出一个问题，那就是医院与医药公司到底是一种什么关系？因为退库的七种药品退货票据均来自本市同一家医药公司。

经过对医药公司销售给该医院的电子数据进行比对分析发现，医院电子进、销、存系统反映从该医药公司购入药品数据远远大于该医药公司销售给该医院数据。该医药公司当年仅反映销售给该医院药品金额为 50 多万元，与年末医院应付款账目反映的 500 多万元相差巨大,至审计日 2012 年 3 月末相差更是高达 600 多万元。

审计人员随即将医药公司销售药品与医院系统购入药品的电子数据按进货时间、药品名称、批号、数量和金额进行逐一比对,并抽取部分医院系统反映购入、但医药公司未反映销售、却均有医药公司结算章的药品发票和随货通行票据。于是,让医药公司开票业务员进行确认。医药公司业务员对以上销售药品发票和随货通行票据均予以否认,并出具证明。由此证实,医院系统入库大于医药公司销售出库的药品差额部分均为医院药品进、销、存电子系统虚假购入。至此,医院单方伪造医药公司进货票据、虚假购销医保药品问题真相大白。

经审计确认,2011 年至 2012 年 3 月 22 日,该民营医院利用自制的某医药公司虚假药品进货单,虚假购进药品 111 种,数量 22.9 万支,虚假入库金额 664.4 万元。涉及医保药品 103 种,数量 227901支,金额 662.4 万元。扣除虚假结存部分,该医院虚假销售医保药品657 万元。医院院长和库管员因涉嫌合同诈骗罪依法被刑事拘留。

问题暴露后,院长来找郝婷。他就那样站着,也不坐下,似乎不准备长谈,只是到她这里报个到,然后径自隐去,由司法机关发落。他总觉得对这位女处长,既然有缘相遇,就无缘错过。

郝婷说,你恨我吗?

院长说,恰恰相反,我很感谢你。要不我就不会跟你再照面了。

郝婷说,既然这样,那咱们就坐下谈谈吧!

院长看了她一眼,她的表情不是虚伪和客套,也没有胜利者的喜悦和自得,但也没有同情,有的只是惋惜、厌恶和痛恨。

这种表情与此刻的他非常合拍。现在他连自己都百倍地厌恶和痛恨自己,只是没有惋惜。

他坐下来,很想听听这位大姐对他有何指教。如果是轻视和讨厌,那就劈头盖脸地扔过来,砸他个鼻青脸肿。

郝婷接了一杯水,放在他面前,然后面对面坐下。

他说,谢谢!

郝婷说,我看你像《悲惨世界》的主人公冉·阿让。

院长说,谢谢你的抬举,但我远远比不上冉·阿让。他是那样善良,当市长办了那么多好事,我却是个吸血鬼。

郝婷说,但是他也坐过监狱,并且出狱后,又偷了主教的银器。

院长说,主教却当着警察说那些银器是自己赠送给他的,免得他第二次犯罪被终身监禁，是主教的善良感动了他。

她接过去说，可是我却没有那么善良，没有放你一马，所以你应该痛恨我，甚至会骂我是追捕冉·阿让的警探沙威。我相信，你内心深处也有不少于冉·阿让的那些善良。

院长被感动了，扑通一声跪在郝婷面前，大姐，有你这句话，我就心满意足了。可是我不想被宽恕，当今中国人没有当时法国公民那种素质，宽恕就等于纵容。你做得完全正确。我在外国闯荡这么多年，有对比，有感觉。本来想回国后好好干一番事业，哪知道却借老子的势力办起了民营医院，陷入了黑染缸，做了最黑之人。可惜吗？惋惜吗？都不必了！只有重罚，才能惩治我的愚蠢，洗净我的乌黑。接受重罚之后，我再像冉·阿让那样去赎罪。

郝婷把他扶起来，兄弟，路还很长，姐相信你！

年轻院长走了，走进了自己的"悲惨世界"。

常务副市长莫云岭来了。他这是继去年债务审计后，第二次接触审计人员。他说，我以为你们这次还要封保险柜。如果这样，你们就失策了。因为我们早下令把保险柜清空了，除了经得起审计的账册，就是不超过财务制度规定的少量现金，别无他物。我觉得你们这次的做法很科学，用严密的审计逻辑把问题解决了，而不是简单地封保险柜。那种方法用一次还可以，用第二次就不灵了。

郝婷说，我们也没打算用第二次。用一次也是他们逼出来的。他们为什么不敢开保险柜呢？这不是明显地说明有问题，此地无银三百两吗？还怪我们去封保险柜吗？这叫你打你的，我打我的，出其不意，攻其不备。

市长哈哈一笑说，郝处真会说话！

4.顶天立地和"无所谓的事"

段宁个子不高，但他是个顶天立地的人。

此话怎讲？陈金如副厅长到任之初，为计算机中心招人，就是让时任人事教育处副处长的段宁去办的。他到各大学选来几个拔尖人才，跟计算机中心沾上了边。郭厅长到任之后，带着段宁和庞飞等到河南、湖北、湖南考察信息化建设，回来让他抓电子政务，又跟计算机中心沾上边。

而计算机中心是什么？是高科技。从技术层面上讲，是审计厅的最高水平，也就是天。他这不是顶了天了吗？

2012年，厅党组又派他带队到保定市易县高陌乡燕子村搞基层建设年活动，一下子在农村扎下了根，站在了最坚实的土地上，这不是立地了吗？

所以他是个顶天立地的人。

牵强吗？造作吗？开玩笑吗？

否！小到一个人，大到审计厅，再大到一个政权、一个国家，要想有所作为，要想自立于世界民族之林，必须顶科技这个天、立民众这个地，否则就将被淘汰、抛弃，注定碌碌无为。

这一点郭明勤比谁都清楚。审计信息化在他的推动下，从省厅到各市、县局，都有了长足发展。搭建平台、外网、专网、局域网，形成了一个比较畅通的网络体系。

老郭没有头脑发热，没有忘记自己还是农民，立足的还是土地。中国最多的人口在农村，最大的民众是农民。忘记这一点就意味着背叛，忘记这一点将一事无成。

搞现代化建设，发展经济，加强监督管理，反对贪污腐败，也得靠民众。

没有民众的支持，将成为孤家寡人。

民众不仅是支持你，还能够滋养你。

你以为加强基层建设年活动就是修路、打井，给农民办几件好事就拉倒了吗？不，那只是个形式，从根本上讲，那是一个获取信任、得到滋养的过程。

因此，老郭特别重视这个由省委统一部署的农村基层建设年活动，选派能干的副厅级干部段宁去带队执行任务。

段宁是鹿泉市寺家庄南龙贵村人，1983年毕业于河北农大农机系农机化专业。先分到获鹿县城关公社当团委书记，1986年调审计厅，先后在人事处、金融处、投资处当正、副处长。2009年那时法规处不受重视，郭明勤悬赏法规处长的时候，他勇敢地站出来报名，上任后干得不错。老郭落实承诺，将他提拔为副厅级巡视员。

老郭就是把这样一个爱将派往了燕子村。

段宁是一个有思想、能分析问题的人。段宁在接受采访时说，干什么事都得有个好基础。基础不牢，干事轻飘。

搞好审计业务,跟下乡支农,都是打基础。过去囿于块块领导,系统意识比较差。郭厅长来后,先打好业务这个基础,强调审计力度,加强信息化建设,使审计业务如虎添翼,然后通过业务来管人。有业务能力的人、做出成绩的人,建议地方党委予以提拔重用。审计的威信提高了,对市委也硬起来了。硬不是逞英雄、耍威风,而是坚守原则、履行职责。

抓业务是打基础,同样下基层,抓基层建设年,更是打基础。不过这个基础打得更大,更重要。关系到一个政权是否稳固,当然也包括审计厅在内。皮之不存,毛将焉附?

从这个意义上讲,段宁得为审计厅打好这个基础。

段宁说,刚一下来,打好上一个基础,即业务基础,使审计厅硬起来的好处,我便得到了。我被任命为保定省直工作队临时党委的委员。这种情况放在过去是不可能发生的。

入村以后,段宁积极为老百姓办事。

硬化路面花费 40 万元,安装自来水投资 65 万元,这钱都是段宁找发改委和水利部门要来的。另外郭厅长协调资金 76 万元,建成标准化电器村,又协调 9 万元建立了卫生室。有一块没有进入红线的土地,工作队帮助公开竞标,建立了苗圃生产基地。

郭厅长前来视察,走家串户,嘘寒问暖。老百姓高兴地说,毛主席的工作队又回来了!听了这话,老郭非常受用,当场问村民,想不想改造"空心村"?村民说,那敢情好!他就马上给省国土资源厅打电话。这几年审计厅跟国土厅建立了良好的工作关系,大家知道审计的分量,二话没说,答应支援 40 万元。

审计厅工作组被评为全省先进工作组。省委副书记、常务副省长赵勇只批四个先进单位。

年底工作组撤回来时,村民们想随工作组到厅里看看郭厅长,但被老郭谢绝了。

李树森不爱说话,采访记录只有 400 余字。我们说,作为一个副厅长,你是不是说得太少了点儿?他一笑,哥们儿,就这么多吧,没啥可说的,无所谓的事。

李树森无所谓,我们不能无所谓。我们努力发掘这个人的特点。谈话虽然不多,但他使你感到非常亲近,愿意跟他兄弟相称,哥们儿相待。

这种功夫可不是每个人都有的。有的人处了很长时间,你也会感到生涩、不顺畅。而他马上就跟你非常融洽了,好像可以无话不谈一样。

这个特点在以后的一次宴会上也得到证实。给李树森敬酒的人最多。虽然酒风不能反映作风,但至少也说明他人缘不错。

李树森把具体的事物看得很淡,而把人与人之间的关系看得很重。典型的以人为本。

短暂的接触和谈话使我们感到,我们已经对他很熟悉、很了解了,可以合作干点儿什么事情了。这就是他的魅力。

虽然他口头经常挂"无所谓的事",但有了"有所谓的人","无所谓的事"也就干成了,所以他的工作成绩斐然。连过去最为挑剔的张成起厅长,也认为他是百里挑一的,把他提升为副厅长。

李树森1958年生,河北省深县王家井镇李家庄村人,父母务农,高中毕业后当兵,副连转业,到省审计局。1991年任副处,在机关党委和监察室工作。1994年转正处,担任审计事务所所长,搞承包工程审计、资产评估审计等。1999年,会计事务所与审计事务所合并,叫注册会计师事务所,归财政管了,就是在那一年,他被提为副厅长。

1986年刚来时,李树森的亲和力发挥了作用,成为提拔最快的干部。1993年,工作内容多了,从质上有变化,原来翻账本,只是审计财务收支,预算都审不了,但由他带领审计省财政预算,大获成功。

赋予的职能多了,内容多了,重点多了,审计对象就多了,也就是接触的单位多了,打交道的人多了,李树森又如鱼得水,威力大显。要求经济责任审计,从乡镇长到省长,包括党委书记都可以审。这又是跟人打交道的事,他大有用武之地。

经济越发展,审计越重要,李树森有干不完的事情,搞不完的关系。

从2010年我开始当二把手,无所谓的事。他说。

5.踩刹车的

每一章的内容应该都跟计算机沾点儿边,但是赵颖匆匆走来了。赵颖短发,秀丽,好身材,无法抗拒,不可不写。

她虽然跟计算机不沾边,但有很充分的理由写她,不写就要犯错误。

前面写过的人物,都是为审计大业冲锋陷阵的,一往无前,赵颖却是个踩刹车的。

不写她,不让她踩刹车,你这车不就有危险了吗?

应该刹刹车了。

不过让一个女人来踩刹车,这车能刹得稳、刹得狠、刹得住吗?

不必担心。赵颖是北京人,中国新闻学院毕业,先到《邯郸日报》当记者,又调市委组织部当干部,上世纪 90 年代闯深圳,在《深圳商报》和《中国纺织报》记者站供职,2000 年后,调任中国纺织集团办公室主任、环保产业处长、粮食集团党组副书记,2009 年到审计厅,任纪检组长。这样的出身和职场经历,使其见识和阅历颇为深广,待人和办事甚是老练,主持纪检监察工作,内紧外松,很是得手。

由于身份所限,赵颖从来不参与郭厅长的餐桌会议。作者问为什么,她说,他老说粗话。我们说,那都是开玩笑,跟同志们打成一片。她说,身份决定,我必须跟大家保持适当的距离。何况我一去他们就不说笑了,影响人家了。

同样的问题,我们又问郭厅长,老郭,你跟谁都开玩笑,怎么不对赵颖开玩笑? 老郭说,人家是纪检组长,是管咱们的。他说得很诚恳,很严肃,从内心深处把自己置于一种被监督的位置上。

有畏惧感不是坏事。车猛往前开,不看方向,不踩刹车,掉进沟里就晚了。

中箭落马的高官难道还少吗? 你不是讲留个好名声吗? 面对巨大诱惑——审计力度越加大,价码就会越高,诱惑就会越大,不维护赵颖的权威怎么能行? 所以老郭把赵颖看成是辟邪的法宝,保护审计干部政治生命,包括他自己的政治生命,还怎么敢动开玩笑的意念呢?

一个非常严肃的心态却通过是否开玩笑表现出来。生活上的事情,表面上看似很简单的事物,背后却隐藏着怎样的暴风骤雨啊!

赵颖就是这样一个人。职务的特殊性,已经把她从审计干部中异化出去了。

她虽然不到郭厅长的餐桌上去吃饭,其他的却跟一般干部没有什么区别,同女同志们并排坐在一起吃饭,说说笑笑,家长里短。大多时候她没有意识到还要跟同志们保持距离。跟一般同志没有这种必要,跟容易发生问题的厅长、处长们保持适当距离就够了。从自己案头的举报信来看,反映一般干部的确实不多。

尽管如此，一般干部还是对赵颖保持了一定的距离。她不跟人家保持距离，人家也要跟她保持距离。大千世界，诱惑多多，孰能无过？别看她现在很和蔼，没准是套你的话呢。还是别上当为好。

赵颖也习以为常。保持适当距离，若即若离，不离不弃，无远近亲疏，也不错。谁让自己是干这个的呢？就算为职务做出牺牲吧！

她这个"异类"当得很称职。

赵疑对作者说，社会上腐败现象很多，我们这里很少，但也有举报的。说着指了指办公桌上的几摞材料，这就是最近上来的举报信。这一沓是反映厅里的，这一沓是市县的，这一沓是署里批转下来要结果的。

作者吃惊不小，原来审计人员有这么多把柄让你攥着，怪不得他们怕你，跟你保持距离呢，连郭厅长都不敢跟你开玩笑。

赵颖微微一笑说，就算是这样吧！

她接着说，我问郭厅长，这些举报信怎么处理？他说，这是你的权力。向我请示，我很感谢，但今后就不要再请示了。要问我的态度，那就是，接到就查，一查到底，尤其是经过核实，确有其事、有名有姓的，都要给出结论。不仅是举报信，还要走出去，行使你们的权力。是的，行使我们的权力，但很多点子都是他给出的。比如走出去，走出去干什么？开始心里也没个章程，他说大的审计你们可以现场跟踪嘛！有他这句话，就好办了。我们就到审计现场宣布党规、党纪，宣布行政工作纪律。平时业务人员一头扎进工作中，埋入账本里，还真没有时间顾到这些，谁会准备着自己别犯了哪条错误？现在当场一宣布，还真是大吃一惊，原来警戒线离自己并不很远，千万要小心啊！审计之后我们还回访被审计单位，叫廉政回访。问有没有不符合程序强加给他们的问题，有没有不符合实际情况硬说成的问题；还问有没有塞钱送礼，审计人员收下的。后者一般是问不出来的，送了、收了、免了，各得其所，谁还往出说？但有的送了、收了，却没给免，就可能觉得冤枉而说出来。

总体来看，来自赵颖方面的纪检监察的力度，跟来自郭明勤方面的审计的力度一样，都是很大的。前者的力度是对后者力度的一个有效保障。

监督很严，所有的问题尽可能都让它浮出水面，但是处理起来，以教育为主。这也是赵颖充分征求郭厅长的意见定下来的。

这体现了郭明勤的一贯仁爱之心。只要不造成危害，处理起来就要适当放宽。

赵颖又说，我们还每年坚持内部审计，每到年底，我们都要把厅的财务账目和票据审计一遍。

她一说，我们一听，自己审自己还能认真吗？也就是走走过场的事吧？

但马上就受到了教育。

作者走进了李永新的办公室，他的办公桌上是长龙似的一本一本发票收据，本子立起来，一本挨着一本，摆了很长，还拐了弯儿。

作者问，李处，你在审计哪个单位？

他说，这不到年底了吗？审计自己单位呗！我的眼睛都看酸了。

这个厦门大学毕业，并到美国深造过的高端审计人员，还是现任业务处长，就干这种审查自己单位票据的具体工作吗？是不是有点大材小用？

当作者表示出这种观点时，李处长说，可不能这么认为，对自己严点儿，对下面才有说服力，才能理直气壮。赵书记要求可严了，干不好要挨批评的。

赵书记就是赵颖。她难道总是那么严格和严肃吗？一个偶然的机会，我见到她和刘健在一起谈论诗。刘健曾给过作者一本诗集，那诗写得极好，还配上了他那潇洒的书法，诗情画意全有了。赵颖说她以"一梦"的网名在微博上贴了几首诗，请刘副厅长多加指教。

噢，还是跟计算机联系上了。我们赶快上网找到了"一梦"的诗：

　　　　岁月风雨
　　　　星辰已减弱了光芒
　　　　是否要去寻找一个新的情场
　　　　她会带给你一个曼妙的天堂
　　　　你在我心中
　　　　永远是太阳
　　　　我不能离开阳光
　　　　深深的思念
　　　　切切的眷恋
　　　　我看到你
　　　　火红的梅花
　　　　站在雪山顶上

第六章 数海

你看过审计报告吗？那一串串长龙般的数字，密密麻麻，一片一片，前呼后拥，奔腾而来，好像数字的大海。揭示问题也好，加强力度也罢，都必须具备在数字海洋中游泳的本领。

腐败就是运用公共权力谋取私人利益，意味着公共权力的异化，是国家治理中最为严重的威胁之一。

"免疫系统"必须发挥的作用，不以审计人员的意志为转移，一是大多数腐败和舞弊最终都要落到钱上；二是国家审计与被审计对象没有任何利益冲突，能够客观公正地揭示问题；三是国家审计监督覆盖所有财政资金和政府机构，能够及时、有效地发现并揭露大案要案的线索。

美国审计署曾针对时任副总统切尼的舞弊嫌疑展开专项审计，揭露了美国政府高官和企业相互勾结的真相；欧盟审计院和英国审计署都对议员虚报费用、骗取补贴等腐败行为予以彻查；法国媒体高度关注法国审计法院披露的总统府开支合规性问题；韩国监察院则始终高度关注高官的舞弊问题。

中国国家审计突出对财政资金的管理、分配和使用，工程建设中的预决算、招投标和物资采购，土地出让和置换，金融机构的贷款发放、票据贴现和保险理赔，国有企业的对外投资、资产处置等方面的审计监督。十多年来，全国审计机关向司法机关和纪检监察部门移送案件 3.8 万余件。

河北省在社保资金审计中采取试点先行然后总结推广经验的做法，取得较好成效。审计署社保审计领导小组办公室研究决定，将其在廊坊市开展试点工作的交流材料加载到大项目管理平台，供各审计组参考。

1. 表打架

当面对 16 张审计报表和两套共 42 张标准表的时候，李洪燕的感觉是，事情很难办。把这 58 张表的几百列项目和数字互相对应起来、转换起来，肯定不是一件容易的事情。

标准表都是上边发的，难免从概念出发，闭门造车，与实际情况不符。有的超前，有的滞后。理论上可行，实际上不可行。差之毫厘，谬之千里。小题大做，谨小慎微。你得证明骡子是怎么掉到茶碗里淹死的，而且还得建立一个系统出来。然而必须服从。当然也可以商讨，交换意见，但总的原则不变：42 张标准表的数字，必须填写进 16 张审计报表里。之间的逻辑理论和钩稽关系，不能有丝毫的差池。

这是一场表的浩劫。

然而没有时间了，审计开始了。

刘全文的脸拉得老长，板得好紧。李洪燕从来没有见过这个比她还小一岁的处长对自己这么严肃过。

刘处长的压力太大了。此刻刘全文、李洪燕、张岚、刘宇星这四个 70 后、80 后，同时进入了 58 张表摆下的迷魂阵中。

然而这只是第一阵，必须快速通过的第一阵。

跟郝婷到保定一样，刘全文带领一组去了廊坊市。不一样的是，廊坊组是试点组，先行一步，取得经验，马上推广到全省各市，包括保定。郝婷填表那么顺利，没有再走迷魂阵，就是因为前边有李洪燕等替她走了。

刘全文说，李姐，我有一个主意。咱不能等着把表都弄清了再向下边要数。咱一边要数填表，一边在实践中把它搞清。这可能是一条最好的捷径。

李洪燕瞅了刘处一眼说，刘处说得对，就这么干！宇星，抓紧把数据导入 AO 系统。张岚你还是翻账看表，这是你的强项。

当然是强项。张岚备受鼓舞。

李洪燕结合导入的实际数据，一边往标准表上填，一边研究。标准表太细了。各地政策不一样，具体情况也不同，有的达不到那种要求。如有身份证号，却没有缴费日期，年限也没有，这就填不成标准表。有好多死胡同。怎么办？咨询，协商，研究，调整，修改。活人不能让尿憋死。

除了两套 42 张标准表，还有 18 个选种——对外说是 18 个，对内其实是 20 个，分得那叫细！每个选种对应着不同的标准表，一列一列，一项一项，光一张保障房审计表就有 146 列，都得对应清楚！

"表哥"说这么对应，"表姐"说那么对应，"表虫"又说都不对应！一男两女吵了起来，争得脸红脖子粗。

白天人打架，晚上表打架。在李洪燕的梦中，16 张报表跟 42 张标准表打起来了。地方军跟中央军干上了。她跑进那些表中拉架，推来搡去，她抓在手里的不是表，而是一串串数字。数字越来越多，把她埋起来了。

忽然数字变成海水，自己陷入了汪洋大海之中。

李洪燕大声问，这是什么海？

变成海水的数字齐声回答：数海！数海！

李洪燕就在数海中畅游。游泳是她的强项，雕塑了她健美的身材。自由泳、蛙泳、仰泳，随着波浪的起伏，她像一条白色的鱼，上下翻飞。忽然审计厅的人都跳进了数海，连郭厅长、刘副厅长也游过来了，虽然姿势不美，但也游得很快。杨素英、林海燕、张立新也游过来了。三位女将一边游，一边算，都带着防水电脑，很快就超过了李洪燕。她这才知道，数海得算着游，才能游得快，但标准表不让算，说就按我们的标准游吧！

你们的标准是什么？李洪燕猛然醒来。得自己去找，自己去算，哪儿还有工夫做梦、睡觉？她睁着眼睛想，这个梦做得很好，数海，审计人面对的不就是数字的汪洋大海吗？

第二天她把这个梦说给大家听，大家哈哈大笑，好不开心。只有刘全文时刻不忘教导：闯出迷魂阵，游过数字海！

也不知是梦的作用，还是刘处的鼓劲，李洪燕和刘宇星的思路豁然开朗,将研究多日的模型软件修改了几个关键数据,唰的一下,通了！两种表握手言和,都对上了。实践是检验真理的唯一标准。刘处的边填表边研究的决策大获成功。

趁热打铁,立刻总结填表的方法,配上《标准表与审计报表差异分析模型》,发给各市审计组。各市正在为填表头疼,灵丹妙药一来,迎刃而解。

2.成绩与失落

刘全文带领审计组在廊坊市先行一步,创造经验,推动全省社保审计的做法,得到省委、省政府的肯定,省领导批示表扬,审计署也作为典型经验在全国推广。

当刘全文坐在我们面前的时候,他头上的一切光环都不存在了。他的朴实和笑容,他的耿直与忧虑,绝对不会让人把他与出人头地、争强好胜、好大喜功等类型人物联系在一起。他身材不高,相貌平常,但眼睛很明亮,眉毛也很重,言谈举止剔除了一切多余和伪饰,是一个忠诚的表述者。成绩和荣誉在他身上好像从来没有被在意过。两个二等功、人民满意的公务员、爱国主义教育基地建设先进个人等,他都觉得受之有愧。

他说,不管审计什么单位,都能审出很多问题来,然后就受到表扬,心里就不平衡。因为除了被审计单位,别的单位肯定也有问题,却逍遥法外了。被审计单位不过是百里挑一。也就是说,百分之一经过审计会好一点儿,百分之九十九还是外甥打灯笼——照旧(舅)。想想这个,你还有心情为得到的荣誉和表彰感到高兴吗？我就从来没有过,甚至不想要,因为它使人产生麻痹感。

刘全文是石家庄市元氏县宋曹镇东岗汪村人,父母务农,河北农大城乡建设学院毕业,学的是农业建筑与内环境专业。1993年毕业后,分到石家庄第二建筑工程公司当技术员、工长、项目经理。干了五年,去英国留学,学的是建筑与房地产管理专业,得到硕士学位回国。2001年作为工程预算人才引进审计厅,放到投资处,2009年调到财政处,转任副处长,2011年提拔为财政中心第三组组长,相当于正处级。

刘全文是张成起厅长发现的人才,郭明勤厅长重用的干部,刘健副厅长器重的爱将。对此,他笑而不答。算是默认吧！

谁会不喜欢这样的人呢？

虽然在投资处时他只是个副调研员，却独当一面，工作没少干。工程方面存在的问题太多了，国家把资金投出去了，成千上万个亿，但都用在工程上了吗？那是不可能的。审计十分必要。

刘全文平静地叙述着，因为那都不是凭激动能解决的问题。

刘全文说，我在投资处时，负责审计电厂、煤矿、高速公路、水库、楼堂馆所，组织审计全省公益性项目，还有纪委交办的项目。光靠省厅一个处，审不过来，我就要求和组织当地审计局去审。公园、公共卫生、医院办公楼、非典后建疾控中心，河道治理，大清河、永定河、滹沱河、子牙河、滏阳河等等，一搞就是一年，涉及各市县。国家投资，一笔大钱放在了工程上。建设单位、施工单位、虚假招标、拉关系、得回扣，方方面面，千方百计，张开大口吃工程。

审计机关没有手段去查腐败，只能看造价，控制造价。邢台电厂、西柏坡电厂、蔚县崔家镇煤矿、黄壁庄水库、青银高速公路、京张高速公路，有的直接审，有的参与审，都是决算前审计，为国家节省了大笔资金。

刘全文介绍说，有的是没立项的黑户口，没有得到批准。这就要督促其立项。还有招投标。如果不招标，轻者罚款，重者处理人。预算暗箱操作罚款5‰～10‰。有政府干预，罚不了那么多。审计问题是第一步，但处理问题要顾及方方面面。政府也有难处。

征地拆迁，也是工程造价的一部分。石家庄市有一个工程，给企业拆迁补偿882万元，说是根据房产证上房屋面积补偿的。查看房产证，感到做过手脚，前边是内容，什么结构，后面是图，标明坐落位置，实地查看，完全对不上号。便向郭厅长直报了。接着我们又到房管局看原始档案，再到住建局看规划档案，最后发现这图跟原始的不一样，大建筑物拿走补偿款，又编出几个小建筑物来，再拿一次补偿款。很多人找郭厅长说情。这家房地产公司有很深的背景。郭厅长也有扛不住的时候。本来应该批捕，最终没有移交，但当天就令其把882万元划过来了。事后对方打电话威胁我说，知道你住哪儿了，小心着点儿！钱收回来，没抓人，也没罚款，还这么嚣张。领导也要考虑到方方面面，是无奈的妥协。这就是中国特色。想到这些，你还会为得到一个什么奖而欢欣鼓舞吗？

我们问道，在保定社保审计中，还有什么经验？

刘全文说，经验倒是还有，不过说出来显得我们广大人群的素质太低了。

此话怎讲？听完了才知道，人们骗取医疗保险的手法太拙劣了。手法越拙劣，人性越卑劣。

医保基金是社保资金里占比重最大的一块，但医保相关政策、机制不完善，有漏洞，使得一些医保定点医疗机构有了弄虚作假、骗取医保基金的可能。手段拙劣却十分隐蔽，大搞数字游戏，无所不用其极。河北省审计厅廊坊审计组发现了四家医保定点机构存在骗保行为，并在审计过程中，总结出"医保基金审计十法"：一、住院费用筛选法；二、满员比对法；三、药品加价审核法；四、药品进销比对法；五、药品用量极限法；六、原始票据甄别法；七、专家复审病历法；八、人卡比对法；九、特定人群筛选法；十、外围调查核实法。

不必每个方法都解释，都很简单，却都敢大胆使用。比如医院共有多少床位，全年每天都有病人住院，也就是 365 天都不空床，那么满员就是两组数字相乘，再不能超过这个极限了吧？但是医保中心报销的数字却大大超过了。医院进药很少，报销量却很大，没有真发票，这需要上税，却伪造了许多不上税的假出货单做凭据。这也一查就露馅儿了。还有发动医院的职工都去住院，也就是借医保卡用一用，让"它"去住院，然后报销医疗费。

彩超、胸透一张片子改变日期和流水号，反复使用。男的还做妇科检查，竟达几百例之多。这都是康燃发现的，还不在"十法"之内。

对待这么简单的手法，面向如此大胆的人群，比对付那些高深复杂的问题和严密包裹的高手，对审计人员更有杀伤力？好像自己受了骗，挨了蒙。只凭这样的拙劣和狂妄，居然也能跟审计对抗？所以当刘全文说起审计"十法"的时候，有一种说不出的失落。

3.审计不相信眼泪

在审计的数字海洋中，刘全文无疑是一个游泳技术很高的人，年纪最轻，提拔最快，但他也是一个心事最重的人，凡事总爱思考，一思考问题就复杂了。

他想，当前国家审计可谓重任在肩。在经济领域，担负以真实合法为目的的查错纠弊职能；在社会领域，担负以效益为目的的提高管理水平职能；在政治领域，担负以制约权力为目的的推进民主法治职能。

这些都清楚明白，但实际做起来却是：有法不依、执法不严、体制性障碍、制度性缺陷，束缚着审计的手脚。

有时候往往是费劲不小，收获不大；数字很长，效果不佳。数海无边，回头不是岸。

不管外部环境如何，他得把握住自己，那就是六个字：忠诚，智慧，勇敢。

忠诚于法治，忠诚于职责，忠诚于党和人民，忠诚于上级。

这几个忠诚的摆布很有学问，都要兼顾，不可顾此失彼。规范自己的审计行为，避免随意性，使自己的言行完全控制在法律框架之内，这是审计人员安身立命之本。

与其他行政职能部门相比较，审计外在监督较少，职责履行在很大程度上依赖于个人自觉性。在人治、人情、金钱的作用下，自觉性还能坚持到什么程度？忠诚便成为保证审计成功的第一要素。

国家审计是综合性的经济监督部门，通过对综合反映经济活动的财政、财务收支进行审查、鉴证、评价，注视着经济活动的运行轨迹，发现问题，提出建议，促进整改。要做到这些，没有智慧不行。

被审计对象做手脚都经过长期谋划，要在短时间内破解，也必须有高于他的智慧。

审计涉及多元利益主体，这些主体多为国家机关和行业部门，大多都有着不小的能量，在人治仍然强势的时代，与这样的单位打交道，工作压力可想而知。

因此没有勇敢的精神是绝对不行的，干不了。

刘全文说，我们是通过财务渠道审计投资的。资金到建设单位后是怎么花的？要看钱拨没拨到施工单位，是不是按工程进度拨款，施工单位的账对不对，一步步审计下来。最后发现，钢筋买小厂次品。人家用钱送礼，初步拿下，然后买了钢筋，再返回一个大数，彻底拿下。购石材只开了两张巨额发票200多万元，其实是洗钱了，建筑工地上根本没看到一块石材。通过外围摸底调查，我们确定唐山房地产公司是审计的一个重点。直接去吗？会阻力重重，且坚壁清野，使你无从下手，无功而返，所以必须先找主管单位城管局。城管局了不起，管煤气、自来水、道路、房地产，资产多、权力大。对于这样的部门，许多问题是摆脱不掉的。国有资产流失否？乱收费否？十分敏感。我们去查问，不肯具体告诉下属单位，只提供了一些电话号码。我们说，只要是单独建账的都得告诉审计组。财务科长就提供了一个单子。我们一看，没有房地产公司，这反而增加了这个可疑单位的分量。我们就让财务科长在单子上注明：除此之外，没有别的单位了。科长没有写这句话，而是把房地产公司加上了。这样我们就带上所有这些下属单位的基本情况和有关账册离开了。他们也不知道谁是重点。第二天去房地产公司也不能"明火执仗"，说是看有没有项目。来人接到工地看项目。看了一会儿，说到公司看看吧！拉我们去公司。司机刚要打电话通知，我们说不必了，咱们直接去吧！这样出其不意地到了公司，直奔财务科，打开保险柜，钱没问题，发现两张银行卡，说是自己的钱。拿走，到银行协查，发现资金量有 4000 多万元。叫来财务科长笪振东，问这是怎么回事。老笪就喘，出冷汗，脸色变青，嘴唇发紫。又问怎么回事。这回不是指 4000 万，而是指身体。笪科长说，心脏搭过桥。不能再问，不能再交流和沟通了，保证人身安全要紧。叫来单位负责人陪着笪科长。让城管局的财务科长来了，说了 11 张卡，但具体情况不提供。这 11 张卡是放在公司财务科长笪振东和出纳这里的。审计人员顺着银行流水，三年的流水，几个亿的资金流量去查，工作量很大，但终于查清，有 100 多万流出去了。城管局长说拿去送礼了，不用查了。我们说，得审计清楚。局长说，那就配合吧！但到凌晨 1 点仍没有提供任何材料。我即刻给局长打电话，局长说我让他们提供了。我说没提供。他说我再做做工作，我们也很关注这个事。我说看不到东西，百分之百不收兵。第二天陆续提供一些凭证。最后还是笪科长主动说出来了，有 290 万元的小金库。有三种钱打到小金库，一是施工单位回扣，110 万元；二是自己用假业务票套 60 多万元；三是预售房款，120 万元。实际上，即使他们不交代，我们也能顺银行流水查清楚，只是费点事。后来他又交代，银行里有一个 60 万元的定期存单，说是揽小工程挣的钱。要发票，却没有。实际上是小金库的钱。小金库还牵扯到经理，二人一起移送检察院了。

笪科长也曾托人说情，自己也找过刘全文，问能不能网开一面，放他一马。说罢尽力憋住气，眼睛直勾勾地盯在刘全文的脸上。

面对这个可怜的牺牲品，刘全文心里一阵酸楚。他纠结的是笪科长那种在非常情况下残存的忠诚和敬业。

笪振东已经没有资格谈忠诚和敬业了，但在这种被审计、被审查的特殊情况下，面对自己一方壁垒森严的防御和众志成城的抵赖，他突然忠诚了，坦白交代了，而且一笔是一笔，绝不混淆，没有把胡萝卜记在蜡烛账上，日期、数额、地点、场合、往来凭据说得清清楚楚、明明白白，连最挑剔的审计人员也不得不佩服他的业务水平和敬业精神。

刹那之间，笪振东已经不是一个被审计对象在那里交代问题，而是一个优秀的财会人员在为大家演示一道难题的破解。他清晰的思路、超凡的大局观、严谨的推理、严密的逻辑，甚至他那准确的语言、老练的声调、简洁的手势，连同脸上的眉飞色舞，一起汹涌而来，尽善尽美，登峰造极。因为他知道，这是自己的绝唱，此后便要进入牢房。

搭了桥的心脏此时给予他惊人的合作。

想到这样一个人才也给毁了，面对直勾勾盯着他的笪科长，刘全文说，我很惋惜，也很难过，想来你也有心理准备，那就去吧！我们总要为自己的行为付出代价。现在轮到你了。轮到谁是谁。勇敢一些。

他还能说什么呢？

老笪的正义冲动又上来了。按照他正直的本性，自己既然已经主动交代，那就听凭发落。但烦恼不寻人，人自寻烦恼。潜规则的阴影又向他扑来，你得求人，你得花钱把自己捞出来。捞！捞！捞！难道还没把你害苦吗？如果真能从刘全文这里把自己捞出去，他那第一次正义冲动的主动交代不就打了水漂儿吗？

他上前一步握住刘全文的手说，刘处，你放心，只有这一次，今后我不会再倒下去了！

搭了桥的心脏再一次配合他说得铿锵有力。

2012年7月冒着难挨的暑热，刘全文带领12个人，在沧州市肃宁县进行财政决算审计，因为肃宁是省财政直管县。

张世甲是县住建局的一个临时工，局长却让他做了会计兼出纳，严格地说，是一笔钱的会计和出纳。这笔钱有1600万元，是从施工单位收上来的建筑保障金。这钱本来应该放在财务，正式入账，副局长却以保障金名义设了个账户，由他掌管。

灾难便由此产生了。

各施工单位把保障金都打到张世军的账户上，这些保障金如果不发生工资纠纷和工伤什么的，还要原封不动地退给施工单位，但他却忘乎所以地拿出 198 万元炒股，有去无回，触犯了刑律。

找张世军谈话时，当然追悔莫及，不图便宜不上当，不到船翻不跳河，但是晚了。中专毕业，找了个临时工，局长器重，让他当会计，没想到出了大事。妻子在乡里管财务，哭着求情。儿子 9 岁了，居然知道下跪！而且还上有父母，要靠他养活。

面对即将家破人亡的惨景，刘全文只要松一松口，抬一抬手，就能过去。没人来管这个事，追问这个事。没有事正常，有事不正常。审计完全是眼里出气的活儿。是个良心活儿。

良心？一想又复杂了。对张世甲有良心吗？对他的妻儿老小有良心吗？如果想对他们有良心，那么对国家、对审计的忠诚就得打折扣。而这个忠诚是不应该有丝毫动摇的。

所以只得小局服从大局，小家服从国家。

对不起了，张世甲，审计不相信眼泪。

刘全文语重心长地说，张世甲，你我都是农民的孩子，哪有资本干这种出格的事！事情我必须上报，不报就是不忠。你唯一的出路就是尽快还钱，减轻处罚。

很快妻子就找人借钱，还上了 160 万元。

住建局长找县长，县长找刘健副厅长，刘健副厅长问刘全文，刘全文说应该移交。

这次他不能掩饰对张世甲的同情了。与上次对待老笪还不一样，他没有同情老笪，只是惋惜。现在他同情张世甲，他认为主要责任在住建局长。局长让他保管这笔钱，等于把一块肥肉放到了他的嘴边，而他上有老下有小，正是一个饥饿的人，怎能忍得住不去吃呢？

这块肥肉的代价是八年有期徒刑。

审计不相信眼泪，却不得不相信某些人的非法利益。

一个收费即将到期的立交桥，却要从境外人手里买过来，而且价格几个亿。为什么要吃这个大亏？不知道。谁吃了巨额回扣？也不知道。这是刘全文坚持审计的。他好像也不知道——不能知道。他无可奈何，再次有了螳臂挡车之感，而且竟然把自己讥讽为——大战风车的堂·吉诃德！

想到此，他更加同情这个因忍不住饥饿而偷吃了肥肉的张世甲。

4.心硬·心软·心宽

作者不敢相信自己的眼睛,她们为什么那么年轻! 两个 50 后,一个 60 后。

她们都是在数海里游泳的好手。

杨素英,科教处长,河北省无极县北苏乡楼下村人,回乡知青,18 岁入党,当过三年大队党支部副书记。广阔天地,大有作为之人。后来天地发生变化,到了审计厅。仍然能有所作为吗?

杨素英是个要强、心硬之人,先是保定金融专科学校攻读财政专业,后是中央党校后勤干部培训班,脱产两年学管理。一顿"恶补",考上了注册会计师。1994 年竞争上岗拿了第一名。人们对她刮目相看,承认她仍然没有落伍,是大有作为之人。

杨素英绽放出美丽的笑容。当年战天斗地的"铁姑娘"感觉又回来了。心态决定年龄。

这就够了。能跟上大家的步伐,做一个合格的审计人员,她已经很满足了。多写写年轻人,我没有什么可谈的。就把座谈时间让给了别人。

作者只能向这位审计厅昔日的第一美女致以崇高敬礼!

林海燕,经责处正处级调研员。父母都是军人,母亲是随军新华社记者,是入朝抗美的志愿军。林海燕高中毕业后到华北制药厂以工代干当会计,后来进了审计厅,也算"科班"出身。

这个人最大的特点就是富有同情心。采访时间太紧,说案子来不及展开,她就充分表现了自己的善心。她说,现在恶意违纪的是少数,为了干事,不得不出点圈儿,一出圈儿,就违纪了。完全按规定,有的就干不成事。

这段话绝对不能放到桌面上去,但我们给她如实记录下来了。读者诸君可以回忆回忆身边的事,看是不是这样?

所以她就对违纪的人发善心,觉得处理重了,接受不了。

林海燕说,我心里很困惑。举了个例子。到重点中学审计。给学生办班收费,国家不允许,就没有账,一堆票据盛在筐子里,说历来就是这样的。上边不让办班,说是乱收费,但学生家长要求办,愿意花钱。难道你能不满足人家的要求吗？就办了班，应该入大账，但大账不允许，不收钱也不行，校长就批准了小金库。因为这个处分校长和会计，我总觉得于心不忍。

后来回忆回忆中国这些事，又觉得没有什么值得同情的。教学就好好教吧，办什么班？该学的知识，按教学大纲，在课堂上讲好就完了，为什么还要办班？说不办班，不加点码，就考不上学。谁让中国是应试教育呢？这也算个理由吧！但为了办班多收钱，就故意在课堂上不把知识讲完，不好好讲，逼着你不得不去参加课外班。这就非常恶劣了。浪费了课堂的学习时间，让孩子们加班加点，放弃休息和娱乐，去参加那个花钱的班，简直是图财害命！

想一想现在上学的孩子们，每天早晨 6 点起床，晚上 10 点睡觉，紧张得要死，劳累得要死，精神和身体受到双重摧残，处分几个校长和会计能管什么大事？但处分了，我绝不心疼！

林海燕坚决地收回了自己刚开始的观点。

看来她虽然心软，却爱憎分明。

张立新，60 后，邯郸人，社保处副处长，毕业于北京大学计算机系软件专业，对审计事务，能从具体抽象出理论，总结经验教训，并以此为己任。心里想的面儿很宽——心宽。

审计唐山包装公司，属于雇用残疾人达到 50%、所得税免除一半、增值税全免的单位。一年可减免税收 5000 万元。厂子建在迁安县的荒郊野外，住房简陋，但账目清楚，显出了老板的精明。住房不好，不会罚钱；账目不清，就很危险。

综合各种情况和问题，发现该企业不再符合条件了，根据张立新提出的建议，后经河北省地税局批准，不再笼统减税，而改为雇用一个残疾人补贴 500 元。

审计保定长城汽车厂，因雇用残疾人而减税上亿元。企业从聋哑学校招残疾人，因为聋哑人不怕机器噪音。制定使用残疾人免税的政策，初衷是让残疾人干一些手工性的福利事业，收入不高，所以可以减免，没想到高盈利企业也可以雇用残疾人，这是一个制度的漏洞。张立新跟署里沟通，促使政策更加合理。

5.生存空间

郭厅长把几个市的审计局长推上了副厅级干部的宝座,菅新月就是其中之一。

我们到邢台市采访菅局长,他却感冒住院了。不到探视时间。

副局长刘金峰接待了我们,那就先跟刘副局长谈谈吧!

刘副局长是转业军人,办事稳妥,聪明好学,思路非常清楚。他说,市局跟省厅不一样。省厅下来审计,只对上级负责,我们审计,既要对上级负责,也要对本级负责,得注意处理好与市委、市政府的关系。

这就是块块领导的特点。菅新月能处理得很好,既能得到郭厅长的赏识,又能取得市里的信任,没有一些本领是办不到的。

刘副局长继续说,菅局长很讲究工作方法,一方面坚决按照郭厅长的要求加大审计力度,很多老虎屁股都摸了,摸了也就摸了,天也没有塌下来;一方面证据在握,数字在手,怎么运用,怎么玩,就看他的手段了,艺术手段。这两个方面相辅相成,缺一不可。不加强力度,不整疼了他,不审计出问题,他就不会听你的,只有让他的问题暴露出来,把他的病找出来,才会老老实实接受你的诊治。这时候你就应该看看市里领导的眼色了,什么问题该往外说,什么不该往外说,都要有个适当的考虑,把握好一定的分寸。这样做既提高了自己的威信,又取得了市领导的信任,被审计单位也心服口服。

说到这里,刘副局长自豪地说,我为菅局长的这种做法总结了几句话,他非常认可,经常在会上引用。

什么话?作者很感兴趣。

他说,是这么几句话:对被审计单位,只要力度达到,问题揭示到位,你就能有尊严。问题才是永不贬值的通用货币,不揭示问题,想落好人,结果让被审计单位瞧不起,说你不沾弦儿!

"不沾弦儿"是方言,形容无能、愚蠢、不入行、不上道儿、不沾边儿、不着调等等,非常富有表现力。

审计力度不大,不揭示问题,在邢台居然会被这样形容。

怪不得老菅深得老郭喜欢,说那家伙是个干才!

刘副局长还在继续着他的自豪感:有的地市一年才收个三五百

万,邢台一个项目就达到500万!被审计单位还心服口服,老老实实。是菅局长来才做到这样。菅局长在会上经常说,10万以下就不要报了。意思是现在的问题都很大,你必须如实揭示出来,别拿个小数来应付。

过去周围单位都不愿意跟审计局来往,一没权,二没财,求不着你,尿不着你,跟你来往有什么劲呢,又不能从你那里得到什么好处。现在人们都是最讲实惠的。虽然宪法和审计法赋予了审计局很大的权力,监督财政、维护国家财政经济秩序,但是作用没有发挥出来,威风没有打出来,大家都看不到,只知道有一个审计局,不知道审计局是干什么的,谁还会把你放在眼里呢?

菅局长来后就改变了大家这种认识,让他们把审计局放在眼里了。不用宣传,也不用鼓吹,干就行了。正好省厅郭厅长强调加大审计力度,给菅局长指明了方向,上下合上了拍,如虎添翼,还怕什么呢?连续搬掉几座大山。过去谁敢在财政、人事、医疗卫生这些部门的头上动土?但审计局动了,审计了。这回知道审计是干什么的了吧?没人举报照样可以例行审计,而且问题还不小。

榜样的力量是无穷的。以史为鉴,受益无穷;用眼前的事敲警钟,更是立竿见影。各部门都主动与审计局联系了。看起来与这样的"邻邦"建立外交关系还是必要的。有什么事也好交流信息,未雨绸缪,早做打算,别搞突然袭击,不宣而战。不管抱着什么心态,找上门套近乎的多了。

很快关系就向一个深层次发展了。一般套近乎的有,要求审计局去给干活的也有。执法部门率先动议,要求审计局去给自己审计,因为他们清楚地看到经过审计局审计的单位,解决了许多财务问题、管理问题,使"官"当得更稳当了。谁不想巩固自己的领导地位?你找审计局干活,他也找审计局干活,全市审计局就一个,百十来号人,干得过来吗?那好办,我们找市领导签字、批条,"走后门"。

市领导高兴了,这真是个大好事!说老菅真有你的!你咋把一个默默无闻的审计局搞得这么香火旺盛?

市领导怎能不高兴?他也不希望下面出问题,还是规范一下好,那就让审计局搞一搞吧!

所以现在在邢台,一说审计,我们脸上就有光。像我这样年轻的副局长,开会时有人争着跟你热情握手,过去见了面早把手抽回去了。

会议桌上放的座位牌也往前移了，跟公安和纪检监察放到一起去了。

到宣传部申报文明单位，过去爱答不理的，现在主动说，你们怎么还报市级文明单位？报省级文明单位吧！那行吗？怎么不行，报！报了，就批了。

说这些不是为了显摆什么，只想说明，郭厅长提出加大审计力度，营局长大力落实之后，审计机关的威信提高了，工作环境变好了。

行使了自己的正当权力，为国家追回了数以万计、数以亿计的违纪资金，自己也就相对的财大气粗了，改善了办公条件，实现了无纸化办公。

探视时间到了，那就去看看营局长吧！

营新月正在输液，感冒高烧不退，红头涨脸的一个大个子，从床上坐起来，手上还插着针头。

作者说，对不起！便在床头柜上打开了笔记本电脑。

营局长是河北省南宫县苏村镇陈村人，父亲是离休干部，母亲是工人，爱人杨淑芳是邢台市计生委主任，二人是干部夫妻。他是一个爱学习的人，河北大学哲学系毕业，后读世界经济研究生，取得经济学硕士学位，又读中央党校法律研究生，又读管理本科，在人民大学、北京大学、清华大学各学习三五个月不等。边学习，边在岗位上不断进步。《邢台日报》编辑，地委党校理论教员，共青团副书记，广宗县副县长，南和县委副书记，巨鹿县县长，柏乡县委书记，民政局长，审计局长，一步一个台阶，阶阶不落。

他说话声音洪亮，底气充足，虽在病中，分贝不减。

他说，我到审计局后有四句话：法制审计，绩效审计，和谐审计，文明审计。

法制审计就是依法审计。现在突出的问题是，执法不严，独立审计做起来很难。大（庆）广（州）高速公路，其中桥梁等工程决策失误，设计不科学，我们审计出来了，自己拆了，要不损失就大了。衡水到邯郸共十个县，路面断裂，坑坑洼洼，也是通过审计工程造价发现的，纠正了，保证了高速公路的质量。

绩效审计是世界趋势，投资成效怎么样、项目完成怎么样、施工质量怎么样，都要通过审计给出一个科学的答案。

和谐审计，就当前来说，也是至关重要的。问题太多了，社会上的,单位内部的,我们通过审计,消除乌烟瘴气,促进和谐发展,这也是政府工作的一部分,并不是搞特权。与被审计单位讲和谐,并不是不讲问题。

文明审计就不用说了,这是审计的本质所决定的,翻账本、看数字,假的真不了,真的假不了,没有双规,没有拘留,没有任何手段,就是凭事实说话,这还不文明吗?

他接着说,我就任的三年零五个月里,做了三件大事:一是审计一批大项目,约在 3000 多个吧,几十个亿的资金,发现了一些问题,整改了一些问题;二是加强队伍建设,21 个县区,提拔了 5 个县处级干部。队伍素质普遍提高了;三是抓机关建设,市局是河北省文明单位,装修一新,一人两台电脑,机房一流,车辆齐全。总之,眼下要搞好审计,就得在两难推理中寻找生存空间。有好多难处,需要组织协调,总站在一边,不会平衡关系,你存活不了,必须把条块结合起来,不能一面倒。审计生态与政治生态必须兼顾。对上与对下,也要兼顾。去年地债审计,今年社保审计,省厅为主,我管协调,如鱼得水,相得益彰。

完了,顶着高烧,一口气说完,咬钢锉铁,嘎巴干脆,是个人物。

营新月晋升了,谁来接老营的班?作者忽然当起了"组织部长"。前面跟刘金峰副局长谈得不错,还有一个主持工作的副局长没有谈,那么下午也谈谈吧!

当杨正学坐在面前时,我们引导说,关于营局长已经说得不少了,就谈谈你自己的事吧!

杨副局长笑笑说,我就没有什么可谈的了吧。

谈谈!谈谈!

也许难得有人听,他也就认真而激动地谈起来。我们相信,每个审计人员都渴望别人的理解,都有把自己在数海中劈风斩浪的经历一吐为快的冲动。

杨正学是河北省邢台县祝村镇祝中村人,邢台财贸学校毕业,先在邢台县财政局搞资料工作,市审计局组建时调上来,还是搞材料,后当秘书科长、行政审计科长,1996 年任副局长。

他崭露头角是 29 岁在行政审计科时,计划生育超生费审计,方法得当,揭示问题,处理了三个乡镇干部和一个县计生委主管领导。省市领导都做了重要批示,陈金如副厅长在全省会上表扬说,刚柔相济,以柔克刚,在平凡工作中能把问题挖出来,既协调了关系,又揭示了问题,促进了整改。

1998 年全国粮食欠亏挂账审计,杨正学组织审计邢台市这一块,事后审计署太原特派办、京津冀特派办、济南特派办,三个特派办 30 多人联合验收一周,居然一个问题也没有发现,一个数字也没有改,惊呼:邢台水平真高!

在财政直管县审计中,杨正学带队审计廊坊市三河县财政决算,进去半个月查不出问题。原来这个县的财政局是财政部的联系点,部里的 30 个处长在县财政局挂过职,制度设计都是部里的产物,比较规范,相互衔接,是制度管理的先进单位,所以审计不出问题。杨正学想,一级预算没问题,相对规范,那么二、三级预算单位呢?特别是三级预算,肯定不会没有问题。就深入下去,审计三级预算,果然发现许多问题。这个审计报告传到财政部,得到赞许,然后总结教训,整改特别到位。财政局长因整改有功,被提拔为副县级干部。

6. 暗流

大海有暗流。数海也有暗流。

这种暗流不仅不好发现,有时还可以把你卷进去。

李永春那时正在经受着这种考验。

面对暗流,他徘徊过吗?面对诱惑,他徘徊过吗?面对逆境,他徘徊过吗?面对无懈可击,他徘徊过吗?

他徘徊复徘徊,坚定再坚定。

徘徊着走向坚定,而不是走向动摇。

动摇是没有结果的,坚定才能走出一条路来。

这跟董仲舒有些关系。就是汉朝那个"罢黜百家,独尊儒术"的董仲舒。

李永春是河北省枣强县人,董仲舒也是。李永春是枣强县吉利乡东徘徊村人。附近还有个西徘徊村。这是清凉江一条支流边上的两个村。董仲舒曾在这河边的两个村子附近徘徊复徘徊。

董仲舒的徘徊是为了枣强县城的选址,是选在河西,还是选在河东?最终选在河西。

这一切都成为历史云烟飘过去了,唯独他徘徊的脚步留下了两个村名,东徘徊村和西徘徊村。

李永春的"徘徊"可谓名正言顺。

70后的李永春清瘦干练,目光敏锐,一副充满自信的样子。这跟他的搭档,平民出身、高大气派、俨然贵族子弟的董升,形成鲜明对照。

那是2008年,郭厅长到任不久,提出加大对经济违法犯罪问题的查处力度,还把敢于坚持原则、善于揭示问题这两条上升到了"厅策"和用人导向的高度。全厅上下热气腾腾,跃跃欲试。就是在这种形势下,厅党组派李永春和董升等对省国资委主任赵世洪进行离任审计。

审计延伸到路桥集团。

李永春的徘徊开始了。

因为他面对的是一套正规严密、无懈可击的财务账册和单据报表,而之所以延伸审计到这里,可不是为了欣赏这个的,而是因为有人反映有问题,而且是不小的问题,才启动了延伸审计的措施。

难道就这样离开吗?

这里真没有问题吗?如果真没问题,你还不离开,非得给人家硬找点问题栽上吗?如果有问题,但表面上证明没问题,你却还在查来查去不着边际,你是什么意思?查出来还则罢了,查不出来,你怎么收场?

李永春徘徊复徘徊。

他是一个爱思考的人。河北农大经济管理专业毕业后,分到省农科院土壤肥料研究所,管财务三年,调到农科院机关计财处,搞内部审计四年,2002年考公务员进审计厅,有高级经济师职称。

这些可以量化的东西,不足以判断他的水平。谈话则可以。他似乎永远处于一种思辨的状态中。

李永春一直在经责处工作,只是个一般干部,但思考极深入。他说,经责审计是对领导干部的审计,针对的是人,是对领导干部权力的制约和监督。然后就考证出,最早在什么文件、什么会议上提出来的,一直到党的十八大,都明确提到经济责任审计。建立问责、质询经济责任审计、引咎辞职等制度机制,加强对权力的监督和制约。经责审计与一般审计出发点不一样,不是单纯地审计财政收支,而是审计四项经济责任:一是科学发展责任,二是政策执行责任,三是决策管理责任,四是廉政责任。

然而通向这四大责任的渠道,却是每一项具体的财政收支和经济活动。

现在李永春走到了一个关口。就此撤退，平安无事；继续攻关，或许只收获到风险，或许风险和成果同时收获。

经过一阵徘徊，他决定一条道走到底，继续查，发现了蛛丝马迹。

他把完整而清晰的账册都带走了，让董升做了电子数据的拷贝。回到住所，连夜工作。

一天，两天，三天过去了。

二人仍然淹没在账册和电子数据的汪洋大海中，游啊游，几乎精疲力竭。

一个坚定的信念在支撑着他。那就是六个字：全面，客观，公正。

对赵世洪的离任审计必须全面、客观、公正。放弃了这个巨大的疑点，就是放弃了这六个字。

缺一角，不全面。没弄个水落石出，不客观。有问题，没揭示出来，不公正；或者没问题，证明举报只是个假说，那就证明他做得很好。

这里完全是实事求是，不掺杂自己一点爱憎与好恶，不含有对领导的任何观点和评价。自己只是一把物质的尺子在量，而不是非物质的人的感情在起作用。人是物质的，但感情不是。

那么还有什么值得徘徊的呢？坚决地做下去吧！

一切个人的得失全可置之度外，要勇敢地面对暗流。

郭厅长鼓励的就是这样的人，重赏的就是这样的人。你以为揭示问题就那么容易吗？那是对人品和能力的综合考验，是对大无畏精神的特别测试。

别说是暗流，就是黑洞，也要跳下去探个深浅！

豪情万丈。

李永春反复地看那些往来账户和账号，与路桥集团提供的单子相对照，账户名一个一个地对汉字，账号码一串一串地对数字，对视、端详、思考，眼睛迷离，神情恍惚，一片模糊，晃晃头，揉揉眼，再次打起精神，注视着眼前的数海，忽然发现了一组阿拉伯数字有些异样，有些别扭。

偶然决定了历史。

这个账号单子上没有，这是一个什么性质的账户呢？

李永春马上喊来助手董升。

他说，盯住他！响鼓不用重锤敲，三个字足够了。

董升的确是不断被抽来抽去、敲来敲去的响鼓。他先在经责处，后到办公室，经常被刘副厅长抽去救火。会计、管理、计算机、行政、后勤、外联、新闻、摄影，什么都拿得起来。跟李永春做搭档的时候，诸多才能还没来得及充分展示，这次定要一展身手。

李永春打着如意算盘。在路桥集团提供的账号名单中，没有这个账号，也就是说，它是一个黑账户，秘密账户。为什么隐匿起来？肯定背后有问题。

但忽然又不如意了。既然有意隐藏，为什么又最终启用，给集团公司打款呢？难道它会没有问题吗？

也许是一时疏忽大意。但愿如此。

心怀低下了。居然希望人家有问题。不，没有心怀。我只是一把物质的尺子，量出的是客观和公正。

董升从这个账号入手，顺藤摸瓜。集团财务处说没见过这个账号，没有这个账号，跟我们没有关系。那么跟这个账号有关的东西能不能提供一些呢？对方一笑说，连关系都没有，还能提供东西吗？

董升可不吃这个，立刻撂下了脸，你敢保证跟集团公司没有关系吗？没有关系怎么从这个账号上打给你们一大笔资金呢？你们怎么不退回去呢？查查这笔资金是什么款吧！然后向审计组汇报。

几句话说得集团财务人员没了脾气。董升之所以要这样做，也是受了李永春的影响。李永春说，对被审计对象，该和气时，不能傲慢，该硬气时，不能显软。要恩威并重、软硬兼施。这样他才能很好地配合。

董升去银行查这个账号的流水，发现与其他两个公司账户和一些个人账户有资金往来，先后达900多万元。最后查出这个账外账户是路桥集团下属一个工程技术公司的。原来这个子公司为了逃避向路桥集团上缴利润，独立开了一个账户，把在外地施工，如河南、山西等省份挣的钱，打在这个账户上，远离集团本部，不易被发现。这笔钱连小金库都不是，而是公司经理和会计的私有财产，公司别的人全不知道。有几十个账户往这个账户上打钱，都是外地施工挣的工程款。他们用这钱购置房产，买了别墅。

公司经理的确是疏忽大意了，用这个秘密账户给集团打了一笔款，但尽管如此，被发现的几率也是很小的。可是偏偏碰上了李永春这个有心之人。一边大意，一边有心，事情就暴露了。

事情刚一发现，财务科长兼会计就来到李永春的住所，说这件事情别人还不知道，就你知我知、天知地知，私了算了。再查下去，我和经理也不是没有办法，你不一定能弄成。到那时你就不能全身而退了。现在撒手，正是好时候。这是一点小意思。说着推过一包钱来，一笔实实在在的巨款！

李永春没有徘徊。

面对能把他卷进去的暗流，他明白没有徘徊就认准了高过头顶的是党性原则。

他从来没有这样强烈地感受到，业务处真的责任重大啊！如果不坚守住原则底线，问题消化了，暗流增强了，千万条暗流就会汇聚成滔天浊浪，冲垮共和国基石，冲倒共和国大厦。

为了共和国的基石和大厦，他绝不贪图那点蝇头小利！

让暗流把他卷进去吧！宁可作为泥沙石块，也要挡住暗流的涌动。

想明白了，李永春坚定地把这个案件线索上报给郭厅长。

这也许是郭明勤在直报平台上接到的第一份审计案件汇报材料，分量可想而知。

但事后连李永春自己也奇怪，自己哪儿来的那份举重若轻、坚定复淡定？看来，大环境真的变了，自己也就心随境转了。

那天他故意从郭厅长的餐桌前走过，果然被叫住了。过来，永春！路桥的事怎么样了？

李永春说，进展比较顺利。

郭厅长鼓励说，干得不错！就得这样，敢于揭示问题。

过了几天，李永春与经责处长陈彦丰来到郭厅长办公室，汇报审计进展情况。陈处长说了个大概，细节由审计组长李永春说。

郭厅长听得很认真。他穿着方格T恤衫，一边走动，一边说，要把证据搞充分，想策略，不要直接沟通，要稳住他们，内紧外松。

李永春说，账外有个人转款，需调查核实资金去向。

郭厅长说，那就派人去调查。证据一定要确凿。

经过缜密调查取证，案件终于水落石出。

经理和会计被移送检察院，最后会计判刑六年、经理三年。

李永春被提拔为经责处副处长。

第七章　细活

审计是个细活。别瞧不起细活。大事必做于细。这是老子说的。

国家审计为维护国家安全做出了特殊贡献。它为国家治理提供及时、客观、可靠的信息,从而为评估国家实力、维护国家安全提供科学的决策参考。它注重揭示和反映经济社会运行中的薄弱环节和风险,能够敏锐地感知风险、发现影响国家安全的问题。它的独立性,保障其能够如实揭露问题,提出审计建议,促进整改,不断规范和制约权力运行,维护和改善经济社会秩序,最大限度地维护国家安全。

2000 年以来,美国审计署关于国土安全、国际事务和国防类的审计报告共有 1013 份,占同期审计报告总量的 28%,其中仅国防审计一项就出具了 535 份报告,占近十年来审计报告总量的 15%,国家安全成为国家审计的重中之重。

2010 年,中国国家审计署发布新的国家审计准则,进一步明确了维护国家安全是国家审计的目标。近年来,中国国家审计机关一直将维护国家安全作为审计工作的一项重大任务,重点关注了能源及战略资源、财政金融运行、国家信息、地方政府性债务、金融机构内部治理和监管、国有资产安全和中小企业经营风险、资源和环境保护等领域,及时分析和反映经济社会运行中的薄弱环节和潜在风险,为维护国家经济安全提供了可靠的信息。

2011年全国政府债务审计，这是一个天大的"细活"。河北省审计厅拔了头筹。一组一组的数字，一列一列的数字，分门别类的数字，犄角旮旯的数字，都得找出来，审正确，填上去，横着看，竖着比，都得严丝合缝，错一个小数点，就得全部推倒重来！

计算机面前人人平等，要想通过检验实为困难。有的一次一次地返工，一次一次地补充。然而河北审计厅的数据上去后，只用了几秒钟就看到计算机上那句千呼万唤也不肯出来的话——"恭喜你通过校验"！

1.慢工出巧匠

"慢工出巧匠"，这话用在殷政年身上，再恰当不过了。

他说话慢言慢语，干事有板有眼，从不着急。你以为没有效率吗？错！猛一看，太极拳也没有效率，慢慢悠悠的，但那是缠丝劲儿，能击倒强大对手，威力无穷。

殷政年的慢有点儿像太极拳。

面对繁杂的报表、如山的项目、似海的数字，要心静，避免急躁。心平气和，以静制乱，顺势而为。要打太极拳，不能打猴拳。

这方面谁也比不过殷政年。

但他的工作很忙，顾不上跟我们座谈。

郭厅长实行干预了，同桌吃饭时对他说，下午跟作家谈谈。

殷政年说，下午我还约了别人谈事。

一听这话，我们理所当然地说，那就明天上午吧！

殷政年说，可以。

但郭厅长说，不可以！就是今天下午！别的事都推了，座谈的事最重要。

一听这话，作者心里立刻涌上一股暖流。郭厅长办事就是这样，内外有别，尊重客人。

另外，这是一种权威的显示。他在审计厅就有这个权威。这是作者非常愿意看到的。老郭在审计厅，威信很高，人格很高，这不是单纯职务所能获得的，是平时的言行所积累起来的，很不容易。他应该享受这种成果。

这不是"一言堂"和独断专行,他说的很有道理,凡事总有个轻重缓急,小局服从大局。

殷政年的太极来了。他不说不同意,但下午就是没有来座谈,把郭厅长的意志违抗了。

违抗了也就违抗了,老郭一笑了之,说现在就不听招呼了,将来如果提拔一下,那就更牛了。

老郭这种态度令作者十分钦佩。他平时好像很有长官意志,经常说一不二,但现在二了也就二了,他也没有跳起来,天也没有塌下来。

这是权威和大度的完美结合。

殷政年最了解他,所以敢跟他打太极拳。

最后终于把老殷"捕捉"住了。

以为殷政年会忙得屁股上长刺——坐不住。错了,非常能坐得住,别人座谈至多三个小时,他却是上下午大满贯,足有八九个小时。

太极拳的功夫,干细活的典范。

殷政年说的是 2011 年全省政府债务审计,慢慢道来,详细解说。

也是他事情做到那儿了,做得不细,怎么能说得细?

殷政年出生于石家庄市,也是 1963 年诞生的那批人,国家的栋梁之材。天津大学工业管理专业毕业,后又读天津财经大学审计学方向研究生,到审计厅工作不久,又去美国密苏里大学学政府预算、公共管理和国际贸易。是五个竞争上岗当上副处长的干部之一,现为财政审计处处长。可谓根红苗正。

如果说 2011 年八九月间在张家口市的经责审计,河北省审计厅首创了综合会战的经验,得到审计署的认可、表扬和推广,那么在这一年早些时候进行的全国政府债务审计,河北省就已经走在前面,拔了头筹。张家口的经验绝非偶然。

春节过后刚一上班,郭明勤就召集开会,部署全省债务审计,划分为:综合协调组,殷政年为组长;政策支持组,陈彦丰为组长;动态资料组,郝卫宁为组长;信息支持组,庞飞为组长;后勤保障组,姚军科为组长;评比表彰组,薛景辰为组长。

郭明勤说,这次债务审计是一个细活,由财政处牵头,殷政年多负一些责任。心急吃不得热豆腐,跟张家口会战不一样,经济责任更侧重于宏观把握,政府债务更突出微观追寻。谁该谁的钱,谁欠谁的账,一分不能差,一分不能少,所以大家要拿出精打细算的本领,抠得不怕细，越细越好。表报肯定少不了，由殷政年的综合协调组汇总上报。庞飞的信息支持，在这次审计中地位更是不容忽视，越是细活，数字越得精确，软件越得过硬，计算机有时甚至可以起决定作用，万万不可粗心大意，运转不灵……

殷政年一边听，一边盘算。为什么让财政处负责表报？信任。办公室、法规处也可以负责嘛！除了信任之外，还有财政大格局在起作用。尤其是政府债务，哪一笔不经过财政？压力上来了。

但这人的特点就是，越有压力，越沉得住气。脑子转三圈儿，手才动一下。稳妥。表的事错一个，就得全部推倒重来。慢就是快，快就是慢。这是他的逻辑。郭厅长既然用他，就得接受他的逻辑。

刚开完会，郭厅长就带着五个人到审计署培训去了。培训内容是署里对这次审计的具体要求。果然要填许多表。殷政年就格外留心了。2月16日散会，急着往回赶。车开到六环，殷政年把刘健副厅长叫到商务车上，他说，咱们一块走吧，您好给我们做点指示。

刘健说，别将我的军了，还是你说吧！

殷政年也不谦虚，咳嗽一声，清清嗓子，就不紧不慢地说起来。大家都知道他这个特点，爱说话，开了头，就没有结尾。反正是坐车赶路，听听解闷呗！

没想到，他这次真没扯闲篇儿，凭记忆，把审计署要求填表的事说了一遍，然后就说自己的看法，填表时注意什么，一类表一类表地说，一种表一种表地谈，一张表一张表地抠，然后再一列一列、一项一项地细抠。大家服了，真不愧是"表王"！

表的事还没说完，郭厅长的电话打过来了，说下午5点开党组会，研究债务审计的安排部署。大家吃了一惊。刚才刘副厅长还说，老郭春节没顾得上回衡水老家，这回赶上周末，要回去看看。刘副厅长说，谁知道他又半道改主意了。大家赶快商量商量吧！要不下午的会就抓瞎了。大家你一言我一语，编组、培训、什么时候进点、进度、政策把握等，罗列了八条。

下午的会开得很成功，决定2月25日进点。

时间已经很晚了，大家等着郭厅长宣布散会，但老郭总是放心不下，最后又强调说，一定要把工作做细。注意时间节点，4月报厅，5月报署，不能晚，但也不能为了赶进度就去做假。一做假就露馅儿。表的逻辑性很强，一环扣一环。

坐在下面的殷政年见他这么说，心里很高兴，证明自己刚才发表的意见，厅长听进去了，并且提到了不能做假的高度。太棒了！

老郭接着说，同志们一定要知道这次全国债务审计的意义。政府债务到底有多大，发改委、银监会、财政部、人民银行，四家报的数，谁跟谁也不一样，都不权威。这次对于政府债务的概念请专家学者做了解释，由审计署拿出意见，国务院做了决议，几类债务的口径都非常明确了。我们一定要搞好这次审计，债务来源逐笔弄清，都要有原始记录，有根儿，逐笔逐项见人见物见账，还要经手人签字……

会后殷政年就搞全省培训，按署里要求讲课，让刘全文讲表格，请庞飞讲平台，由彭建章做幻灯片。全厅人员都去听课。这是老郭的要求。有的说署里还有什么什么任务没有完成，得请个假。老郭就说，让刘家义跟我说，可以让债务审计让路，我就同意。

殷政年对作者说，审计署负责河北省级债务和省会石家庄市债务审计。全省其余十个市的本级债务由河北自己审计，这是债务的大头。要想进度快，就得强调慢。要慢，要细，精益求精。咱们利用地理条件的便利，主动与署里沟通，提供一个市的整套债务数据，用他们的软件进行分析。这虽然是额外工作量，但能发现很多问题，有利于咱们在实践中改进和注意。

表格非常多，负责报表数据审核的"表哥""表姐"们，翻页看，太长，很容易出错误。一个审计组错了，就全乱套了。我们为了避免错误，让主审、组长把当天各审计组提出的问题夜里报上来，连夜整理一个答复表，早晨解答，再讨论，再发下去，便对全省的政策把握统一了。

我们把容易出现的 18 类错误做成软件，把表输进软件里读。人工两分钟读一行，用软件零点几秒。一个表上千个数据，全省上百万的数据，十个表加在一起，几十秒就核对完了。

奥秘就是文字固定，字数固定。单位名称必须是全称，如果用简称，就是两个数据，就不准了。质量不是检查出来的，是生产出来的。署里有 30 多个校验点，我们那十个都包含在里面了，非常明确，出现错误涉及不到我们。他们说走了四五个省，达不到这个——"恭喜你通过校验"，这是计算机最后出现在屏幕上的文字。

那是 5 月份到署里报数字，别的省市费好长时间也通不过，就说先弄河北的吧！一下就过了。东北一个省来了十几个人，因为每个市都来了一个人，怕有问题说不清楚。咱们就我和计算机中心的一个人来了。

确实如此，因为这是一个天大的"细活"。一组一组的数字，一列一列的数字，分门别类的数字，犄角旮旯的数字，都得找出来，审正确，填上去，横着看，竖着比，都得严丝合缝，错一个小数点，就得全部推倒重来！

计算机面前人人平等，要想通过检验实为困难。有的一次一次地返工，一次一次地补充。然而河北的数据上去后，只用了几秒钟就看到计算机上那句千呼万唤也不肯出来的话——"恭喜你通过校验"！

这一切都有力地证明着，河北省最终审计出的 4400 亿元的政府债务规模，是可以信赖的。审计署综合了各省市的真实数据，给出的全国 10.7 万亿的政府债务规模，当然也是可以信赖的。

2."培训"了什么

2009 年 11 月，殷政年带领财政处人员，对石家庄市本级 2007 年和 2008 年的财政收支决算、税收征收管理情况进行审计。延伸审计到人事局，发现他们长期、固定地向一个叫恒之丰的公司支付培训费，数额很大。

殷政年的敏感神经跳动起来。

现在搞培训捞钱的可不少，打着培训的旗号（好像不培训一下什么事也干不好了似的），借着公家的名义，很"正义"地向培训对象要钱。培训对象一般都是公家。个人谁搞得起这个？没问题，一笔款打过来了。打来打去，都是公款。公款如果都干了公家的事，还则罢了，问题是没干公家的事，都到个人手里了。殷政年对这个很有把握，要不就白吃审计这碗干饭了。

当时正下大雪。老殷就打电话让王贞副处长带人去看看。想了想又给刘全文打电话，让他也去。当时刘全文刚刚提拔到财政处当副处长。直觉告诉老殷，这是个可用之才，关键时刻得上。

线索是王贞发现的。有恒之丰公司向人事局开的收据。查阅征管数据，这个公司却没有这方面的纳税记录，一分钱的税也没缴过，所以她带人以审计税款缴纳名义去这个公司查询，是完全合理合法的。但那个长得很体面的公司经理就是不提供会计资料，说是会计不在，资料锁着。

整个上午就这样僵持着。

殷政年知道情况后，就带着地税干部也往那边赶。

刘全文对公司经理说，到你们公司来审计是有依据的，就在桌子上把几张收据一拍，并说了几条相关法规条文，说配合审计是你必须履行的义务！

那经理见王处和刘处气势都很盛，不得不让会计人员从档案柜中取资料。

经理忽然灵机一动，也过去帮着取。他一只手拿拿这个、摸摸那个，另一只手在手机上不停地按，向外发信息。

会计资料被全部清点整理后，经理态度突然变得很诚恳，还主动帮着打包，把资料往窗户旁边放。

刘全文一看不对，怎么资料不往门口放，而往窗户旁边放？就想过去把资料包提过来，但是已经来不及了，公司经理突然把一包资料扔出窗外。

这时殷政年正带人来到楼下。恒之丰公司在 10 层。正要上电梯，前边来的李猛正往外跑，一边跑，一边喊，他们往楼下扔东西呢！

楼上扔，楼下有人接，都是刚才经理偷发短信叫来的人。

李猛跑过去说，不许动！把资料放下！

殷政年走到那个很体面的男人跟前，你为什么不配合审计？

这时那个很体面的人更体面了，他说，您是领导吧，借一步说话。说着就掏出一个证件。您看看，我是教授。这事能不能……

殷处立刻打断他，这事不能通融！教授也不行。看看你做的这个事，像教授吗？我看像下三烂！教授不去教书，却在这里捞钱！

郭厅长派来段宁。他是怕法律方面出现什么问题，当时段宁是法规处长。"诸葛一生唯谨慎"，老郭也不差。

他们把三四箱账拉到审计点，已经是晚上 7 点钟了，又是周五，也别休息了，连夜看账。关在招待所干了两天，

老郭来了，说请大家吃顿饭。饭桌上，大家七嘴八舌地说这个公司财务管理的混乱情况。

老郭说，不管他怎么粗放，咱们都要把活做细。别的事都粗枝大叶，捣鬼的事会万分小心。咱的活做得不细，就发现不了。

审计发现，恒之丰公司搞劳务输出、函授、创新能力培训等业务，属于皮包公司。那几张收据就是创新培训的。这种收据有一本子，收

的钱有 2000 多万元,时间跨度是四年。操作全部非法。不纳税,纳税记录是零。盗印教材,侵犯知识产权。

一个公司为什么可以不缴税?因为有后台。市人事局有人通过它捞取好处。

殷政年找到了人事局教育处副处长李小刚。因为他管培训。问他每年培训多少人,收多少培训费。他说,时间太长想不起来了。再追问,还是这句话。审计人员说公司都有收据,这你还瞒得了吗?他只得说,反正收的钱都给恒之丰公司了,他们返回来点儿,不太多,在我个人账上。不太多是多少?他说,也就二三十万。

殷政年说,不对,有 100 多万。

他打了一个愣儿,看来他不知道,底儿已经让审计组兜出来了。

审计组通过调取银行资料,发现他曾经使用过邮政储蓄存折两个,存入资金流水共计 118.2 万元,定期存单七张,金额 29.2 万元;商行存折 26 个,存入资金流水 299.8 万元,都涉及考核、教材费收支业务。

王贞就用这些材料询问他,李某竟然哭了,说我要去厕所。审计没有制约手段,只能由他去。回来后他又镇定了,说刚才我是怕说不清楚,现在我想清楚了,那些钱是这样的⋯⋯便把自己在厕所里编的谎话说了一遍,然后又说马上得回东北老家看看。

审计不能限制人身自由,还得由他去。

接下来,审计组采取"农村包围城市"的办法,向各县区发询问题目,从他们上缴培训资金的数额算总账,以此掌握李某贪污证据。

其实李某只是隐藏起来了,没有去东北。他威胁提供证据的人说,如果我进去了,你们也别想好过!

见审计组的调查越来越深入,他只得又露面了,找到殷政年说,上缴的培训费数额是很大,花不完的我都返给各县区了。没打条,都很熟的。有的打了条,让我弄丢了。电脑记着,后来不小心又给删了。

殷政年说,这些都是公款,为什么不入财务账?

他回答不上来。因为他说的都是不存在的事,怎么入账?他根本没有返还,而是入了个人腰包,怎么入账?

如果没有审计,这些行为都将是顺理成章、天经地义的。

可是审计来了,殷政年又是个善于往细里抠的人,他就完全暴露了。

500人培训,他只买200本教材,其余盗版让小印刷厂印,成本七八块钱,但能卖20多块。还有扫描的,成本更低。

这样赚的钱,全是谁也不知道的黑钱,连恒之丰公司都不通过,更不在他的"返还"之列。

他所谓的"返还",也向各县区取来证据,根本子虚乌有。

殷政年向郭厅长汇报,这人可以移送了。郭厅长说,让我考虑考虑。考虑之后说,得搞准,移送后别让人家退回来。你再去调查调查,他有没有房产收入?调查之后,没有,160多万全是贪污的培训费。有鸭子不愁赶不到河渠里,有银子不愁装不到腰包里。

郭厅长说,那就移送吧!

3. 亮起交警的红灯

作者对审计厅能干细活的人越来越感兴趣。回忆所有被采访过的人,好像个个都能干细活。难道这是他们的职业特点吗?像郭厅长那样删繁就简、大刀阔斧的人,居然也能像殷政年一样,心细如发,做法周全。那么还有谁不会干细活呢?

作者真想找出那么一个来。

哎,这个人来了。不像个干细活的。

从外表看就生得有些粗糙,忙的时候胡子拉碴的,说话的声音也很大。

但是彭建章一介绍情况,作者就"失望"了,他是个高级干细活的人!铁笆子挠痒痒——是个硬手。

外表粗犷,心却细密。思路流畅如水,想法无微不至,语言明澈简练。说干细活,真有些大材小用,他不仅业务出色,还是计算机科班出身。这就好办了:计算机高手+业务尖子=高级干细活的人。绝对硬手。

彭建章1971年生,是滹沱河畔晋州市槐树乡南白水村人。重庆大学计算机及应用专业毕业,在行政事业处、财政处干过,现为计算机中心副主任。

他的细,绝不是去翻账本,而是用AO系统把被审计单位所有账号都接过来,查看账、证、表,进行数据分析。

2009年,厅里组织了对全省交警系统财务收支审计。

审计的重点之一是，交通违法罚款。注意用词，是"违法罚款"，不是"违章罚款"。违章罚款是对群众说的，违法罚款是对警察说的。警察不能违法罚款。得让罚款受到制约，不能想罚就罚，罚多少，是多少。罚款也得守法。

彭建章满怀热情地去做这件事，颇有一种为民做主之感。

但是公安这个大门口还是不大好进的。他们到了邯郸交警支队，见面会上就遇到阻力了。他已经进了会议室，但那些对话还在进行，是故意让他听到的。

交警信息科科长早就知道，要来审计的是一位计算机高手，便对财务科长说，审计的事，有你们财务和办公室的人就行了，叫我们信息科来干什么？我们不管钱不管物，我们是管保密信息的，那也要审计吗？以前也来过审计的，没有我们什么事呀！

财务科长说，我也不知道怎么回事，人家省审计厅通知要求你们参加的，一会儿就知道了。

彭建章何许人也，聪明绝顶。他见人家故意说给他听，他也听到了，大家也都看到了，总不能假装听不见吧。那就不仅显得你的底气不足，还说明你智商低下。为了不使对方产生误会，他先是慢慢悠悠坐下，然后不等介绍，就接着科长的话茬儿说，老皇历看不得了，时代步伐我们都得跟上啊！电子政务，信息共享嘛！好吧，先不说这些，放在后面再说。不用领导介绍了，我自我介绍吧！

然后就自我介绍，并说明来意，又听取了交警支队的汇报，了解了交警的职能、机构、人员、队伍建设以及财务收支等基本情况。

该他提审计要求了，主要是告知提供什么资料。别的资料都答应提供，顺利通过，到提出要取得交管系统业务数据时，半天没有反应。

彭建章也不着急，微笑地注视着对面坐着的信息科科长，心想正面交锋马上就要开始了。

果然信息科科长说，我们这些车辆和驾驶员的电子信息数据这么多年就从来没有离开过这幢办公楼，从来没有拷贝给别人。再说审计就是查账，你们要这些电子数据干什么？里面都是车辆和驾驶员的信息，我觉得我们没有必要提供。说罢扬起了头，不再与任何人的目光对视。

彭建章想，这是一种高高在上、不许人碰的肢体语言。是对职业的自信，还是不自信，要掩盖什么，抑或是一种多年形成的习惯性姿势？但不管怎么说，都要让他改变一下姿势。

彭建章先从普及教育开始。他说，我认为你们必须提供。因为我们来审计，就是对你们这个单位的财务收支的真实性、合法性和效益性，实行依法监督。

"三性"，可要听清楚了。涉及可是很广的，能不涉及信息科吗？

科长并非无动于衷，眼睛眨了几下，似乎在想什么。真实、合法、效益，这三样东西，的确不好摆脱。

彭建章继续说，要审查真实性，就必须有财务数据，还得有业务数据。

科长动了一下，想说什么，又没有说。

彭建章知道他想问为什么，就接着说，为什么非得要业务数据不可呢？就是要将财务数据跟业务数据进行对比。比方说车辆挂牌收入，要想知道当年挂牌总收入是多少，就必须——

科长随着"就必须"，把头转了过来，要亲眼看着他，能否说出个三六九来。

彭建章说出来了，一是要知道挂牌收入的标准；二是要掌握当年挂牌的数量。二者缺一不可。

挂牌数量当然在信息科那里掌握着。科长显出很自得的样子。你终于有求于我了吧？

彭建章却一点儿也没有理会，审计可不是来求谁的。他继续平静地说，现在是财务部门只掌握收费标准，挂牌的数据却在你们的业务系统里，你们不提供业务数据，这个收入我们怎么算呢？

科长一愣，似乎在说，他怎么能质问我，怎么能把事情都推到我头上？

彭建章看到了科长的不舒服，心想，这都是你自找的，你不是觉得"没有必要提供"吗？那就只好把你放在这个位置上说话了。

他继续分析和质问：你不提供数据，我们怎么说这个收入是多是少，抑或是正好呢？

科长又把头扬起来了，好像是说，不跟你玩儿了，反正提供不提供，权力在我手里。

彭建章就知道他会来这一手，早就给他预备好了：如果觉得实在"没有必要提供"，我们不妨学习一下《审计法》。《审计法》第三十一条明确规定，审计机关有权要求被审计单位提供"运用电子计算机储存、处理的财政收支、财务收支电子数据和必要的电子计算机技术文档"。

《审计法》是法律，任何机关和个人都得无条件遵守。

他继续使用法律：《审计法》第三十二条规定，审计机关有权检查被审计单位"运用电子计算机管理财政收支、财务收支电子数据的系统"。

在法律面前，科长还是把头转过来了。

彭建章明确地说，我们是依法审计，有权要求你们提供电子数据。这，难道是过分之举吗？

一番话，不急不躁，说服力却非常之大。

交警支队领导当场表示理解，一定配合审计，要求信息科科长了解一下情况，该提供的资料一定要提供。

最后，科长只得表态说，既然如此，我把这件事向省交管局请示后，再作答复吧！

牛！彭建章以为把他说服了，没想到，人家根本没鸟你，以后再给你答复。

他告诫自己别激动、别激动，压压火、压压火；但总得有个理由吧，不能就这么不明不白地给晾这儿。理由已经给你了，请示省交管局。也就是说，在科长眼里，局比法大。

总得给自己个台阶下，离开这里啊。彭建章说，好，你向省交管局请示，我也向省交管局沟通一下，咱们共同努力，把这件事情协调好。

这个台阶找得很好，不伤和气，没有发火，实话实说，不欢而散。

彭建章回来向厅领导汇报后，就与交管局沟通，还不错，交管局很理解和支持。很快省交管局发文，明确要求各市积极配合审计，提供审计所需要的相关电子数据。

取得了电子数据，细活开始了。需要做大量的数据分析，以找到能够使用的数据。这很不容易，数据库中有成千上万的数据，这些数据是如何组织和联系的，它们之间的关系是什么，这些不闹清楚，没法进行分析。这就需要用到数据字典。

如果把交警的电子业务数据看作是一个陌生的城市，那么数据字典就像是地图。有了地图你才能找到想去的地方，没有地图，就要迷失方向。

可是当审计组要求提供数据字典时，却被告知，交警信息系统是由公安部开发的，他们没有数据字典。

没有就没有吧！考验的时刻到了，总不能把数据退回去，说我们看不懂吧。我们必须看懂！没有地图，自己绘制一张。大家就一个表一个表、一个字段一个字段地分析数据结构，探明沟沟坎坎，自己绘制地图。

另外继续与交警沟通、协调，取得了业务系统部分接口数据资料。将上述两个数据相互印证，经过几天废寝忘食的工作，终于找到了车辆信息、驾驶人信息、交通违法信息等数据。

终于可以将业务数据与各大队的财务数据进行比对了，发现四大队账面显示 2009 年上缴罚款收入 219 万元，而从业务数据筛选出的上缴罚款收入为 338 万元。差了 100 多万！前者是按标准收的，后者是超标准收的。也就是说，没违章也要罚款，乱罚款！

四大队为什么能够多罚款？难道不给收据吗？他们就从数据库中筛选出四大队罚款的所有数据信息，然后对票号。他们的收据都是从支队领来的，发现"948"开头的罚款收据编号，不在所领取的票号范围之内。这就是说，他们在用非法票据罚款！

询问会计和收费人员，使用过"948"开头的罚款收据吗？全部摇头。突击盘点，打开保险柜，没有成果。人家猜到了，这招儿过时了。

现在只要有一张这样的票在手就行了，就是证据。大家急得直出馊主意，要不谁开车违一下章，让他们罚一下？又一想，不行，现在已经草木皆兵，他们绝不会再使用那种票了。

彭建章的主意有了，在电脑里干细活，把从数据库中筛选出"948"开头的数据建立一个新表，再把表中的信息和新表合成一张表，利用两表的共性建立多表查询，这样在合成表中，就同时看到了罚款收据编号和被罚款驾驶人员的信息。

有了驾驶员的信息就好办了。挑选距离审计时间最近、地址在邯郸市区内的车主，电话核实违章情况，询问是否留有罚款收据。

一问这个，对方就火了，罚的时候就不服，现在还来核实，愤怒地把手机关了。也有不关机的，以为是给找回公道，不罚了，罚错了。可一听说是审计人员，又害怕了，审计哪儿干得过公安？算了，算了，把票丢了，不说这个事了，也把手机关了。打了一百多个电话，没有一个痛快的。

大家真是没有想到，自己被"违法罚款"了，现在有人给讨回公道，却又不敢出这个头，怕出头的椽子先烂。那就谁也别出头，一起闷死烂掉吧！

有一个人很勇敢，他说，来吧，我这儿有收据，我给你们作证！

他是一个公交司机，住在一所中学宿舍院内，七拐八拐地找到了。一个很潦倒的中年人，家庭环境也不好，但说话很风趣。

彭建章再次说明来意，说把票据借我们复印一下，可以把姓名和车辆信息隐去。

他说，你们看着办吧！咱一个小老百姓，光让人给亮红灯了，这回借着你们的力量，也给他们亮一回！

有证据在手，赖不掉了。四大队的会计承认还单独建有一套账，并提供了会计资料。经核实，确认了该大队 2008 年到 2009 年从开发区财政局领取以"948"开头的罚款票收取罚款，累计 67 万多元，缴入开发区财政局预算外账户。

这种截留市级国库收入的违法行为，受到了法律惩罚。

交警支队审计科李科长说，你真厉害，这都能查出来！我们隐约知道有这种情况，可不知道怎么查。你们能将业务数据与财务数据结合起来审计，真行！我们要向你们学习。

邯郸交警内部审计人员对审计组使用的审计软件和审计技术非常感兴趣，要派人全程参与，现场学习。后来考虑其他因素，怕引起误会，没能实现。

4.拉重车，跑长途

焦士谦是个干大事的人，不是一个干具体细活的人，但大事必做于细，他细在什么地方呢？

他是现在还留在工作岗位上年龄最大的人。陈金如虽然也还在岗位上，而且年龄比他大，但那不算数。陈是内审协会主席，是民间团体，基本没有什么年龄限制。而焦士谦还在组织部管的干部序列里。这就不简单了。

一般干部 60 岁退休，这是没有商量的，但焦士谦 63 岁了，还合理合法地留在岗位上，这就不一般了。

在商界混，为的是赚钱；在政界混，目标是升官。

这话大致没有什么错。不过你硬要抬杠，说我在政界混，是为人民服务，我们也没有办法。只是稍做提示，升官和为人民服务并不矛盾。

我们还是回到目标上来吧！

目标是谁也摆脱不了的。人总得有个奋斗目标，不愿奋斗，起码也得有个生活目标吧？不愿生活——想死吗？死也是目标。

为了满足大家的目标欲，组织上考虑得很周到，设立了很多标杆，也就是级别，副主任科员，正主任科员，副处，正处，副厅，正厅……让大家竞争有序，有条不紊。

至于副主任科员之前还有什么标杆，在省厅是没有了，但县里还有股级，股级之前——没有了吗？否！还有很多没有名称，却实际存在的级别，能进入干部（现在叫公务员了）队伍，本身就很不容易。什么也别说了，农民，这是最靠前的级别。

焦士谦就是从农民开始的。

他出生在河北衡水桃城区河沿镇西里村，农民的后代，还是农民。改变身份的办法是上学，但上到初三，止住了，下乡插队，又变成农民，只是背了个"老三届"的称号。跟老乡们一起种地，养猪，挖海河，整整五年，十分优秀。

改变身份的机遇来了，光辉的目标在向他招手，但他让给别人了。

很不简单！是不是真想扎根农村一辈子，不敢说，反正是舍不得离开众乡亲，焦士谦又留了一年，第二年才接受"选送"，当上工农兵学员——现在改叫什么名称忘了，反正很好听。噢，想起来了，现在叫"大学普通班"。管组织的人太有才了！

以"大学普通班"从河北大学财政金融专业毕业后，先到沧州行署，1984 年到河北省审计厅，后又到省纪委，又回到审计厅，现在终于修成正果，正厅级巡视员，省政协委员，保留办公室，干到 65 岁。所谓"干到"，也不是要求你整天地干，调个研，休个闲，怎么都可以，反正是到 65 岁终止，而不是 60 岁终止。

在一定层次上讲，走完了目标的全程，是非常不错的了。

焦士谦凭的是啥？多种因素，其中能干事、忠诚，是很重要的因素。

插队时能跟老乡建立那么深的感情，忠诚到把上大学的指标让给别人，这只是他这方面品质的初次显露。到审计厅后，他陪了六任厅长，中间到省纪委当常委，并且继续被委以要职，但他再次显示故鸟恋旧林的忠诚品质，拒绝要职，毅然返回审计厅，接着陪伴厅长们。

厅长们都不疏远他，因为他能干事，办公室、行政事业处、财政处、下乡挂职，他都干过。他不会特别地"靠近"领导，对审计的忠诚，不用表现在嘴上，能干事、有行动就行了，所以哪个厅长也不认为焦士谦是自己的亲信，但有了重要任务，往往会分派到他的头上。

焦士谦是一头只会拉车的老黄牛，但他心中有数，轻车重车，分得清，路远路近，辨得明。他总是拉着重车，跑长途。

焦士谦生得魁梧黑壮，天生干力气活的料。

他陪过的六任厅长是：孙志远，燕长河，陆生，张成起，安云昉，郭明勤。

前三位以一般干部和正、副处长相陪伴，后三位以副厅长、巡视员相陪伴。

中间他在省纪委当了六年常委。

有在厅里的积累，有当业务处长攻坚克难的硬功夫，到了省纪委，功夫在更大的平台上有了用武之地，原来不具备的手段，现在也具备了："双规"！所以焦士谦如鱼得水，大展宏图，指挥了很多大案要案的查处，一时间威名远播，所向披靡。一说"老焦"，同行们都伸大拇指，钦佩叫好；一提"焦常委"，犯错误的干部胆战心惊，连声叫苦。

而且好酒量！

干了六年，该更进一步了，该向下一个目标走一步了。

时任省纪委书记张毅把焦士谦叫到了办公室。

要把他派到一个设区大市去当市委副书记，这可是个显赫的要职。但是他说，谢谢领导的关怀和信任，我水平、能力都不行，身体也不好，有病，恐怕担当不了这样的重任。

第一次就这样拒绝了。

第二次张毅又把焦士谦叫到办公室说，考虑到你的具体情况，组织上又做了考虑，准备派你到财政厅任副厅长。

财政厅，这可是个肥缺啊！他还会拒绝吗？

拒绝了。

他说，我还是回审计厅吧！审计厅更适合我。

就这样，焦士谦又回到审计厅任党组副书记、副厅长，第二把手。

走的时候是处长，回来是副厅长。

继续在自己熟悉的道路上拉重车，跑长途。

完了？没有完，关于焦士谦的叙述还没有完。

他两次辞官的真正原因是什么，我们还没有搞清楚，但绝对不会像他说的那样，是能力、水平和身体的问题。

在我们的追问下，他终于说了实话。

他说，我不敢去。

作者吃惊不小。面对高官和实权，还有这么说话的？放在别人眼里早就黄鼠狼骑兔子——乐颠儿了。他到底是精，还是傻？

他接着说，权力太大了！

作者继续吃惊。

焦士谦见我们这样愚钝，只得解释说，我查了许多案子，位高权重，管钱管物，最容易犯事。那些人素质都不低，但最后还是把握不住自己，犯事了。我把自己放上去称了称，跟犯事前的他们，半斤八两，差不多，所以我绝对不能去，不敢去。既然省纪委不留我了，我只能回审计厅，这里最稳妥。

什么故鸟恋旧林，完全是迫不得已而为之。

不得不承认，这是一般人干不了的"细活"。

难道不是吗？谁能在名利面前有这份用心、这份细心？巴不得抢着上呢！

而焦士谦想的却是可能出现的严重后果——犯事。

在那一刻，他对自己失去了信心。

这是意志不坚定的表现吗？似乎也不好这样认为。

权力失去监督必然产生腐败。焦士谦不能保证自己当了副市长或财政厅副厅长，掌握那么大的事权和财权以后，会时时刻刻被监督，有效被监督。

他敢保证的是，许多明文规定的监督，到那时就会在他权力光环下退避三舍，而吹捧、颂扬、溜须拍马，觊觎从他的权力中分一杯羹的人则会蜂拥而上。

在那样光鲜的时刻，他很难保证自己还会大声地呼喊，纪检、监察、审计，你们快快来到我的身旁吧，我已经被敌人包围了！

不会的，他肯定不会的。他肯定已经热昏了，陶醉了，陷落了。

与其落得个充当审计对象，并且先审计再移送的下场，不如当场拒绝，老老实实回到审计厅，等着审计别人。

如果当时焦士谦不这样想，这样做，不玩儿这个"细活"、"绝活"，他只有两种可能：一是官运亨通，颐享天年，约占 99％ 的可能性；一种是中箭落马,被审计移送,约占 1% 的可能性。

即便是 1%,也不能保证他 63 岁还名正言顺地留在工作岗位上,还在拉重车、跑长途。

这就是审计人的谨慎,这就是审计人的"细活"!

5.眼睛里的好戏

如果把一台望远镜和一台显微镜同时放在你面前,你会有何感想?你是不是感到有了得力的武器,使你既视野广阔,又能明察秋毫?李永新就是拥有这两种武器的人,他不用更上一层楼,就穷了"千里目",不用很吃力,就洞察了细枝末节的秘密。

当然这是一个比喻,是说他的好眼力。

干细活缺了好眼力,那就比较费劲了。有好眼力,就省劲多了。

好眼力,宏观和微观都能照顾到,大活和细活都能干得来。

他的眼睛的确很大,明晃晃地闪烁着。脑门宽阔,个子不高。给人一种感觉,外表没有什么特殊,好戏全在眼睛里。

别人看不到,他能看到;别人享受不了,他能享受得到。

这难道不是一种幸福吗?磨炼自己的眼力吧!

李永新的母亲是工人,父亲是农民,"工农联盟",供他上了厦门大学,于财政金融系财政专业毕业,1991 年分配到审计厅,在财经处和金融处工作,但不知为什么,就到了机关党委,后来提拔为外资处副处长。郭厅长来后,又不知为什么,到了办公室,当副主任,提拔为正处级调研员。

本来他的看家本领是财政金融,在相应的处干最为适合,但两次不知为什么,变动到其他部门去了。

其实这也是有解的。那就是大家都意识到了,他有一副好眼力。哪儿不需要好眼力的人呢?机关党委需要,办公室更需要。

机关党委给出的理由是,李永新有组织能力,能发动群众。郭厅长给出的理由则是——能写。其实还都是看中了他会办事,有眼力。能写,就是因为他搞过几次大的调研,具有宏观意识,写了出色的报告。里外里说的还是眼力。

现在李永新担任贸易交通处处长,这是个派出处。审计厅在全省六个部门设有六个派出处。除贸易交通处外,还有发展建设处、文体卫处、农林水处、科教处和经济执法处。一般都是下属单位多的厅局才设立派出处,专业性很强,不对上,也不对下。

他的眼力好,所以 2002 年任命他为外资处副处长。外资处跟世界银行和亚洲银行打交道,与世界接轨。在地方外债审计中,郭厅长特别对他说,永新,这一块必须严格按规定办事,不能把粗放管理的丑丢到外国去。通过审计,看出问题,加强规范。

李永新就带领处里的五个人,审计了一个半月。外债使用不符合规定的问题有,但是不多,还贷也不错,因为有国家财政给兜底。如养牛的专业户,由于种种原因还不了贷款,财政就给垫上了。

以一般人的眼力,这就是平安无事了,但是李永新用望远镜一看,视野就大了;又用显微镜一察,隐藏的东西就显露了出来。

他看到,除了贷款,还有援助款。而各方面的援助款,财政厅、国资委、商务厅,各统计各的。这样总数就不全了,就有遗漏了,长此下去,就成为一笔糊涂账。还有共青团、妇联等部门,也会得到贷款和援助款,省里却不掌握。

李永新就把这个情况写了报告,要求建立统计平台。报告得到省长的批示,督促落实。

世行贷款国际集装箱多式联运项目绩效审计中,他把本来的成绩和效果,依法"审减"下去一大块。

为了增加出口物流量,建了那么多堆场,买了那么多集装箱车,结果 2000 多万美元损失了。唐山、沧州的港口,大部分运输的是矿石和煤炭,用不了那么多集装箱车,最后只得拆了做平板车用。

在一次地债审计中,李永新带队去廊坊,主要是审计违规资金、改变资金用途等。用了 50 天,摸清了家底,有多少债务、债务分类;揭示了问题,有资金使用风险、债务违规等。回到厅里向厅党组汇报。

各路审计组都回来汇报,说的都是常规性问题,改变资金用途、没有招投标、建办公楼等。

郭厅长听完汇报后,做出一个出人意料的决定:杀个回马枪。

大家都很吃惊,有些摸不着头脑。李永新却不动声色,他早把事情看透了。按照郭厅长要求的力度,审计目的还没有达到,让回来汇报,肯定不是要收摊子,而是急着了解审计署交办的任务完成得怎么样了,别的问题先不管。现在审计署交办的项目都完成了,再集中精力回过头去解决疑难问题吧!

李永新信心百倍地杀回去了。正有几块难啃的骨头放在那里。

郭厅长散会时问他，没什么问题吧？

他说，没有！

问得很简单，却不是字面上的意思。而是：那里肯定有问题，你们要解决了，没什么问题吧？

他的回答也不是那里没有问题，而是有很严重的问题，他去把它审计清楚，解决了——没有（问题）！

把语言简化到这种程度，要有很好的悟性和默契。

问题发生在国土局下属单位土地储备中心。他们把地收回，拍卖给开发商，问题来了。

审计组盘库。保险柜打开，现金两摞，一摞5000元，一摞5万元。李永新故意缓和空气，说这跟小孩过家家似的。30多岁的中心女会计想起可爱的女儿老玩过家家，就放松了警惕，说漏了嘴，不是一家的，是城改办的。

李永新如获至宝，他问，什么单位？她说，临时单位。

他就要求看看银行账号。这就是一个陷阱，因为临时单位不应该有账号。

女会计很诚实，果然就把账号告知了。

又问成立多少年。说10年。

10年还是临时单位！

而且账册由她代管着。

李永新就说，看看账。

她不干了，说，得请示领导。

领导来了，土地局赵副局长，中年妇女，风韵犹存。她说，看就看吧！让中心女会计拿账。中心女会计说，城改办会计不在，接孩子去了，拿不了账。

她一说谎就脸红，让李永新看出来了。

副局长说给她打电话，问问接孩子回来没有。

她就去外面打。十分钟后回来说，她去东北了。

脸又红。又是撒谎。

李永新说，拿不到账，我们是不会走的。

也不出去吃饭，等到下午1点半。

她们也不吃饭，陪着说好话。

李永新说，刚才还说接孩子，怎么又去东北了？

她说，确实回东北老家了，要不我请李处长吃饭吧！

李永新说，把账拿来，我请你们吃饭。

之后副局长出去了，可能向局长请示怎么办。回来说今年的账能拿出来。也不去找回东北的女会计了，就把这一年的一些票据都拿来了。

李永新把这些票据放在纸袋里带走了。

他把自己关在屋子里，用"显微镜"看起来。

全是购买办公用品和给汽车维修、加油的钱。这都属于正常开支。李永新的压力出来了。看不出问题来。

又看一遍，发现购买的办公用品太多了！一个城改办没那么多材料可写。累计一下，超标。就列个单子，把票分类，打乱时间顺序，建立个表，三个月办公用品70万元，不正常。光买纸就400多箱，装了一屋子。碳粉盒160个。

查票的真假，登录系统，都有出处，连住宿费也是真的。

有点为难了，深入不进去了。这时候，对方托人问李永新，城改办的事怎么样了？他说，问题不太大，只是办公费太多，吃饭太多。

这话说得很艺术，既没说谎，也没暴露军情，而且可进可退。笼统地说，办公费太多、吃饭太多，这不是个大事嘛！可以麻痹一下对方。一旦做假，贪污的证据抓住了，可就成大问题了。

于是就形成了这样一种局面：抓住了，进；抓不住，退。进退都随你的便。马上决定，马上就可以退。你好，我好，大家好。

这个的诱惑力是非常大的，再闷在屋子里看，最终也不见得能达到自己的目的。现在就撒手，也说得过去了。不能说自己不努力、不认真，或者有意放过谁。同志们早就该休息休息了。

可是向郭厅长交不了账啊，当面说没问题，回答得很响亮，现在却灰溜溜撤下来了。郭厅长不会说什么，但自己受不了。

郭厅长当然不会说什么，那是出于对他的信任。信任他是对的，没有审计出问题，就是没有问题，难道还给人家栽点问题吗？那就太不实事求是了。

然而李永新不能接受这种信任，因为他不配信任。这样退下去，是一种耻辱。

李永新把自己关在屋子里继续看，让同志们该休息就休息。

在高倍数的"显微镜"下，终于发现了问题。

有广东深圳的发票，是用转账支票结算的。北京的也用转账支票。从金融常识看，肯定是从外地取来的票，在当地结的，因为同城才能用转账支票，外地需电汇和信汇，或者用卡。

结算方式把他们暴露了。

派两个人到银行，说钱肯定是给当地人了。一查果然给到个人账户上，是个员工。

那员工的这个账户有 113 万元，整个流水有 1000 多万元。

再拓展一查，涉及土地局的四个下属单位，四个人。揭锅时，有政府秘书长，土地局主管局长在场。这四名员工用个人存折给局里套钱，套取公款，入个人账户，纯属违法又违纪。

最后主管局长免了（不是前面出场那位），这几个下属单位的具体经办人受到纪律处分。那个说谎就脸红的中心女会计倒没事。说谎还能脸红，就应该没事。

听到这里，作者已经很满意了，但仍稍感不足，那就是李永新还没有让我们看他显微镜下的东西——真正眼睛里的好戏。

我们就问李永新，哪儿能那么简单呢？外地发票，同城结算给当地人。银行是干什么吃的？

他苦笑一下说，其实就是一个小小的票根把我救了！不是这小小的票根，我真是一筹莫展了，看不出问题来，要打退堂鼓了。

还是好眼力起了作用。我们等着看好戏。

他说，转账单据的正票上写的收款人是同城的当地人，即那个个人账户。把这正票交给银行，银行就把钱打过去了，但银行不看票根，票根写的却是深圳某饭店。

银行是干正常业务的，款打过去了，业务完成了，还看票根干什么？捣不捣鬼那是你自己的事，我们管不着。事不关己，高高挂起。多一事不如少一事。听听这些老话，没啥坏处。

这就给坏人以可乘之机。回来把那个写有深圳某饭店的宝贵的票根附在发票上。而发票也是假的，买来的，填上深圳某饭店就可以了。

买发票要给 10% 的税钱。实际税只有 7%。也有 200 元一张买一本发票的，随便开，随便填。

第八章　财"经"

　　财政，财政，有财才有政，有政才有财。怎么念好财政这本经——财"经"，的确是一个问题。

　　如何在资源配置全球化竞争的平台上保持一种强势？国家审计发挥着至关重要的作用。它揭示体制性障碍、机制性缺陷和制度方面存在的漏洞，推动各领域的改革，从而取得竞争优势。

　　1714年，德国的审计监督已经从单纯的凭证和账目审计发展到提供政治咨询。1761年，奥地利审计法院的前身会计署成立，在其主要任务中，除了发现会计账目的差错、指出不足之外，还明确了实施预防性控制，即在女王做出决策之前，对悬而未决的经济事项表达意见和帮助改进会计方法等内容。1967年，美国国会发出了第一个要求审计署对项目效果进行评估的指令。

　　2006年以来，中国全国审计机关共提交审计专题报告、综合性报告和信息简报70多万篇，提出审计建议102万条，促进相关部门单位建立健全规章制度2.8万项。其中，审计署在受国务院委托向人大常委会作的审计工作报告中，提出了深化财政改革、推进预算公开、加强中央关于保持经济平稳较快发展各项政策措施的协调、加强金融监管协作及健全责任追究和问责机制等多项建议，很多建议被采纳实施，有效推动财政、金融、国有企业等方面改革的不断深化，促进了国家经济社会的健康发展。

1.念经的人

念经的人来了。

1.8 米,白胖,圆脸,儒雅,说话声音不高,不紧不慢。不管听者什么态度,欢迎也好,反对也罢,同意也好,驳斥也罢,着急也好,生气也罢,他仍然如此,频率如一。

你的耐性绝对没有他好。你想跟他较劲,只能以失败而告终。一样的米面,各人的做法。脱了帽子看高低,挽起袖子看手段。

他只是向你说明着、叙述着,甚至强调着、警告着,但频率不会改变,分贝绝不增高。循循善诱,锲而不舍,孜孜不倦,偶尔还闪过一丝友好的微笑。简直不可抗拒!你只有逐渐地适应了他语言的温度和流速,沐浴在他语言的小溪、河流、湖泊和汪洋大海之中。舒服之极,惬意之极。

这就是财"经"的魅力。

他向你念的是财"经"。

念"经"的人叫李洪钊,河北省吴桥县铁城镇叶庄人。父亲是乡干部,母亲是教师。他毕业于中山大学,学的是审计学。1992 年分配到审计厅,先后在审计事务所和金融处干过,并提为副处长,2011 年借财政处扩编设立财政审计中心的机会,被任命为中心第三组组长。其实也就是处长,叫法不同,是为了避免与处的编制重复。财政中心有三个组,管全省 92 个财政直管县的监督审计。其实中心与财政处之间,任务是有交叉的。

财政,财政,有了财,才有政,有了政,才有财。此话怎讲?很好理解。极简单的道理。理好财,有了钱,你才能维持政权,强大政权。这不是有了财,才有政吗?有了政,才有财呢?那就更好理解了。只有政权巩固,有强大的国家机器,你才能和平发展,繁荣经济,增加税收,财源滚滚。

最重要的治理是财政治理。财政是国家审计的永恒主题。

随着财政大格局的提倡,财政审计的地位越来越重要了。债务审计、经责审计、投资项目审计等等,都离不开财政拨款,都得从财政审计入手和延伸。财政审计不只是每年例行的财政预决算审计,还要承担更多的任务。郭明勤正是看到了这个大趋势，才出谋划策，申请了按公务员对待的事业编制，成立财政中心，把刘全文、李洪钊这样的人才提拔起来，委以重任。

李洪钊向作者介绍说，干审计，应付应付好说，表面文章谁不会做？但水平高的人，会应付得更好。出经验，写文章，都可以做到，也是一种竞争，但跟财政没有什么关系，是官样文章，是官场技巧。

他平平稳稳地说，绝不激动。

这也很费心思。可惜了！应该把心思用在把握审计的实质上。真正审深、审透是很不容易的，要付出很多心血和体力。不是简单地翻翻账本，对对票据，查查电脑，封封钱物，就能解决问题的。要对管理制度有清晰的了解，对操作流程有深刻的分析，对领导的思路有准确的判断，从而把握被审计单位的要害，找出可能出问题的节点，在客观审计的基础上，提出有益的整改建议，帮助建立完善科学的财政管理体系和规章制度。

这些话说起来容易，做起来难。作者翻了翻他对香河直管县的财政审计，那审计报告有3万多字。从那密密麻麻的条目和长龙般的数字，作者非常感性地体会到，那就是审计人员的心血和体力！恰恰主审又是张岚，那个颈托女孩再次打动了我们。

……

七、审计查出主要问题金额

违规金额

违规变更调整预算

未按规定纳入预算管理

未按规定征收缴纳收入

政策性税费流失

少计少缴税费

人为调节收入进度

违规批准减免税

其他

隐瞒转移截留资金

擅自动用支配国库款

未落实收支两条线和专户管理规定

违规改变项目计划和资金用途

未按规定征提基金

乱收费乱摊派乱罚款

资金滞留闲置

违规使用发票

虚报冒领

虚列支出

扩大开支范围或提高开支标准列支

擅自处置国有资产

违规出借财政资金

违规采购

违规担保

资金不到位不落实

配套资金

其他

工程结算款不实

多计

少计……

打住吧！打住吧！掐头去尾，拦腰斩断吧！不仅是拦腰斩断，每一行的前后也要斩断，前面就是所列的这些条目，后面斩去的则是一串串长龙般的数字。几乎全部是以元为单位，我们只能以亿为单位举出两个数字，那就是"问题金额"为49.9亿元，"违纪金额"为10.2亿元。如果换成以元为单位，会有多长！

以上所引用的，只是香河县2010年和2011年财政收支审计统计台账的1/30！

我们惊叹：这个在各种场合都少言寡语，唯独念起经来却滔滔不绝的李洪钊，这些条目和数字他必须每个都过目、判断、思考、核对、斟酌。他必须胆战心惊，如履薄冰，因为这是定性、定论的，报上去关系重大，牵扯甚多。

我们真有点儿心疼这个念经人。他怎么能从这样具体、烦琐、累人、费心、劳力的工作中挣扎出来，心平气和地对所有的人念财政经！

李洪钊接着说，把隐藏比较深的问题审计出来、发现出来，一方面要靠会计专业知识,一方面还要有对经济知识、法律、法规的综合运用和掌握,这样才能找出核心问题。去年我们审了张家口市的财政决算。这是对市政府整个财政的审计,实际上也就是审计市政府。涉及面很宽,预算编制、投资、贷款、工程结算、土地出让、耕地占用、专项资金等等。从财政收入的组织,到分配支出的过程,都必须纳入审计范围,全方位掌握,全视野监督。

税收收入,规费收入,这是两个主要财源。属于非税收入的有房地产。按照规定,应该收多少,就是多少,实事求是,有啥是啥。很简单的事情,但是"操作"起来,就复杂了。如果没有这么多"操作",审计不知要省多少事!

情绪稍有激动,也许是想到了审计人员,包括他自己的无限工作量,无数条数字长龙的产生和求证,无数个日日夜夜的煎熬,无数个良好愿望的破灭。现在就破灭了一个:很简单的事情,"操作"复杂了。

他审计的一个县,税收完成很好,税源充足,措施得力,收了两个亿。这很好嘛,上报财政,国家高兴,地方光荣,审计省事,但是没有这么办,只上报和上缴财政一个亿,另一个亿隐瞒下来,不记账,放在企业里,有备无患,以丰补歉。

为什么会产生这种现象,为什么不能实事求是?难道这也是中国特色吗?什么机制,什么思想,鼓励了这种做法?财"经"里没有答案,只能审计。

这是隐瞒,还有虚报。主要是非税收入,虚增,多报,子虚乌有。土地出让金张家口市有 5.7 亿元,却反复多报了十次,虚增 57 亿!为什么这样干?因为财政对土地出让金有返还吗?这种返还用于拆迁费、补偿款、三通一平,然后才能净地拍卖,拍卖所得就是出让金。除去上述费用,剩下的才是财政收入,是地方财政的钱,不上缴。但这样虚报,是得不到财政返还的。不过直接的好处虽然没有,却能显示领导的政绩。这对于当权者,已经足够了。至于造成的财政混乱,数字不实,给审计找麻烦,那就不在考虑之内了。

国家财政是很善良的,经常发放专项补贴。比如有环保资金排污费、农村环境综合治理补助、污水处理厂管网建设补助、三河三湖治理补助等等。一些涉农企业购买机械设备达到一定金额,也有专项补助。张家口果仁厂瞅准了这个机会,花 98 万元购买了一台果仁脱壳机。刘全文发现那张汇票有点儿不地道,就把李洪钊叫过去,一起研究。李洪钊上网一搜，汇钱过去的广州那家企业并不生产果仁脱壳机。又到银行调账单，一查，根本没有这笔业务，没有发生过。做的是假汇票，只企业账上有，银行没有。再去厂子一查，还不只这一笔，共计虚购了 502 万元设备，骗取河北省农业产业化企业贴息贷款 25 万元。

真是大财政！一张很大的烙饼。大家都千方百计地去吃它。利用政策，弄虚作假。

吃大饼的人是一种怎样的心态呢？

貌似公允，自欺欺人，拼命给自己戴上一个合法的帽子。

明明是挪用公款 400 万元，但在农业开发办主任那里却变得理直气壮，冠冕堂皇，说这是给企业的预付货款。

李洪钊万万没有想到会是这样一种回答。想笑，又实在是笑不出来。主任是很严肃认真的，没显出一点儿心虚和胆怯。假作真时真亦假。李处长闹不清老主任的真实面目了。

老主任继续侃侃而谈，说每年开发办要购进水管浇地，得花费上千万元，现在还欠企业两笔货款呢，一笔 360 万元，一笔 180 万元。

李洪钊马上派人到企业调查，企业说开发办没有欠他们的货款啊，已经都给清了。审计人员问，那这钱是怎么回事？企业说，这钱是开发办借给我们的。

李洪钊只得又找到老主任，问这是怎么回事。老主任承认说，把资金给张家口农业物资公司了，做预付款用了。

这回是预付款了，而不是欠款了。

老主任沾沾自喜地说，预付货款是一种经验，能保证生产，及时用上水管，得到省里认可。

李洪钊说，依我的看法，这不是预付货款，这是把钱出借给他们，让他们营利去了。

让他把此事的前前后后写出来。老主任就按自己原来说的那样写。半个小时写出来两页，交给李洪钊。

李洪钊说，你可以走了。

老主任却站那儿不走，你真要给我处分？

李洪钊说，你不是很正确吗？我凭什么给你处分？

他想让老主任自己把伪装脱下来。违法披上合法的外衣，太可怕了。它可以鼓励更多的人效法，不以为耻，反以为荣，连良心上的自责都不必付出。

可哪里知道，老主任表演得太投入、太认真，已经完全进入角色出不来了，他一转身，蹒跚而去。

按照法规，以单位和个人名义借款给私人企业进行经营活动，就是挪用公款，要负刑事责任。

李洪钊对老主任也有同情心。认为这事如果是经过开会研究通过的，就可以算单位行为，处理会宽一些，可不定挪用。

但是查会议纪要，没有找到这样的证据。让班子成员回忆，大家只知道当时是还企业货款，具体情况却说不清楚。

实际情况是，主任一人操纵，欺骗了大家。

即便如此，班子成员还不服气，认为即使是把钱借给企业也没什么了不起的。咨询了律师，律师说这是挪用公款，要负刑事责任的。这才没话可说了。老主任被移送检察院。

李洪钊却不能平静。人们在睁大双眼看财政的漏洞，稍有界限不清，哪怕没有界限不清，也要努力制造出漏洞来，并把它扩大成合法的通道。

他想，如果能通过自己的努力，把人们的努力掉转一个方向：睁大双眼看财政的漏洞，然后把它堵死，这该多好啊！

财"经"还要好好地念。

2. 软手铐

我们决定，跟随李洪钊到他审计过的财政直管县香河去看一看。

地处被北京市包围的、河北省的一块"飞地"的香河县曾经出过大事，闹得满城风雨，远近闻名，十分敏感，所以我们的到来，也格外受重视。

县审计局长王连峰接待了我们。

天下第一城，地盘广大，雕梁画栋，皇家气派。香河人的大手笔，立刻生动地显示出来。与其说香河人气派大，不如说是香河县历届领导班子气魄宏伟。天下第一城就是证明。这跟老百姓关系不大，除了土地被占用一大片之外，住进这里风光的，除了公务接待、会议接待以外，大部分是北京来的阔人。开发旅游资源，生财之道，无可非议。

然而，发展总是跟政绩挂钩的。二者关系处理不好，就会走偏。

　　2011年发生的大面积违规占地事件，就是头脑发热的产物。

　　这时候已经冷静下来了，尤其是李洪钊带领人审计之后。

　　但必要的心有余悸也还存在。

　　王连峰作为事发地的审计局长，夹在各种矛盾中间，其感受、体会和复杂心态，远比我们想象的要沉重得多。

　　他深有体会地说，财政必须接受监督。如果能早一些接受审计的监督，我相信不会出2011年那种大事。可是已经晚了。那时候审计是一副纸手铐，别说戴不到人家手上去，即便戴上去了，一挣也就开了。没有审计约束着各路神仙的手脚，乱踢乱打，为所欲为，没有不捅娄子的。

　　之后他便对违规占地事件进行了深刻反思，其中有愤愤不平，也有无可奈何。

　　他说，经过李处长的审计，对我们帮助太大了。首先县审计局地位提高了。过去是纸手铐，现在是软手铐，有了一定的坚韧性，挣不脱，摆不掉。审计不想要铁手铐，那是公安和检察院的事。有软手铐就行了。文明审计，是非曲直，数字说话，账册为证。君子动口又动"数"，就是不动武。这是和谐的软手铐，宛如让你戴上两只无形的软手镯，使你自觉地把自己约束住，虽然没有装饰作用，但能规范你的行为，不跌跟头，不摔跤，走得稳，走得远。

　　王连峰棱角分明的脸上露出了笑容。他说，过去审计局硬件不是硬件，软件不是软件，楼上拖地，楼下漏水。投资科整天没事干，伸不起腰来。现在我们鸟枪换炮了，硬件软件都上去了，投资科有干不完的活，为了避免重蹈覆辙，所有建筑工程都得经过我们审计，否则不能验收。

　　说到这里他激动起来。因为这个结果，是他奋斗多年的成绩，奋斗多年之后，经过这次审计解决了。他向李洪钊投去感谢不尽的目光。

　　作为一个五十出头的中年人，在县里干，是应该考虑自身价值的时候了。

　　他是香河县蒋辛屯镇北吴村人。父母经商，是陶瓷行业老大。哥儿仨，他行二。弟兄们也都经商，家财万贯。儿子当兵，保家卫国。爱人李凤霞是廊坊市广电局长，官运亨通。唯独他自己，河北师范大学化学系毕业后,先当教师,后到劳动局、监察局当一般干部,又当乡镇长、科技局长、审计局长。如此而已,岂有他哉!

必须干点儿货真价实的事。原来建筑工程都是由财政局评审中心来审查的。县财政局既负责向工程拨款,又负责审查,既当裁判员,又当运动员。这不符合互相监督和制约的原则吧?所以他从2009年起,在列席县政府常务会议时,就提出这个事,觉得不妥,要求改变,应该由审计局来最后把关。到2010年,县长同意了,但是开会讨论这个问题的时候,财政局的人拂袖而去。无疾而终。

他感慨地说,突破口是从投资开始的。审计局要维护国有资产的安全完整。我们是国家财政的看门人,看家的。看的什么家?看的就是钱。建筑工程投资那么多钱,你都不知道,花得合理不合理、合法不合法,你也不晓得。这叫看的什么家!我争取了两年多,一点效果没有。怪不得人家财政局对我们说话都有羞辱的味道了,指着我们鼻子说,你们有什么权力弄这个!但是现在我们就是把这个弄出来了!叫做《香河县建设项目投资审计办法》。

有这样一个审计局长做帮手,李洪钊带领审计组只用一个多月时间,就把千头万绪的香河财政,包括违规占地事件审计清楚了,把无数条数字长龙的"经文"排列得井井有条,前后呼应,首尾衔接,反映出一个个不容置疑的客观事实,各方沉默,没有异议。

香河,很好听的名字,没查县志,恐怕会有一个动人的传说吧。

然而,在2011年夏天,它被雾霾笼罩住了。

一年之后,李洪钊走进香河,要揭示事情的真相。

李洪钊带人去了县国土局,查问政府征用土地的事。办事人员给他拿来一大摞证明材料,土地证啊,抵押证明啊,合同书啊,布告啊,布告贴在墙上的照片啊,等等。这一切材料都为了证明一个事实:政府向农民征用土地了,因此向银行贷了款,贷款作为补偿,发到老百姓手里了。

顺理成章,合乎逻辑。

李洪钊说,我们到村里去看看吧!看看再说。

没想到,国土局副局长慌了。

他吞吞吐吐地说,千……千万别去!土地都让人家给"出让"了,他们还不知道,一点好处也没有得到。如果老百姓知道了真相,还不到北京告状去?千万不能去!万万不能去!

看来他很为大局着想。但这到底是怎么一回事呢？

李洪钊试探着问，你是说，这些证明材料都是假的，都是伪造的，老百姓还不知道？

副局长说，可不是咋的！

李洪钊有些愤怒了。政府造假，你们背书确认！

副局长半晌无言，只能用别人的功劳给自己挽回点面子。他说，商行也觉得有问题，本来要贷一个亿，商行给卡住了，只贷给5000万。

李洪钊还是到了那几个村子去看，群众确实不知道有这码事。出让土地的大事，起码得经过村民代表大会的讨论，却根本没讨论过，纯属子虚乌有。连那布告贴在墙上的照片，也不知从哪里拍来的。这个村可没有这样的墙。村民们啼笑皆非，谁在跟他们开这种国际玩笑？李洪钊没敢说是政府。

但账面上他们的土地已经被"出让"了。他们当然不必得到补偿款，因为没有真的出让，只是背了个连他们自己都不知道的"出让"的名义。补偿款当然都让政府拿走了。

政府用这笔钱干什么去了呢？解决问题去了。

这个问题可真是不小！

因为发展是跟政绩挂钩的，县委抓发展的积极性就高过头了。要把五六个村变成一个小区，这样省出地来，可以作为建设用地，发展房地产。

创意是很好的，但是矛盾产生了。建成楼房以后，几个村的农民像城市居民一样组团住进小区里，表面上看真是不错，城乡差别立刻消灭了。要把全县300个村都搞成这样，美好蓝图着实诱人。局长们说，杨书记疯了！

确实如此，扫把写字——大话（画）说早了。实际问题接踵而来。拖拉机放在哪里，猪圈放在哪里，怎么养鸡，如何养鸭，他还想养鱼，他还要种菜。说要丢掉农民意识，但他还是农民，不搞这些，生活不起。麻烦来了。

房地产商之间也发生了矛盾。我要打造高档小区，他却开发商铺。我没得到那块地，他为什么能得到？本来是农用地不好办证，但按土地流转批了，还办了国有土地使用证，可以建房了，变成建设用地。

报社记者把这事捅出来。土地冻结了，不再批了。楼房盖上了没人住。开发商也是贷的款。怎么办？政府为了抹平，就把楼房收购了，需要钱，才骗贷款。

通过这次审计，李洪钊等 11 个人，为财政追回资金 1.1 亿元。

县委书记王凯军非常满意这次审计。过去香河的问题不敢动，尤其是违规占地问题，现在审计组把所有问题都揭示出来了，给了他们整治私人企业，也包括政府各部门一个充足的理由。过去县里"三强"企业可以直接行文，上报县长，县长批给常务副县长，常务副县长再批给财政局，事情就办了。这是什么组织程序？王凯军开了四次会，拿着审计报告一条一条点问题。事后加大整改力度，建立了一套完整的政府办事流程，并由财政局、监察局、审计局等单位牵头，共同出台了办事程序行为规范，香河县的财政经济秩序走上了正轨。

听说我们要来，王凯军书记一直等着想见一见，但临时有事还是耽搁了。

王小卫县长来了。谈了与开发商打交道的心得，谈了借助审计之力，理顺了方方面面的关系，抓规范，促稳定，抓作风，促和谐。

县委副书记符俊贤来了，说风波之后有顾虑，整改不到位。审计的过程就是一个提高的过程。

县委和县政府领导都肯定了这次审计，并受益于这次审计。

审计这副软手铐很实用，也很受欢迎。

3. 修养

从香河回来，必须顺路到廊坊市去看一个人。这个人叫韩少奇。不想了解什么，只想见识一下，认识一下。因为这个人在省审计厅很有人气。

先是采访赵颖时，她就说过，我给你推荐个人，廊坊的韩少奇，你必须采访一下。他这个审计局长，跟一般的审计局长不一样，很有修养，把各方面搞得都很规范，队伍素质很高。他有很多做法值得学习。

我问什么做法，她又说不出来，只说你采访一下就知道了。

还有几位处长也提到这个人，说韩少奇很够哥们儿。

最主要是郭厅长很认可这个人。他说，韩少奇这人不错。我给你打个比方，一杯水是白色的，你给它点入一滴化学制剂，它就变成五颜六色的了。韩少奇就是这化学制剂，能让他领导的那个群体起化学反应。

所以韩少奇必须见一见。

但是郭厅长的话还没说完。他说，前几天我跟廊坊市委书记通电话，问我们韩少奇的事办得怎么样了。

原来他在廊坊也当了一次"组织部长"，要把自己人推荐到更高一级的领导岗位上去。

书记说，老郭，班子里面都没意见，就是票数差点儿。

郭厅长说，整天审计你们，票数能多吗？差点儿已经不错了。你再努努力吧！

书记说，有空儿到廊坊来玩。

郭厅长说，韩少奇的事一天办不成，我一天不到廊坊去，两天办不成，我两天不到廊坊去，什么时候办成了，我再找老弟去玩！

说完就把电话挂了。

我们刚一下车，韩局长就在酒店大堂迎候着。走过来好几个人，不知道哪个是韩少奇。他没有什么突出特征能让人辨认出来。

洪钊说这位是韩局长。便握住一只很诚恳的手。是的，诚恳，你会感觉到那只手的诚恳。这就是韩少奇的魅力。

个子不高，五官端正，穿戴整齐，动作敏捷。尤其是那齐刷刷的平头，更显出这人的利落和干练。

韩局长很客气地把我们送进房间，让洗漱一下，一会儿餐厅见，但退出去时，不忘问作者，还有什么朋友要见吗？

作者说，想见见刘书强同志。

刘书强是廊坊市纪委书记，跟作者过去都是省纪委的干部，二人对面办公。

纪委书记是市委领导班子成员。想到韩少奇的事还没有办成，作者也想利用老关系，为韩局长说句话。

韩局长对此没有什么特殊反应，立刻去安排了。

席间作者与老同事见面分外亲热。刘书记作为级别最高的领导坐在主陪的座位上，高谈阔论，笑话连篇。韩局长坐在下手，不卑不亢，礼貌周全。

宴罢，刘书记送作者到房间，韩局长等审计局的同志后面跟随。

作者扭头看了一眼韩局长，意思是别跟着了，我还跟刘书记有关于你的话要说，但韩局长不解其意，仍然热情相随。

作者以为，完了，说不成了，但是一送进房间，他就立刻说道，二位先聊着，我们还有点儿事，不能陪着了。刘书记客气地说，有事你们就去忙，别耽误你们。韩局长便退出，轻轻带上了门。

高！这就是中国文化，这就是修养！一切都恰到好处。回避得非常优雅。

两人叙了一番旧，便到了转换话题的节点上。作者正想提韩局长的事，没想到，刘书记先开口了。

他说，韩局长这个人可以好好写写。跟纪委配合得很好，提供了许多案件线索。另外人品不错，有修养。

看来不用作者多说什么了，就单刀直入地问，那么这次——

刘书记说，应该没什么问题，等人大换届选举吧。

作者又问，票数……

刘书记说，票数也不是绝对的。再说，平时考察评比老韩都是得票最多，都是满票！

作者有了跟韩少奇谈一谈的冲动，他能够如此大面积地得到众人的好评，必有过人之处。

可是不巧，当约好时间座谈时，他又急着要去开一个什么会，只能压缩为半个小时。半个小时能谈什么呢？

韩少奇是廊坊市安次区落垡镇东张服村人，1980年毕业于廊坊地区农机化学校，校址在杨柳青，就是盛产年画的那个地方。然后留校教书，到行署农办、行署办公室当秘书，又当市长秘书，之后财政局副局长，香河县委副书记，2000年来到审计局当局长。

他说，我简单说几句吧，其实也没有什么好谈的。

注重审计队伍素质的提高。进人时，要素质高的，现有人员不断培训，脱产学习，并鼓励自学。还出国培训，已经坚持三年了，分批分期地去，到澳大利亚、新加坡等地。国内培训是到南京审计学院。2010年，去了82个人，整一节车厢，欢声笑语，热气腾腾。大家为学习而自豪。因为没有文化的军队是愚蠢的军队。我还鼓励大家博览群书，考职称，考研究生。考上研究生，并能坚持毕业，公家给解决80%的学费。

业务知识要学，思想品德要好。否则也会一事无成。年终都要封闭一周学政治。政治不是枯燥的。传统文化里也有政治，也学。传统道德讲的都是政治。修身、齐家、治国、平天下，不是最大的政治吗？

我讲职业道德，还请署里的专家来讲，请纪委的来讲。请市委研究室主任来讲经济。实践锻炼也要跟上。派人跟特派办去三峡搞移民工程审计，派人跟署里的同志到新疆搞环境资源审计。

注重合力的发挥，实行民主集中制——注意，我没有加"原则"，我认为加"原则"就好像减弱了分量，不加"原则"就是实行民主集中制没商量。周一班子碰头会，不通知就开，惯例。三个大事必须商量。一是人员，二是大额资金的动用，三是重大审计项目的实施。民主集中的实现形式就是重大问题提前沟通，避免有意见。这样才能实现最高形式的集体领导。一个人说了算，别人附和，那不叫民主集中制，那叫一言堂。分工负责，就得让人家管事。每个人都有自己的智慧和能耐，但不向同一个方向使劲也是白搭，必须齐心协力，干正事。

完了，没用半小时，留下了十来分钟。还有副手在场，得让人家也说两句。

这就叫修养。

他只说了做法，没谈一点成绩。

这也是修养。

副手则说了许多成绩。他早已憋不住了。点了灯自会有油钱进门。省部级奖多少个，连续六届省文明单位，审计署优秀项目评比，六年拿了七个，被审计署记集体三等功等等。

又说为经济发展做的贡献，数字，项目等等。

4.谋士

一个重量级人物向我们走来了。

他就是郭厅长的次前任张成起。郭明勤的真正前任是安云昉，安云昉的前任是张成起，所以对于郭明勤来说，张成起是次前任。

郭明勤干得不错，但他从来不否认前任厅长的功绩。加大力度是他的亮点，别人也各有亮点。张成起的亮点是什么呢？我们很想知道。老郭说，那你们就去采访张厅长嘛！

张成起住在廊坊，因为他过去当过廊坊市委书记。"故土"难离，有感情，所以退休后，放弃省城，定居廊坊。

这很不容易。这有什么不容易的？廊坊守着北京，路宽、楼高、绿化好，不比省城差，住在这里无比惬意，有什么不容易的？

当然很惬意,但你住住试试,你敢住吗?尤其你当过这里的书记,你敢回来住吗?你有权时,人家怕你,不敢把你怎么样,现在你没权了,回来住了,老百姓不把你骂死才怪!张成起如是说。

作者不明白了,"为官一任,造福一方",会上都是这样说的,怎么会被骂?难道还会"为官一任,祸害一方"吗?

张书记哼哼两声,不作回答,只是说,造福不造福一方不敢说,反正我敢回来,而且没有人骂我。

这的确不容易!

言归正传吧!张成起说,你们这次从廊坊路过,顺便看看我,已经感谢不尽了,采访就免了吧!

我们知道,对于这位社会责任感极强,现在还不断用笔干预现实的官员兼作家来说,这次采访是绝对受欢迎的。刚才说的不过是客气话,而且一句"言归正传吧"也把自己暴露了,应该言归正传的,绝不是免了采访,而是采访开始吧!

我们也假装吃了一惊,张厅长,千万不能免,我们还等着你的素材呢!

一听"素材"二字,张厅长很有感受,他经常出去搜集素材写文章,就说,那就给你们提供点素材吧!

张成起 1946 年生,河北省徐水县大因镇大东张村人,天津财经学院毕业,分配到张家口地区外贸口,后当地区财贸办公室副处长,又当沽源县革委会副主任、副书记,张家口地委副书记,1992 年到廊坊任市委书记,1997 年到审计厅。可以说出道很早,年轻有为,但亦有波折。

张成起到审计厅上任后,三个月没说一句话。当然是有关审计工作方面的话,没说一句。并非守口如瓶,而是无话可说。他也像郭厅长一样,先学习,学习宪法、审计法、审计条例。

到 5 月份,他说话了,不说不行了,全国粮食审计开始了,要指挥作战了,总指挥岂能一言不发?

他发表了自己来审计厅的第一次讲话。台下全体干部注视着他。这个面孔黧黑,个子不高,嘴角和眼睛总能配合默契,显出嘲讽、审视、狡黠、不屑等多种表情和笑容的沉默的人,今天要开口了。

他说,我们要做保护国有资产的卫士,打击经济犯罪的勇士,促进经济发展的谋士!

停顿，静场，空气好像都凝结了一般。

大家的脑子，一开始被这"三士"冲击得一片空白，转瞬缓过劲儿来，脑细胞借到了外力，一下子全激活了。过去也没死，只是没精神。现在行了，精神头儿来了，指挥刀一挥，进攻有了目标，前进！冒着敌人的炮火，前进！前进！前进！

手也别闲着，鼓掌吧！欢呼吧！

会议变成盛大节日。

张成起被感动了。审计人真好啊！他们默默无闻，埋头苦干，尽管待遇不高，条件不好，目标迷失，有劲儿使不上，但仍然锲而不舍，用力拉车。

一旦拨云见日，目标明确，他们的热情竟是如此高涨，火山爆发，势不可挡。

自己三个月的学习和思考没有白费。能有"三士"的想法，也得益于长期地方工作的经验，知道政治和经济到底是怎么一回事。

他接着讲了强化六个意识和正确处理七个方面的关系。

那年的粮食审计搞得有声有色。赵建蕊因此崭露头角，一举成名。

张成起是一个重视队伍建设的厅长。

审计厅的基本人员构成是财会人员，大部分人是从财政厅过来的，但是张厅长有个观点，审计就是审计，审计厅不是财政厅，要尽快从财政思维中脱离出来。

会管财务的人，不一定能念好财"经"。

审计财政，念好财"经"，是一门特殊学问。

1＋1＝2，这是财务。1＋1≠2，这是审计。

一个是数学，一个是审计学；一个是显示，一个是透视。

张成起没有这方面的理论，但有这方面的悟性。

除了财会人员，还有转业军人。他的判断是，整体素质不行。

张成起集中招了30多名金融、审计专业的应届毕业生，所有推荐人的"条子"都让他顶回去了。一不做，二不休。不得罪领导，就得罪审计。得罪领导顶多看着不顺眼，拿掉乌纱到头了。得罪审计，履行不好审计职能，就成了国家的罪人！

队伍有了，就要抓培训。好多课都是张成起亲自讲的。不是他好为人师，而是因为他过去当地方一把手时主持全面，管理过经济和财政,主过财,现在又反过来,审计经济和财政,念起财"经",当然就有很多体会、很多感受、很多思路、很多观点,憋得他难受,总想一吐为快,那就走上课堂,与同志们畅谈、交流吧!

他综合审计学理论和领导科学,把经责审计讲得透彻明白,入木三分。他说经责审计有三大责任必须审计清楚,一是发展责任,几个主要经济指标必须看;二是可持续发展责任,不能对后续发展环境造成损失;三是经济领域的廉政责任。以这三个责任为评价体系完成对一个领导干部的经责审计。

张成起是一个具有宏观意识善于抓大事的厅长。

他说,不能就数据论数据,要把数据分析出个子丑寅卯来,要抽象出来,变成一种理论、一种工具。是的,数据是最有力的理论和工具。这就要求具有宏观意识,能把数据罩住和看透。

得到数据,1+1=2,这是我们的强项;分析数据,1+1≠2,也已经成为我们的强项。那么再加上宏观意识,我们就如虎添翼了。

张成起每年都要搞两到三个综合性的审计调研课题。李永新、刘全文,这两个名牌大学毕业,并出国深造过的业务骨干,成为他的得力干将。李树新,这个虽为转业军人,但业务精进,且笔头子很硬的女人,也成为他坚定的追随者。

问卷调查水利工程,实地考察建筑市场,普遍审计和调查政府债务等等,都向政府提出了前瞻性的合理化建议和系统整治方案,备受重视,评价很高。

调查发现,地方领导急功近利,任意举债,债务余额相当于全部(那时的)财政收入,而且80%不能收回。可是前任市长另谋高就离任走了,新任市长面对动辄几百亿的债务,恨不得拿条绳子把自己吊死。

政府举债是国家惯出来的,因为几年以后可以免除,你不举债?不举债搞形象工程哪儿来的政绩?反正还要免除,不举债就吃大亏了!

什么心态!他说。

5.学者与农民

这两个念"经"人有一比。一个是学者风度,一个是农民作风。性格不同,风格迥异,然而念"经"的专注和执着,却没有什么两样。

孟晓端中等身材,戴一副眼镜,目光沉稳而锐利。

我们走进屋子后,他基本没有离开座位,靠背椅上一仰,目光角度为斜上方,再加上语言的准确简练,声调的优雅悦耳,内容的博大精深,绝对称得上是一个学者。

而我们的另一位朋友苗增国就不同了。我们还没敲门,门已慢慢拉开,一个人笑脸相迎,说,请进! 他就是苗增国。提前接到预约电话,早就候着呢。而且根据脚步声,把握住了准确的开门时间。

把我们让在沙发上坐下,他很有礼貌地站着。我们看看面前的茶几上,并没有放着沏好的茶水,就等着他沏茶,站在那里或许要问我们喝哪种茶好,龙井,还是铁观音?

可是他一直没有问,也没有沏,而是拉过一把椅子坐下了。

作者终于忍不住了,那么殷勤地开门,那么恭敬地垂手侍立,却偏偏不给上茶! 作者说,增国,把你的好茶叶献上来,让我们品尝一下吧!

苗增国说,我没有茶叶。见作者吃惊,又补充说,茶叶农药残留也不少,不能喝。

此论作者还是第一次听到。

那就来点儿纯净水吧!

苗增国说,纯净水也尽量少喝,所以我也没预备。现在污染太严重,各种入口的东西,能维持在需要的最低量就行了,多了对身体有害。

作者无话可说。看着这个坚持己见,脸上挂着精明的微笑,方头长脸的人,忽然想起他像某个歌唱演员。对了,像雪村,那个很农民模样的人。

苗增国出身农家,从相貌到骨子里都像个农民。

孟晓端1962年生,唐山市丰润区白官屯镇张唐庄人,1979年高中毕业进银行工作,在工作期间上的银行学校,学货币银行学,后又上夜大中文系。1984年调审计厅,居然是以计算机人才招来的。他无师自通,是个计算机高手。又到沈阳参加计算机培训。在财经贸处、工交处、社保处、人事处、投资处、外资处干过,现为经济执法处处长。

学者显然对货币很有研究,坐在上面说,世界银行贷款、亚洲开发银行贷款,都属于政府贷款,国家给担保。这项贷款是非常多的,涉及各个方面和许多部门,监控不到,极容易出现问题。只要把款贷给你了,你就有了多种货币的特别提款权,无论你去哪个国家买东西,给你那个国家特别提款权,美元、英镑、法郎、日元等七种货币都可提取,非常方便。

作者被货币提款权镇住了,以为下面肯定有审计和案件跟着,但是没有了。孟晓端说,审计应该全面关注任何一个领域,全覆盖。审计厅是个整体,我们可以关注,给领导当好参谋,但具体审计任务,不一定非我们去不可。我常说,作为一个审计人员,应该具有学者般的眼光。

名副其实的学者。

孟晓端说,1998年初,我到工交处任副处长,后来机构改革撤了,到社保处。国有企业从2400多家,缩减到现在的四五百家。过去负责国有企业审计的工交处是最大的处,现在没了。现在负责这块审计的叫企业处,审计成本和偷漏税等,意义不是很大,所以基本不审。2007年审过唐钢,后来就不审了。审企业工作量大,一去几个月,但审计成果并不大。国有企业的管理和监督相对还是比较完善的。

我们还是要抓主要矛盾,抓重点嘛!他居高临下地说。

接着孟晓端谈到了商务厅。商务厅不是我们处的对口单位,他说,2009年厅长交办,由我带六个人去审计了四个月。商务厅是由过去的商业厅与外贸厅合起来的。按照规定和惯例,财政预算金额大的,一般在几个亿以上的,我们才去审计。这样的大厅约占1/3。现在审计重点发生了变化,不再这样强调了。一是达不到,审不了1/3这么大的面,二是财政预算少的厅局就不应该审计,就没有问题吗?不合逻辑嘛!所以那次审商务厅,不是由于它是个大厅,也不是发现了有什么问题,只是觉得由两个厅刚刚合并在一起,难免会有一些遗留问题理不顺,帮助审计一下,只有好处,没有坏处。

审计结果表明,截留、挪用、管理不规范、私设小金库,问题不少,违纪资金达3000多万元。起草了处理意见书,郭厅长拿着去交换意见,我也跟着去了。

内部管理有问题,财务管理混乱,这是省直厅局的普遍现象。好的厅很少。但系统管理的部门稍好一些,例如工商局,违纪资金才几百万——才几百万,听着是不是觉得有点别扭,几百万还"才"?没有办法,事物都是相比较而存在的。

按规定都可以进行严肃处理,但效果不一定好。郭厅长与他们反复交换意见,决定以教育和整改为主。当然党政纪处理、罚款,都是必不可少的,只是没有移送。好多问题内部处理了,三产经理们,有的免职,有的换岗。财务处正、副处长都换了。好多问题不是个人干的,不通过审计推不动,审计了,把事实摆出来了,就好办了。移送的效果不一定好。

有些问题得到纠正就行了,树立遵纪守法的观念,也算达到了目的。

孟晓端总能把问题说得很宏观,事情的叙述也简单明了,不会使你陷入一团乱麻之中。

他说,郭厅长把审计力度明显地加大了。各个厅对审计厅的敬畏感增加,往审计厅跑得也勤了,把审计厅放在眼里了。张家口经责审计,承德市兴隆县审计,和这次正在进行的唐山市经责审计,都震动很大。郭厅长讲话有嗓门,把审计的事在各种场合向外讲,宣传审计,"推销"审计,他的朋友很多。

省政府参事室请求审计厅审计他们,副厅级单位,主任詹文宏跟郭厅长是朋友。他们是搞统战的,很懂艺术,有书画馆。内画大师王习三的内画鼻烟壶经常被他们拿去送给统战人物。主动要求审计,这说明审计的影响力到了。

郭厅长就让我们处去了。前不久的事,零散审了四个月。他们把账抱来,装满了四五个箱子,要求看财务规范不规范。我们就一张一张地翻,发现问题也不少。一把手对管理不太懂,虽然要求很严,但用我们的尺子一量,也还是有问题。一把手之所以请求我们去审计,是怕被下边的人鼓捣坏了。原来对审计不认识,当然也就不希望我们去。我们审了他们三年的账,他又让把他当一把手以来八年的账都审了,我说力量不够。过去哪儿有这种现象?列入计划的审计,都千方百计地拒绝和排斥,哪有主动要求审的?这与一把手的开明不无关系。既然逃不过审计,不如早早面对。违纪资金几十万,审计出来了,问题揭示出来了,领导很欢迎,毕竟是个小窟窿,变成大窟窿就不好办了。

苗增国是石家庄赞皇县西龙乡梅家庄村人,1966年生,石家庄地区财贸学校毕业,先在赞皇乡镇企业办公室、县审计局干,后到河北经济管理干部学院攻读审计学,取得大专学历。调省审计厅后,在行政事业处、农业处、经贸处、监察室、外资处、经责处，先当一般干部，现为金融审计处处长。这期间又到天津财经大学财政专业读研究生，因为英语不合格而没有学位，只有研究生结业证。不罢休，又到中央党校学三年政法，取得了学位，有了正式毕业证。在学历的旅程中，一步一个台阶，中专、大专、研究生、硕士，终于修成正果。

我们感到，他永远也摆脱不掉农民的朴实和对土地的依恋。种地三年亲如母，丢掉土地没吃喝。他就像一个老农在耪地，一锄一锄，一垄一垄，每个操作步骤都不马虎，最后收获成果。

苗增国像呵护庄稼一样呵护着自己。所有不利于身心健康的事，他一概不做。不喝酒，不抽烟，不喝茶，不打麻将，也不打扑克，但是爬山、上网。爬山是为了锻炼身体，上网是为了充实知识。

从外表上就能看出，他精干挺拔，棱角分明，除了一块块肌肉，没有一点脂肪，而头脑的灵活、语言的敏锐和机智，则表明了知识的充实。

这种品质最精彩的展示是在 1994 年，组织部和人事厅在审计厅搞竞争上岗的试点，17 人报名，选了 5 个，他就是其中之一，他那时 28 岁，是全厅最年轻的副处长。

现在作为金融处长，他告诉我们，国家的几家大银行省厅是无权审计的，但是省属的商业银行、农村信用社、证券公司、投资公司，是可以审计的。

他说，金融的专业性很强，与财政相对独立，有自己的一套法规，自成体系，与财政不搭界。经营的全是货币，特殊商品。用计算机管理，信息化水平高。这样金融审计也就有其自身的特殊性。数据分析，大量的数据分析。小的银行存款也一两百亿，河北银行资产达到上千亿，主要是存款。

有的银行是国有资产控股。国有资产控股，不见得就是国家财政控股。河北建设投资公司也是国家控股，还有华北制药厂也是。

银行吸收自然人存款，然后再发放贷款，吃利息差。存款利息是 3％，贷款利息是 5％。银行必须保证有 25％的存款不能放贷，这是风险资金。入股资金可以存在其他银行吃利息，如存在建行、工行等，这叫同业存款，也可叫拆借。这些规则，审计都要清楚。

按照规定，延期贷款不能超过一半以上的时间，超过算不良贷款。对于银行贷款我们用"五级分类法"进行监督：正常，关注，可疑，次级,损失。后边三类算不良贷款。规定对单户贷款不能超过银行资本金的 10%。全国性银行资本金不能低于十个亿,地方不低于一个亿。

我们按照这些规定,组织设区市审计局开展对全省农村信用联合社部分分支机构审计,揭示风险,维护安全。最后审计共查出农联社违法违规资金 28 亿元,其中净调增不良贷款 9.40 亿元,贷款不良率调增 3.61 个百分点;违规发放贷款 17.31 亿元;损益不实 1.12 亿元。审计还发现部分业务存在管理不规范问题 31.31 亿元。

6. 军人与"财神女"

不知怎么的,作者就把李树新和张京红联系起来了。

遵循财政大格局,念好财政这本经,这两位女士各有千秋。

作者搜集素材时,李树新拿出一个光盘,那是她按照厅领导的要求,组织相关人员编写的名为"乱象"的宣传片。说的是目前财政、财务管理存在的各种混乱现象:信息失真,收支失控,职能弱化,乱象横生,触目惊心。然而表格数字,插画照片,色彩鲜艳,图文并茂,表现极为直观,展示感性真实,生动活泼,吸引眼球。

作者惊叹:财"经"是可以这样宣传的!从反面入手,先见识一下念乱了的"经"是什么样的,真正的"经"才显得更加可贵。没有规矩,不成方圆,经乱法失,何以理财?

与"乱象"形成鲜明对照的是,李树新的整洁和端庄,语言明快,举止有度,一看就知道她是一个循规蹈矩的谨慎之人,天生"乱象"的天敌,所以能把《乱象》编好。

张京红就截然相反了,热情,火辣,色彩鲜明。座谈之前见过两次面。第一次是在郭厅长的餐桌前,她好像是红裙黑袜站在面前,然而比这更强烈的不是红与黑,而是她脸上的光彩和火辣的目光。因为被郭厅长叫过来跟陌生人见面,无疑是一件比较惬意的事情。郭厅长说,这是我们的"财神女",可能干了,可以谈一谈。

第二次见面是在楼梯口,裙和袜都变了颜色,不变的是那脸上的光彩和火辣的目光。不认识我了吗?她大大方方地叫住作者问。作者回答,认识,张处长!

她的热情和火辣好像不适合搞财政,因为财政是数字的排列,枯燥无味,适合性格比较内向的人去搞,内向的人能忍受数字的冷漠无情。

然而，错了。数字并非枯燥无味，更不冷漠无情，它们的身上反射着人类投过来的欲望和热情，是一种最能跟人沟通的活物。难道不是吗？一长串阿拉伯数字，肯定会放射出万丈光芒，吸引你的眼球，这不就是与你沟通了吗？

它与你沟通，你也得会跟它交流，否则就要出麻烦。张京红就很会跟数字交流，以她全部的热情和泼辣。

两位女将性格迥异，风格不同。

李树新出生于保定市。"文革"初期小学毕业，16岁当兵，三个月新兵训练结束后，打起背包走进广州军区某分部医院大门。一年后，调入医院政治处搞新闻报道，后调入石家庄军械工程学院政治部。"百万大裁军"时，以副营职宣传干事的身份转业到审计厅，仍然干老本行文字工作，具体负责编写简报信息。本以为轻车熟路，但第一次编写一篇不到300字的简报，被领导改得体无完肤，几乎找不到自己的字迹，她懵了。怎么会这样？身旁的老同志看到她尴尬的样子，宽慰她说：没关系，你不懂业务，熟悉业务就好了。不懂业务？她被一语惊醒。

疯狂而坚韧的自学开始了。她一看到别人注视自己的目光，学习的劲头就倍增，因为那是对转业军人的专用目光，很尊重，很同情，很无奈，很瞧不起！

她要改变这种目光，但在自己没有掌握审计业务之前，只能忍受，把劲儿都用在学习上。已经34岁了，再不迎头赶上去，就没有机会了。

机会来了。1994年全国第一次审计师考试。全厅有90多人报名，全是财经科班出身、过去的财会人员、当前的业务尖子，以及新来的本科毕业生。

然而，李树新报名了。大家向她投来疑惑的目光，意思好像是说，这不是开玩笑吧？

李树新微微一笑，算是回答。她开始艰苦自学，刻苦攻关，没有声张过，也没有耽误本职工作。每天下班后，做好饭收拾完家务，就坐在灯下看书。同事们只见白天谈笑风生的她，不见夜晚全力拼搏的她。哦，看到了她的黑眼圈，她说是睡眠不好。当然不好，她没有时间睡啊！形势已经把她逼到悬崖边上。审计师考试涉及会计、财政等基础学科。为了真正掌握这些基本知识，她报了财会专业自学考试，经过努力，她一次就通过了会计原理、政治经济学、审计学原理、财政学四门功课。

现在轮到了最具权威性和挑战性的全国审计师考试，而且是第一次，万众瞩目。

最后的结果是，全厅有 13 人合格，李树新是其中之一！

大家对她刮目相看。

1992 年李树新被提拔为副处长，时年 38 岁。两年后，作为最年轻的综合处处长负责全厅的文字材料、计划统计、法制建设及计算机工作。终于在 1997 年跨入业务处，任命为商贸处（现在叫企业处）处长，真正的业务处女处长！那时候郝婷还只是个主任科员。

这是转业军人的光荣。

到商贸处，李树新打响的第一仗是粮食挂账审计。这项审计任务重大，是当年朱镕基同志组织的全国五大改革之首。凭着当综合处处长练就的综合协调能力，她与处里的同志认真研究，组织了由省纪委、省财政厅、省发改委、省农发行及审计厅商贸处人员组成的 11 个审计小组，分赴 11 个市，开始了大规模的粮食清查审计。审计的组织实施过程，是一次理论与实践结合的过程，财政挂账，政策性补贴，虚报冒领，经营性亏损，政策性亏损，她一边和大家核查、核实，一边努力掌握与之有关的政策和会计知识。八个月后，不仅每一项问题、每一个步骤都按部就班地搞了下来，还高质量完成了粮食清查审计任务，核实全省纳入清查审计范围的 2438 户粮食企业新增财务挂账 55.69 亿元。在上报审计结果的同时，又专题向审计署和省委、省政府做了《关于粮食问题的综合报告》，对粮食改革、农业结构的调整、农业产业化及有关方面的问题进行了分析，提出了建议，引起省领导的高度重视，省长、主管粮食的副省长和审计署刘家义审计长都作出重要批示。

组织的第二个大审计项目，是对全省旅游行业的审计调查。李树新指挥协调，方法得当，很快取得调研成果，发现河北是一个旅游大省，有山，有海，有草原，有平原，有名胜古迹，有革命圣地，但没有形成旅游产品，旅游市场不好。调查后用数字说话，能建多少景点，能带动多少就业，如何把旅游做大做强，等等。调查报告上报后，省长作出批示，认为很有前瞻性，要求省旅游局落实。

李树新的业务能力和综合协调能力无可争议地显示出来。为了让她发挥更大的作用，张成起把她调到法规处任处长，配合他抓好审计署"六号令"的落实。这是规范审计人员行为的条令，约束自己，阻力很大。为了把这项工作抓好、抓实，她按照张成起厅长的要求，在全省审计机关组织开展了精品工程创建活动，制定了以审计质量为生命线、争创一流审计工作、营造争优创先氛围的精品工程创建活动实施方案，下大力组织"六号令"的培训研讨，开展精品项目评比，并将评选出来的优秀审计项目做成幻灯片、展板、小册子，在省属各地组织巡展、点评，让审计人员边看边学边规范。就这样，"六号令"在河北省普遍推开了。

李树新本来是不愿意到法规处来的。业务处是和被审计单位打交道，下去审计，别人都敬着。法规处就不一样了，是和自己人较劲，干的大量工作是挑自己人的错，找自己人的毛病，受累不讨好，但服从是军人的天职，部队的光荣传统还在她的血液中流淌。

她到了法规处，努力去干好，并逐渐爱上了这项工作。

另一位"财神女"就不是这种发展模式了。

张京红，张家口涿鹿县南二堡村人，1990 年毕业于北京商学院商业经济系市场物价专业，先到河北省粮食局机关服务中心，又到下属饲料公司当会计和出纳。饲料公司办三产，投资建高尔登大酒店，她当酒店办公室主任。后来不办企业了，成立粮油集团总公司，开始走下坡路，她一边上班，一边做义乌小商品代理，为下岗做准备。然而，没等到下岗，她就考上了公务员，把自己的小公司卖给别人，结束了十年的商海生涯，到了审计厅。

2009 年提拔为经贸交通处副处长，也是凭揭示问题上来的。继续揭示问题，并显示出对"经"的特殊感悟能力，这也让厅领导"体察"到了，便知人善任，让她当了财政审计处副处长，并兼任办公室副主任，主管机关财务。

她的才能马上显示出来。先是跑指标。厅领导从上面沟通，她在下面跑，只用 20 天就跑来了 15 个编制和三个正处、三个副处的职数，成立了财政中心。

张京红身上似乎有一股神秘的力量。直到与她面对面座谈的时候，我们才解开了这神秘力量的要素和源泉：好的能力，好的性格，赶上了好的用人机制。

漂亮，热情，火辣？色彩鲜艳，一天一换的衣服？红与黑，蓝与紫？噢，承认，这算一部分，但只是一小部分。主要还不是这个。

主要是她的能力和性格完美结合。

张京红的整个叙述都是在笑声中进行的。当然只是偶尔会笑出声来，但那快乐的表情，轻松的语言，流畅的节奏，使你感到，她在弹奏一首欢快的钢琴曲，从头到尾，让你喜笑颜开，欢畅无比。

这种好性格，这种乐观精神，本身就是一种无坚不摧的强大力量，再加上她的能力和那种对财政的敏感，还有什么困难能把她阻挡住呢？

张京红说，预算执行审计，每年必须搞。2010 年，署出台财政审计范围，投资、工交、金融等跟政府有关的投资都纳入财政审计范围，财政审计大格局更是把几乎所有审计项目纳入财政审计。一般过了春节就进点，审到 5 月初，起草审计报告，这都是我的活儿。6 月向省政府提交审计工作报告。对工作报告反映出的问题，人大会提出意见，要求整改。整改情况再向人大报告，又是我起草。还有直管县的审计，只要是财政的都到我这儿汇总，起草报告。特别琐碎，需要分析归类，要以预算执行的形式出现。部门预算执行，省本级财政管理，专项资金审计情况，基层审计的情况，重大投资项目审计情况，企业审计情况等，都得综合在一起。6 月把头一年下半年和当年上半年的情况汇总，7 月写出报告，也都是我的活儿。

这些任务已经十分繁重了，如果没有乐观的精神，肯定是要被压垮的。

她又说到，自己经常被抽出去。中纪委办"11·19"案件，抽我。省纪委办张家口土地案，抽我。从 2010 年开始，省纪委一有大案就叫我，从未断过。最多的时候三个案子重叠在一起，必须一笔是一笔。案件都是我们前期审计出来的，所以离不开审计。

还有机关财务这一块。办公楼改造，我得去找财政厅要钱，专项资金我得去催拨，办公经费我得去争取。办公室求人的事特别多，我永远要笑脸相对，迎来送往。各种报告都要推到夜里去写。

还有每年要安排两个市的财政决算审计，搞三个直管县的审计。省厅统一组织，统一方案，统一进点，统一处理，最后都要汇总到我这儿，向人大写出整改报告。

能力和性格的完美结合，使她无坚不摧，坚韧无比。没有这完美的结合，单独只有能力，或者单独只有好性格，都是会被压垮的。而这个完美的结合，又是厅党组推动的和谐环境和有效机制带来的结果。

7.要砍到肉厚的地方

这个人把财"经"念到了四川地震灾区。

四川汶川地震发生了。河北派出了援建团。纪检、监察、审计跟踪监督。

审计厅派谁去？有人提议，郭明勤拍板。虽然来的时间还不长，但他对正处长、副处长几十个人，心里已经有了一本账。

他说，就让李石祥去吧！

李石祥身高1.85米，体重230斤。白胖，帅气，声音洪亮，标准普通话。这是社会发展的成果。他如果不是40多岁，而是50多岁，肯定就把他家乡的邯郸口音带出来了，那是近似河南话的有趣的方言。

他是邯郸马头镇木鼻村人。村头有一座小庙，供奉的泥塑鼻子掉了，就安了个木鼻，所以叫木鼻村。

木鼻村走出来的李石祥很给家乡争气，省商校毕业，学的是会计，党校三年，学的是管理，1987年到省厅，现任固定资产投资审计处副处长。获三等功四次，嘉奖、优秀党员、省劳模、青年卫士荣誉满身。

现在他要到四川去了。

李石祥说，到四川跟踪审计，包括审计资金，资金管理是否有效，谁设计，设计费合理否，谁施工，谁监理，项目建立书，批复概算，建设用地批复，施工许可证批复，还有检查建材质量等等，有好多项目。通过审计，质量有隐患得揭露，资金管理出现问题，如浪费等，得揭示，招投标造假，得移送。

他说，对口援建的是平武县，属绵阳市管。三年共28个亿，每年投入九个多亿，有108个援建项目。河北省对口援建办公室和前线指挥部都来到援建现场。发改委、教育、水利、民政等也都去了。当时包括捐赠的十个亿，已到位资金共17亿元。这可是个大数啊！审计重任在肩。

平武县是个长条形，坐北朝南，一溜儿排开：平通镇，邯郸援建；响岩镇，保定援建；南坝，唐山援建；县城龙安镇，石家庄援建。一个大工地分布在这四个镇 120 平方公里的地面上。

面对热火朝天的建设场面,李石祥心里很没底。到处是无私援助,感谢支持,握手拥抱,热泪盈眶,难道这里边还会有什么猫儿腻吗?

郭厅长来了。他更是被这种全国一盘棋的场面所感动,不时地对李石祥说,看到了没有,这就是国家的力量,没有国家,哪儿有小家?这就是无私奉献的精神,一方有难,八方支援。如果人人都打自己的小算盘,这事就干不成了。石祥,好好学习吧!

李石祥本来想听听他对审计的指示,没想到是让他好好学习,就情绪不高地说,是的,我到这儿,光学习这个了。

心里话是,咱们这样学习下去,审计谁来搞?难道厅长把自己的职责都忘了吗?要不要提醒他?

看到郭厅长那高涨的学习热情,深入当地居民询问伤情、查看现状的投入精神,他又不忍心让厅长这个大公无私的人,以高尚的君子之心,去度那些小人之腹。让我们以正常人的心态,清静清静吧!享受享受吧!

可晚上没人时,郭厅长把李石祥叫到屋里说,石祥,我们该收收心了!

一听这话,李石祥心里踏实了。厅长怎么会忘记自己的职责呢?即便他刚到审计厅,对审计业务还不太熟悉,但他当过市纪委书记,从纪律监督的角度也可以指点一二。

郭厅长说,我们不能被表面现象所迷惑。现在的精神、气场、环境都很好,所有人的心态都昂扬向上,但是你要记住,人的心态是不断变化的。白天可能昂扬向上,晚上就可能走向低迷。工地上热火朝天,某个角落却可能阴冷无比,可能有人在那里盘算着如何偷工减料。尽管他在一小时前也被无私援建感动过,但面对那么多物资和资金,隔着玻璃亲不上嘴,心里也不好受。私利对某些人来说,吸引力最大,而且推理的方式极为简单。我贪了,就我得了。没想到还会得不偿失。螳螂捕蝉,黄雀在后。

李石祥立刻跟上去说,我们就是黄雀!

郭厅长笑了一下,那你去当吧!不包括我。

李石祥也笑了,笑得非常痛快,跟一把手的距离也没有了,亲如兄弟。

他想,郭厅长到底有当纪委书记的底子,马上就想到了捕蝉。但是下面的话，更让他刮目相看。原来他不仅有纪委书记的底子，还有审计专业人员的水平，说的都是内行话：投资概预算，挤占建设成本，虚列开支，结算不实等等。

最后郭厅长提出，你要全过程跟踪，全覆盖审计。工作重心是，不能出任何问题，资金的使用效果和作用，一定要审计清楚。

内行、专业、准确、扼要，李石祥深以为然，赞不绝口，颇受启发，有了信心。有了领导的决心和指令，行动起来，打开局面，就有了巨大的力量，可以做好下面的工作了！于是郑重表态说，明白了！

三个字，虽然简短，但说得虔诚，有力而感人。配上那嘴角的一抿，庞大身体的一颤，你会知道，定有一股强大的力量冲出去，好似出膛的炮弹。

他信心百倍地转身要走，郭厅长叫住了他。

再给你配几个人，你自己挑。厅长说。

太及时了！李石祥本来想张这个要人的口，犹豫再三，还是没好意思。现在不仅可以给人，而且还能自己挑，那就不客气了。懂工程的，精财务的，善野外作业的，狮子大开口，但郭厅长还嫌他说得不到位，又补充了，懂得纪检的，了解当地社情的。他倒有些替厅长为难起来。咱厅里哪儿有这么多人啊！别的工作还干不干，都给你赶到四川来？

郭厅长说，太狭隘了不是？咱从援建大军里抽啊，什么人才没有！结果，各方面的人才都让他抽来了。老郭这个人他还不了解，关系甚广、甚好，最善于调动别人的积极性。

李石祥如虎添翼，在几个关键节点上都安排了自己的人，全覆盖，而且他还给援建各部门建章立制——审计联席会议制度，每月底召开；灾后报送资料制度，跟踪审计巡查制度，两周巡查一次；不定期抽查援建项目制度；重大决策报审计组制度；隐蔽工程提前报告制度；浇筑属于隐蔽工程，浇筑之前要报告审计人员，他们要到现场看，看用的是几号钢筋、用了多少，用的是什么标号的水泥，混凝土配比如何，等等。

这些做法得到审计署肯定，并报送到国务院。

副省长批示表彰。

地震后被夷为平地的平通卫生院正在按照新的图纸建造。那效果图他一天看好几遍，希望河北人民给四川人民建一个标志性工程，扎扎实实，坚不可摧，绝不缺斤短两。

这里羌族群众多，给兄弟民族建卫生院更不可马虎大意。

承建单位是绵阳建筑公司。李石祥说，我们跟他们比开了眼力，看谁的眼力好。咱们审计组也有懂工程的，我也懂，但我还是让那位更懂的人根据结构图把钢筋含量算准。算的结果应该是253吨钢筋。

我就去找那个施工单位的预算员去了，问用了多少钢筋，他说286吨。我说根据预算，你们用多了。他说实际就用了这么多，反正越多越坚固。我说那可不见得，根据力学原理，最平衡的结构才最坚固，打破平衡，无论用多用少，都不坚固。他讨好地笑了笑说，下不为例！下不为例！说着就要走开。

我说，你别走！多用了30多吨钢筋，说走就走？

他吃了一惊，会多那么多吗？

我说，接头余量都给你考虑进去了，应该是253吨。再有误差，也差不了10吨吧？你却差了30吨！

他不服气，就跟我对着图纸算细账，以为我不懂，想把我绕里边，但算了两天也没把我绕进去，他反而承受不了啦，不露面了，说出车祸了。

我就把项目经理叫来，预算员还是不露面。我说那好，咱们就查查资金吧！他说河北已经把资金拨过来了，打到我卡上了。

李石祥一听，吓了一跳。援建资金怎么能打到个人卡上？财务监管太差了！500多万元援建资金，可视同救灾款，打到个人账卡上，变成个人资金，无论是会计法、公司法，还是商业银行法，都不允许这样做。

当他把"包账"——就是把账本、票据一股脑装进一个包里，拿来的时候，一查对，漏洞百出，跟银行的流水也对不上，钢筋根本没有买那么多，钱却不知到哪里去了。移交吧！

下一个例子我真不想给你们再描述一遍了，太可怕了！正在施工安装一个电梯，上面应该有两根梁吊住。梁得用30个圆到35个圆的螺纹钢，浇注水泥完成，这样才能至少承重200吨以上，但他们一根梁也不用，直接吊在井盖上。这太悬了！太危险了！要死人的！我立刻写了紧急通报。河北省援建指挥部指挥长张平军来了，县委书记也叫来了。

这是政治！张平军大声喊道。审计把这个问题发现了，否则要死人的！

第二天就让我给援建单位和施工单位的干部和工程管理人员讲课。我把在审计中发现的问题和问题隐患都一条条讲了出来，并提出预防措施和合理化建议，对保证施工质量起了很大作用。

援建的资金多少个亿打过来了，全国人民掏个人腰包的捐赠也多少个亿打过来了，打过来就完了吗？远远没有。人们都在下手抢这笔钱，都抢光了，还怎么重建？建楼，楼房塌；治河，河堤破。

为防山洪冲击，要往河里抛石护角，但他们没把大石块抛进河的转弯处去护角，什么也没有抛，让买石头的钱打了水漂儿，进了个人腰包。

以为是水面以下的工程，审计也没有办法，但是李石祥动用关系借来了一台挖掘机，往下一挖，水"落"石不出。那就对不起了，工程款就别拿了。给国家节省一点是一点吧！

审计成了抢钱人的一块绊脚石，必须搬掉。

李石祥说，一是威胁。打匿名电话，你让我们倾家荡产，我们也要让你家破人亡！还不赶快把图纸还给我们！二是利诱。给我 20 万元，我说，快拿走吧，要不我交公了。真有钱你就捐给小学吧，好事坏事都做些。

审计成为最后一道防线。

李石祥说，刘家义审计长到绵阳听汇报，河南、山东、辽宁、河北各省都来了。叫绵阳市审计局长汇报，局长说让河北说说吧，他们做得好。于是我就代表四个援建省汇报，说了"全覆盖"和"全跟踪"，充分发挥资金效益，确保工程质量等。刘家义审计长说，都说没法跟踪，河北怎么就可以？一刀下去，不能砍骨头上，要砍到肉厚的地方。

第九章　喜雨

　　难道审计还能普降喜雨，滋润众生吗？能的。它是个免疫系统，让你不得病；它推出一座金山，让你富有。这还不够吗？

　　够了，够了。审计是国家的聚宝盆，百姓的摇钱树，防腐的护城河，时代的晴雨表，治病的白衣天使。

　　"政之所兴，在顺民心"，"民为贵，社稷次之，君为轻"——古代先贤对民生问题这样说。

　　民生问题能否妥善解决，既是国家治理水平的体现，又在相当程度上决定国家治理的政治方向，也关系到国家治理的公信力。

　　国家审计机关把维护人民群众利益作为根本目标，促进经济社会和谐可持续发展，推动保障和改善民生，推进建设资源节约型及环境友好型社会。

　　美国审计署提出过四个战略目标，包括应对美国人民福利和财政安全方面面临的挑战，应对全球一体化的挑战和安全威胁，推动联邦政府转变职能和迎接 21 世纪挑战，使美国审计署价值最大化。美国审计署的八大审计关注领域中就有三项直接和民生相关：一是变革中的美国经济；二是美国人口的老龄化和多样化；三是美国人民的生活质量问题。由此可见民生问题被关注的普遍性。

　　多年来，在中国国家审计中，始终把监督检查国家关于民生和资源环境保护政策措施的贯彻落实情况作为重要内容，高度关注涉及人民群众切身利益的问题,关注涉及"三农"、城市低收入群众以及教育、医疗、住房和社会保障等民生工程和资金的管理,关注资源开发利用和生态环境保护。仅"十一五"时期,全国就审计民生及资源环保类项目和单位 13 万个,通过上缴财政、促进滞留或截留资金拨付到位等方式,为国家增收节支 1107 亿元,促进了各项惠民及环保政策措施和资金落实到位。

农村低保资金,困难群众的"活命钱",是否足额发到了老百姓手里? 2010 年,河北省审计厅组织实施了对 2009 年度农村低保资金管理使用情况的审计,在 8 个设区市、15 个县、31 个乡(镇)、82 个村,审计人员走村入户,逐笔核对,进行延伸审计和调查。检查出农村低保资金在市、县、乡、村的管理环节中存在的多笔违纪违规问题,发现多起案件线索。目前已有 68 人分别受到不同程度的党纪政纪处分,5 人被依法追究刑事责任。

这个项目又在审计署拔了头筹,受到表彰。

1. 及时雨

这个出生在 1963 年,与"三年自然灾害"擦肩而过的陈彦丰,似乎更知道风调雨顺、年年丰收意味着什么。意味着他可以不再挨饿,长好身体,完成学业。

站在审计的角度回忆过去,给人们带来饥饿、大放高产卫星的年代,哪儿还有什么审计! 于是"三分天灾,七分人祸",连年歉收,饿殍遍野。

陈彦丰在兔年告别了那个时代,生得高大魁梧,河北师院中文系毕业,毕业后就留校了,后来抽调到省委组织部帮忙,又到监察厅、省纪委,1994 年到审计厅,人事处、经责处、办公室都干过。

当时的兔年真是立了大功,因为这一年已经基本渡过了饥馑年代,人们吃饱了,出生率回升,所以相对三年困难时期来说,这一年出生的人特别多,把几乎断了的香火给续上了。

当下这批人正是好年华,成为各行各业的骨干,当领导干部的也不少。

过去法规处不被人重视，认为不如业务处实惠，空洞抽象，没有什么油水，所以都不愿意去。

郭明勤却有不同看法。依法审计，离了法规处行吗？中国最缺的是规则，最不缺的也是规则。最缺那种约束人的规则，最不缺那种有名无实、落实不了、说了不做（这种规则太多了，连篇累牍，铺天盖地）、做了不说的规则。这种做了不说的规则，叫潜规则，所以必须依法审计。要依法审计，就必须加强法规处的作用。

靠什么办法让大家愿意去法规处？讲道理没用，大家的道理比你讲得好。很简单，重赏之下，必有勇夫。实职处级干部，谁去法规处任职，干得好，会给予优先提拔任用。

勇夫来了，那就是段宁。段宁自告奋勇，愿意到法规处去当处长。

段宁去了，而且干得很好，很快就被组织部门任用考察，升任了副厅级！

第二个想到法规处当处长的人可就没有第一个那么简单了，不是谁想去就能去得了，因为大家都想去。得挑一挑，选一选，是骡子是马，得拉出来遛遛。

最后竞争到这个位子的人是陈彦丰。

法规处在他的领导下再不是什么空洞抽象的部门，而是有干不完的事情。

陈处长说，法规处现在是个大处，九个人，做计划、统计、审计质量管理、优秀项目评比、质量检查、审理、法制建设和宣传，管理内部审计、社会审计和会计事务所。全厅每年的审计计划都是由我们做出来的，干什么、审计哪些部门、哪些项目，都要由我们拿出方案和计划来。

一是制订计划。这计划包括必审的、上级交办的和自己安排的三种。必审的是指政府财政预算执行审计。除了审计省财政厅之外，还要抽取 20 个省直部门进行审计。上级交办的，是指上级领导指定的审计项目。另外还有自己确定的审计内容。针对这三种情况，我们统筹计划和安排。

二是实施审计。组成审计组，发通知书，告知被审计单位审什么、提供什么材料，到现场调阅资料，制订方案，本着什么思路、选择什么重点等等。我们法规处在审计过程中主要是提供法律依据。

三是审理结果。审计结束后，审计组要给被审计单位出具报告，列出审计出的问题，拿出处理意见，提出整改措施。这个报告要先报我们这儿，经过法规处分析审理，拿出意见后，再报领导研究，讨论定稿，然后以此与被审计单位交换意见。

四是后续管理。主要是落实处理决定、档案管理、统计、报数据、有多少违纪资金、上缴财政多少等等，依法做好监督管理。

陈彦丰作了上述介绍之后，微笑地看着我们。就是这个微笑把他暴露了。我们猜想，他本意是不想作这种常识性陈述的，但考虑到我们的作品将是一个窗口，借机向社会介绍一下审计工作，使大家知道审计是干什么的，有何不可呢？

普及常识之后，他接下去会说些什么呢？

他说，审计难啊！

果然一下子就谈到问题的实质。

是的，这是问题的实质。郭厅长要加大审计力度，就是针对着审计难说的。不加大力度，就不足以突破这个难。

我们洗耳恭听。

陈处长说，审计难的核心的问题是外部环境的影响和压力。从体制上看，审计厅是省政府的一个部门，也就是说，是政府的一个组成部分。因此，省政府说话，对审计厅压力最大。政府大于审计，这是个体制问题。另外在工作机制上，各个执法部门形不成合力，各干各的，都有自己的利益驱动。审计的权力是有限的，只审计财务，怎么制定财务政策管不着，处理也管不着。查出很多问题，有的是违反国家政策造成的，有的是采取非常规做法造成的。三年大变样，必须这样干，按常规办不到，拆借资金，手续后补等等，问题接踵而来。还有制度本身的问题，有的规定和制度很难按规定的尺度去落实，实际执行中几乎都没落实，但我们审计到某个单位了，查出了某个单位的问题，别的单位却都漏掉了。例如文化事业费，规定要缴收入的2％，但都缴1％还不到，政府让税务部门代征，税务部门也不积极，征不上来。

陈彦丰说罢这些，停顿下来，好像不想再说下去了，因为从宏观上制约审计的东西太多了，要改变和扭转这种局面绝非易事，只有靠深化政治体制改革来解决。

咱们还是谈点儿具体的吧！陈处长说。从我们审计内部来讲，制度也不是很健全。在审计过程中，亲朋好友，上下左右，四面八方前来说情，给审计人员造成很大的思想压力和工作阻力。如何控制这种不健全所带来的不利因素，把它化解到最小？郭厅长搞了重大事项直报制度,审计情况直报厅长,由厅长直接控制。这样就减轻了下面人的压力,说这事报给厅长了,得集体研究讨论,谁还敢隐瞒和消化?实行重大问题登记制度,谁查的问题多,准确无误、质量好,就提拔重用谁。

陈处长说到这里,看到作者很开心,便马上语气一转,但是,这样也不能乐观。我们审计出问题来,被审计单位绝不会痛快承认,更不会配合你的工作,以便把问题进一步弄清和解决好,而是"躲、拖、骗、闹、磨"。这"五字真经"是我给总结出来的。他知道你审计有时间限制,不能总留在现场,所以他就躲起来,不露面。钻窟窿捣洞把他找到了,但找到的是个半死不活的人,干什么事都给你拖,让他拿账,找不到,让他带路,肚子疼。最后实在拖不过去了,他就开始编瞎话骗你。可是我们早就提防着这一手呢,立刻摆出证据来堵住他的嘴。他无话可说了,便跟你胡搅蛮缠,大闹起来,搞得乌烟瘴气、天昏地暗。最后一招儿是磨,总在你屁股后面跟着,走到哪儿跟到哪儿。咱又没有手段。所以要把问题搞清楚,要素齐全地拿到领导那儿,都必须经过这五关。这是智慧、勇气和韧性的较量。

看来我们的审计干部还真得像关云长一样,过五关,斩六将。文明执法,要求甚高。

我们挽救了一个企业。陈彦丰接着说。

作者肃然起敬。真想看到文明审计会有这样的作用。我们的审计人员在战胜各种不利因素,顶住方方面面的压力之后,能达到这样一个目的。

陈处长说,通过审计我们救活了保定天鹅集团。是经济责任项目的审计,遇到的各种阻力和刁难就不要去说了,最后总算把问题审计清楚了。天鹅集团是一家国有企业,却对个人投资,造成了巨额损失。厂长一开始本来没想这么干,但是当地政府为了出政绩,老向他压担子,他又是刚刚上任,怎能不开拓进取向前闯?老厂长留下自有资金两三个亿,却被市委书记批评是老守财奴。当时他30多岁,不能像老厂长一样当守财奴,要有作为,便头脑发热,把6000万元交给廊坊龙昌房地产公司,在上海搞资金合作项目。接下去却无声无息了,好几年没有回报,合同到期,一分钱没回来。我们审计发现了这个问题。这可是个大窟窿,揭示出来,将大大有损政府和企业的形象,阻力能小吗?

他沉吟半天还是没有说出遇到的阻力和刁难,看来确有难言之隐。

陈处长继续说，我们审查了真假两套账目，到银行对账，没有查到用于投资的那笔钱。钱没有到那家公司，而是入了个人账户，炒股去了。我们找到炒股的人，是河北证券公司一个操盘手。由于我们懂得账目，又熟悉政策法规，大部分款项帮助他们追回来了。

另外还有一笔，陈处长接着说。天鹅集团是化纤厂，厂长却再一次头脑发热，搞了一个编织袋企业，从澳大利亚引进技术和设备，投资200万美元。班子成员都反对，但厂长立功心切，一意孤行。结果市场销路不好，只得停产，厂房机器锈迹斑斑。更为严重的是，还要投资两个亿，搞短丝化纤，后来由于我们的审计，停止了运作，否则损失不可想象。审计之后，我们提出合理整改措施，使天鹅集团起死回生。当然对那个厂长也没有一棍子打死，虽然造成损失，但没进个人腰包，报省纪委，给予严重警告处分。

陈处长有仁者之心，又有谋士之道。得先把审计对象征服，才能施以教化，否则谁会听你的呢？他去衡水市审计，采取了三轮突击法。先查阅账册报表等各种基础资料，进行审计。一周后，第一轮突击查库。划分为金融、财政、经责三个组，又分十个小组突查。查出了一批小金库。再过一周，第二次突击检查乱收费现象，侧重学校和事业单位。第三轮是企业，突击检查财务管理，重点是财政奖补资金的使用。许多高科技项目和环境治理都有国家财政补贴。一个月后，审计结束，跟市长交换意见。

这之前，没有审计，也就没有发言权，人家不听你的。表面上欢迎，内心里反感。审计之后就不同了，陈彦丰提出了六点：第一，市政府制订的政策与国家政策不符；第二，财务管理基础薄弱；第三，乱收费的小金库严重；第四，该收的一些税费没收；第五，工程手续不全，大量工程项目没有手续；第六，企业骗取国家财政补贴严重。

市长听罢心服口服，说这跟我估计的完全一样，但是没有审计，一切都拿不准，所以迟迟不能采取治理措施。这回可好了！不过你们刚来时，我以为你们是专门挑毛病，寻找案件线索的，只会添乱，不会起到好作用。现在我完全服气了，请帮我们提出整改措施吧！

整改措施早就写好了，展示出来，市长大喜，说这次审计真是一场及时雨！这场及时雨，为全市挽回和创造资金达200亿元。

2. 开源"截"流

社保审计是最为惠民利民的了，因为它的功能是——开源"截"流。

国家财政调拨的社会保障资金到位没到位，企业、部门、团体、个人上缴的社会保障资金落实没落实？都在审计监督之列。督促资金尽快到位和落实，是为开源。

现在社保资金的管理很无序、很混乱，虚支冒领、跑冒滴漏，大量的钱流入了个人腰包。审计一来，审计出来了，秋后算账了，把这流失的钱截住了，重新充实到社会保障资金里，是为"截"流。

大家都知道一种叫做"平衡"的理论。社保的钱是一个固定值，非法支出的这一头如果多了，合法支出的那一头势必减少。

这边肥得流油，那边饿得难受。

社保审计一来，改变了这种状况，让这边少吃点儿，那边吃饱点儿。

这番话是社保审计处处长任立晖讲的。

这个人个子不高，眼睛不是很大，也不明亮，有些浑浊，总是使劲眨动着，给人很忙碌、坐不下来、有什么事情要忙着去办的感觉。他好像是一个事务主义者。

事务主义就对了。心系社保，不事务，也得让你事务了。

他操心的事太多了，而且非常琐碎。

任立晖是 1964 年生人，河北省安国县明光店乡北徐辛庄人，毕业于南京财经大学，学的是财务会计。1986 年分配到省审计厅，商粮贸、外贸、经贸各处都干过，但最能找到感觉的是现在的社保处。

找到什么感觉呢？那就是国家对广大困难人群的救助，眼睛向下，看到了民众的艰难，帮他们渡过难关，帮他们过日子。这不是临时动议的行动，不是一时心血来潮，也不是访贫问苦，搞搞募捐什么的，这是一种制度，是社会保障机制。这是一种大善。

参与这方面的审计，保证大善的光芒普照千家万户，让喜雨的甘甜滋润每个人的心田。他感到自己找到了实现人生价值的最佳位置。

是的，不干这个，他可能在更高的层次享受到什么，但他总是愿意看到那些普通人向他投来的喜爱和接纳的目光，因为普通人才是最基础的力量,意味着他已立于不败之地。

当他直抒胸臆,表达了这番感慨之后,我们对这个人产生了尊重,感到他是不会被社保事务的名目繁多、千头万绪、量大面广、千奇百怪所打败的。一分精神,一分事业,他一定会很事务地,而不是很清高地(清高干不了)去对待那些琐碎的事务、不尽的纠缠、诡秘的套路,等等。

任立晖的资源多么丰富啊!养老保险、医疗保险、失业保险、工伤保险、生育保险,还有住房公积金,这就是平常所说的"五险一金"。

再往细分,养老保险里还包括职工养老保险、机关事业养老保险和农村社会养老保险。

此外还有社会福利、社会救助、最低生活保障、抚恤金、住房保证金、廉租房、经济适用房等等,共计有 18 大项。

他真是家财万贯,财大气粗啊!

为保证和不断扩大基金规模,加强社保缴费收入,使他监管的财源更加雄厚,"大庇天下寒士俱欢颜",2010 年,任立晖带队实行了审计监督。从企业社会保险参保缴费情况入手,安排审计了三类不同性质的企业共计 356 户,涉及近 30 个行业,其中国有企业 152 户,集体企业 168 户,外资企业及其他企业 36 户,涉及职工 37.97 万人。审计结果显示,拖欠少缴五项社会保险费共计 5.35 亿元!

这是多么大的一个窟窿啊!真是不审不知道,一审吓一跳。

长此下去,他面对的万亿国财会不会越来越萎缩?天下寒士还能够继续得到庇护吗?

任立晖不寒而栗。赶快揭示问题吧!便揭示出有的企业社会保险应保未保(当然不能保了,缺了那么大一个窟窿,还怎么保得起),拖欠少缴各项社会保险费,部分企业或企业集团社保资金实行内部封闭运行(社会保险失灵,只能自己保自己),企业职工社会保险缴费水平差异较大,非国有企业明显缴费不足,社会保险征管体制不完善等等。

帮着分析原因吧!制定整改措施吧!大家一起努力,推进社会保险征缴机制不断改进,促进完善。

这是社保资金的来源,虽然问题不少,但毕竟是容易审计清楚的。应该缴多少,少缴多少,一笔是一笔,有账可查。大头还是国家给的,一分不少地放在那里。

社保资金的发放,就没有这么简单了。面广人多,情况复杂,层层过手,很难把握。

来源好查,去向不好找;汇集有序,流出却乱了套。

虽然都有规定,有标准,什么样的钱,该给什么样的人,都写得清清楚楚,但写归写,做归做。一做一干,说变就变,钱不知到什么地方去了。

审计就是要把这个搞清楚,社保的钱不能随便流失。乱象必须制止,秩序必须恢复,绝不能乱成一锅粥、乱成一团麻。

面对挑战,任立晖跃跃欲试,豪情满怀。他知道这是个难办的事,面对千家万户,面对层层关口,想把事情调查清楚,没那么容易。但容易的事还用得着自己去办吗?谁都可以办。天降大任于斯人,舍我其谁?

他那不高的个头儿,这时候好像可以顶天立地了;他那不大的眼睛,这时候好像可以明察秋毫了。

人一旦被理想和目标所鼓舞,就能爆发出无限的能量。

任立晖带领着队伍下去了。面对庞大的人群,他毫无惧色。社保是千家万户,全覆盖,他这个"小分队"也要全覆盖!

以全覆盖对全覆盖,他说,光靠人不行,要先用电脑,这可以覆盖一大片。剩下犄角旮旯,边边沿沿,咱们再下去调查。一定要把流失的社保资金追回来,一分不差地送到应该享受和救助的群众手里。

到张家口审计养老保险和农村低保,利用计算机先把名单调上来。从数据库上看,该享受低保的都分配到户了。就相信这个了吗?不,任立晖又到公安局,把所有私家车的车主名单调上来,一查不对了,这个车主开着私家车怎么还领低保?名字、身份证号码和其他信息都相同,当然得取消。

还有利用别人的名字领养老金和低保金的。一律取缔,收回资金。

在农村领一份低保,到城市打工,又领一份低保,对不起,您就领一份吧,重复享受不行。

死亡冒领更不行。通过查阅公安局户籍,2011年已死亡,2012年还领的,达到1万多元。

在张家口市,各种情况不该享受而享受社保资金的,共计30多万元。

很多问题出在社保卡上。立了卡,没发到个人手里,由"上边"给保管着。"上边"给代领，发你多少是多少，不发给你，你也不知道，也没办法。这就变成一种恩赐，一种施舍。享受社保的主人，得向发放社保的"上边"，摧眉折腰，顶礼膜拜。主人变成了奴仆！

这不仅仅是钱的问题！任立晖气愤地说。

他利用电脑排序，抽查入村，召集会议，申明利害，要求把卡都发到每个人手上，把钱一定要发足，不许"上边"截留。

这些人已经由低保户变成五保户了，为什么还领低保的钱？原来是干部拿了。村会计从兜子里掏出 6600 元，低头认错。

任立晖又深入到张家口市张北县一个村，发现有一户有两个卡，领两份低保。这怎么行呢？带我去看看！他对村会计说。

会计把任立晖领到一个低矮的小土坯窝棚前，进去一看，是一个老光棍，屋里乱糟糟的。老光棍腿还坏了，给任立晖找卡的时候，差点摔倒。翻了半天，找出两张卡来，恭恭敬敬递到他手上，眼睛放出感恩戴德的光芒，把原本阴暗的屋子都照亮了。说感谢上级，感谢政府，要不我们爷儿俩可咋办？

任立晖往四下看了看，没有发现别人。会计就跟上说，他还有个侄女，上高中。老光棍赶紧说，孩子学习可好了，这卡上的钱正好够给她交学费的。

会计在一旁帮着说，可不是，要不孩子就得失学。

任立晖问，孩子的父亲呢？不供她上学吗？

会计回答说，他哥哥跟他嫂子离婚了，外出不归，下落不明，撇下个闺女由他这个叔叔照管。

老光棍向他讪讪地笑着。

任立晖手里拿着两张卡，像捧着两块热山芋，非常烫手。如何处置，左右为难。

收回一张卡，还给他一张卡——不忍心。

把两张卡都还给他——违反规定。

最后任立晖把两张卡给了会计，决定权下放，走了。

任立晖的脚步很沉重。有各种各样的违规，然而这个违规是个例外。

有的事情，不是钱的问题；有的事情，就是钱的问题。

这个事，就是个钱的问题。太是钱的问题了。如果国家再能拿出更多的钱，一份低保等于两份，孩子上学的问题不就解决了吗？

可是国家没有这么多钱。也许不是真的没有,本来是有的,是很充裕的,但都被浪费了(例如大吃大喝,据说一年有多少多少亿),挪用了,贪污了,滥用了,腐败了。

哪儿还省不出一点儿低保的钱?但就是省不出。

孩子的学费问题啊!弄得他一直很不开心。

然而,工作又开始了,战斗又打响了。为进一步强化民生资金的审计监督,审计的重点向市、县延伸,加强对基层社保资金的审计监督,开始对一个市和 20 个下属县区的养老保险、城乡低保、农村五保和保障性安居工程资金进行审计,重点抽查了 6 个县区。

通过审计可以看出,县一级社保资金管理相当薄弱,社会保险应参保未参保,漏、欠社会保险费问题突出,虚报冒领民政管理的城乡低保、农村五保、城乡医疗救助等资金问题较为普遍。

经过审计发现,县一级企业养老保险企业参保率有待提高,存在大量应参保未参保企业;企业职工养老保险费欠缴严重,所审计的市、县 2010 年度累计欠缴达 15 亿元;基层民政部门把关不严,重复享受民政社保待遇问题较为突出,有 4681 人重复享受城乡低保和农村五保待遇,增加政策性、财政补贴支出 1189 万元;不符合条件人员违规享受城乡低保、农村五保待遇,相关制约制度缺失,揭示出 2410 人死亡冒领各种民政补贴 215.8 万元,1819 个受保障对象名下有汽车却享受各种民政社保待遇等套取财政补贴资金行为。

审计结果引起当地政府的高度重视,并要求相关部门进行认真整改和规范。

一边是拖欠社保资金,一边是流失社保资金。

社保资金何时能雄厚无比,能把那两张卡并成一张卡,解决孩子的学费问题?

任立晖任重道远。

3. "唐僧肉"

坐在我们面前的又是一位非同凡响的女人,她叫冯秋菊。

冯秋菊手里拿着一个很大的"竹笋",在不紧不慢、清清楚楚地剥着。

是的,或许您已经猜到了,这不是一个真实的大竹笋,而是一个什么案子吧？

对了，这是一个不大不小的案子，但绝对复杂，一般人说不清楚，唯有冯秋菊能把它说得如此清楚明白。

我们惊叹于案子的复杂和可笑之余，不由得也对叙述者投去钦佩的目光，因为她显示出来的，不是语言能力，而是审计人做事的严谨和细密。

冯秋菊是河北省衡水市景县广川镇北杨木村人，生于1972年，毕业于河北师范学院物理系，回县教高中物理，后考入北京政法大学，专攻法学，1997年考公务员到审计厅综合处，搞法律培训，现为法规处副处长。

她的叙述从"唐僧肉"开始了。

农村居民最低生活保障是公益性资金，在享受低保待遇的穷老百姓眼里，那是他们的活命钱。但是有那么一批人，早就过上小康生活，已经比较富有，甚至非常富有了，恰好手中还有点儿小权，却把这笔活命钱看成唐僧肉，争着抢着来吃。

还真吃得下去！也不想想这是什么钱。钱在他们这里只有一个属性，那就是财富，财富的砝码，不管这钱是什么钱，救命钱也好，救灾钱也罢，都是自己积累财富的砝码，都是香的，都是有营养的，都可以当成唐僧肉吃下去。

2012年4月，河北省审计厅把低保资金审计纳入财政预算执行审计，派出由四个厅长助理分头率领的审计小组，分赴全省8个市16个县，对农村专项资金实行延伸审计，审计监督的触角直抵资金流的末梢。

低保资金的审批发放手续本来是很严格的，好像没有漏洞能让人做假。你看，享受低保待遇，本人必须先向所在的村委会或居委会提出申请，村委会（居委会）上报民政主管部门，民政部门核准后将名单提供给财政主管部门，同时为每个保户在信用社办理活期存折，最后由财政部门定期将款直接通过信用社"一折通"打入每个低保账户。

这是一个环环相扣的资金链条，已经无懈可击了。但审计人不能这样想，审计人得沿着坏人的思路去想，找那个最薄弱、最容易下手的一环。

这一环，就在交接点上。交接点有人直接参与，人一参与就麻烦了。

经济违纪违法的最终目的是将集体或国有资金截留到个人或小团体手中。这笔民生资金流动运行期比较长，就给截留创造了机会，把正常的资金流动改变流向，形成一股看不见的暗流。

农村低保发放是通过银行直接给付农民个人的，所以最容易出问题的应该是在民政主管人、银行与保户三者的交接点上。

暗流的发源地，就在交接点上找吧！

怎么发现问题呢？最简单也最有效的方式是，直接走访低保人群，查证资金支付与保户接受量是否吻合。

马俊德、宋彦良、冯秋菊和司机裴伟东，组成精干而有趣的小分队，下去了。之所以说有趣，是因为成员各有突出的特点，相映成趣。这支小分队的头儿马俊德年近六旬，是厅长助理，老成持重，说话幽默。宋彦良是副处，严肃认真，不仅作笔录认真，编工作中的小故事也认真。冯秋菊，我们这个大故事的讲述者，年轻，口齿清楚，娴于辞令，是这支小分队中唯一的女性，有些时刻必须发挥女性优势，非她不行。司机裴伟东，给人第一感觉是在社会上有些来历，粗壮有力，急性子，反应快，不只表现在开车上，小分队遇到什么情况，第一个反应过来的准是他，挺身而出，充当保镖。

他们到了衡水市的故城县。先听了民政局和财政局的汇报，调取了基本资料和有关账目、明细、凭证，然后就面向基层，找群众去了。材料也大体看着，但没有细看。这个工作方法与以前大不一样。

马俊德说，眼睛看着土豆秧（材料），铁锹抄底儿挖土豆（调查），土豆里没有坏了和生虫子的，秧子就放一边，不管了，有坏了和生虫子的，再顺着秧捯，看看到底是哪棵秧上的土豆。这叫"看秧挖土豆"调查法。宋彦良赶紧掏出小本记上了。

为了确保调查所获得信息的真实性，他们按保户名单随机提取抽查，就是随便找一堆秧子就下铁锹，不用当地干部指定。他们指定靠不住。也不让上边人陪着，不要随从，对不起，同志们暂时都不能当自己人！

灵活选择路线，随便进入一个村，进村也不让村干部带路，向老乡问路，直奔低保户。

一种神秘感激发了大家的斗志，仿佛找到了在战争年代做地下工作的感觉。

老马贡献了"看秧挖土豆"法，秋菊则想出了"走马观花"法。一般总结经验都说克服走马观花,秋菊却反其道而行之,偏要"走马观花"。

她说走访有目的性,但又不能执着于目的性。什么事一执着,就干不好了。

"走马观花",放松心态,马儿啊,你慢些走,我要把这美丽的风光看个够,这有什么不好的呢?

目的性自在我心中就可以了,不要一味地追求走访量。

慢些,再慢些,下马休息一会儿。

我的"走马观花"是取其放松的心态,而不是——不下马看花的形式,可以走走停停嘛!"走马观花"与"下马看花"相结合嘛!冯秋菊说。

所以,他们的走访对象,既有低保户,也有非低保户,既问村官,也问村民,随便聊聊,好像没有什么目的性,"走马观花"嘛,有一搭无一搭的,这样反而能从村民的只言片语里,捕捉到重要信息,发现蛛丝马迹。

低保资金"一折通"的发放方式很好,具有相对的封闭性和安全性,但是民政局独立掌控资金发放对象的信息和决定救济人员,会不会有什么问题呢?

低保人员信息资料是否真实?审批手续是否规范?存折发放是否到位?低保额是否符合规定标准?贫困人口能否达到应保尽保?

这些问题,随着调查的进展,一个个跑进小分队成员的头脑中来。他们带着这些问题,到"交接点"上去找情况。那就是"一折通"是否真正由本人掌管,有无他人代领?

这次他们有意选择了离县城较远的村子。这是宋彦良出的点子,他觉得如果想捣鬼,还是选在边远的地方为好。这个点子价值连城!

他们走进了辛庄乡孙庄村。这时手里已经有了两套名单,一个是村支部书记提供的全村低保人员名单,一个是县民政局提供的名单。

村里提供名单中有一个叫万寿勇的,但在县民政名单中却没有出现。

问题来了。赶快向民政局核实,工作人员解释说,办错了,把万寿勇办成了城镇低保。办错了?再也找不到别的借口了,只能是办错了,但这还真不是一个好借口。

孙庄村没有非农业人口,而农保和城保分属财政局两个不同的股管理,没有交叉机会,怎么会办错呢?同时,城镇低保的保额远远高于农村低保，也不容易办错啊！

所以不能一错了之，很可能是有意而为。

他们立即调阅万寿勇"城保"的信息资料，发现万寿勇的身份证号码似曾相识，马上翻开孙庄村的低保名单，真相大白了，这个身份证号码同时也是一个叫万寿林的。两个人使用同一个身份证号。真假猴王——分不清楚了。

其实很好分清，这个本村的万寿林才是真的，他在村里领着一份农村低保，另外一个叫万寿勇的，冒充他的身份，在外地领着一份城镇低保。其实也不是万寿勇在领，他只是个虚构的符号，有人在替他领。马俊德气愤地说，这不是石柱子戴草帽——凑人头吗！

先放下这些不表，因为这绝不会是个案。

冯秋菊把5000多人的农村低保和城镇低保名单，通过电脑发给了计算机中心的杨勇。杨勇用了三个小时，筛选出20对人，使用的是同一身份证号码。

小分队便按图索骥，下去寻找。

找到辛庄乡前孟町村的孟胜旺，他是个间歇性精神分裂症患者，见到冯秋菊大为兴奋，朗诵起自己作的诗来：啊！——慷慨激昂，还把诗稿拿给冯秋菊看。她一看，还有点儿诗味。

但冯秋菊不是来欣赏诗的，她要办的事一点儿诗意也没有，而是可恶透了！便问，你是不是领了两份低保？孟胜旺愣了半天，突然：啊！——又是诗！

冯秋菊只得问他父亲。老人说，有两份低保敢情好！谁给呀！像我们这样的就应该多给点儿照顾。

他们又去东化村孤寡老人岳桂云家，小土房，说没领过什么城镇低保。核实了几户邻居，也说她没有领过城镇低保，全村谁也没领过城镇低保。

这就奇怪了，20个，或者说20对，使用同一身份证号码的人，他们都办了农村和城镇两份低保，但自己只领了农村低保，城镇低保谁给领走了呢？

审计组决定先试探一下，故意把孟胜旺、岳桂云两人的情况说成是个别问题，要求给予说明和纠正，不像大动干戈的样子，以使对方放松警惕，免得打草惊蛇。

第二天，工作人员就把岳桂云的存折交给审计组，并附带了一个名叫林长庄的人写的说明材料。说明材料中称,自己是岳的孙辈庄亲,看老太太孤苦,托关系额外为岳办了一份城保,存折一直在自己手里。2009年4月13日和11月8日先后取现470元和1100元,及时交给了岳。

虽然不合规矩,但很合情理。

关于孟胜旺的问题,工作人员的解释是,孟多次大闹乡政府,要求解决生活困难和看病花钱问题,该乡政府领导为求稳定出面说情,民政局便破例为他额外申请办理了一份城镇低保。

这个理由更加充分,闹事,维稳,乡政府出面,民政局破例。

这两件事都给你圆上了,审计组总该高抬贵手了吧!

没有,小分队还要下去验证一下。

他们刚到岳桂云家,还没见到岳桂云,那个所谓的远房侄孙林长庄就迎上来说明情况了。情况已经听上边说了,就要求他暂时回避。他还往屋里挤,小裴就一步上去,把他挡在了外面。

他们问老太太,收到过你远房侄孙给你送的钱了吗?她说没有收到过钱。叫进林长庄来对质。他不让老太太张嘴,说,你糊涂了,不要乱说!老太太脸都气白了。细心的宋彦良用手机录下了他们的对话。

林长庄说,去年4月13日领了470元,给你了;11月8日领了1100元,又给你了,你都忘了吗?

老太太说,我忘了!

林长庄说,你们看,是糊涂了吧!

老太太说,我让你气糊涂了! 你根本没给过我一分钱!

林长庄说,还是糊涂了吧!

冯秋菊说,我们听明白了,你出去吧! 别惹老人家生气了。

林长庄出去后,冯秋菊好像把取证的事忘了,像女儿一样陪着老大娘说话,直到把她逗笑了,才告别离去。老太太还有点儿恋恋不舍。

没想到,他们一出门,林长庄就迎着走上来,小裴又要挡他,被冯秋菊拦住了,说,小林,还有什么话要对我们说? 态度特别亲切。

小林就上来说,大姐,我看你对我姑奶奶这么好,我就实话跟你们说了吧! 这都是假的啊! 到底怎么假,他又不往下说了。

审计人员心里有了底。

他们又找到孟胜旺的父亲,在法律上他是监护人,有权代表孟胜旺说话。问孟胜旺是否领取过城镇低保,他显然早有准备,说这个事我能说得清楚。宋彦良又赶紧录音。

孟胜旺的父亲说，去年 4 月 13 日领了 470 元，给儿子了；11 月 8 日领了 1100 元，又给儿子了。

跟上次林长庄说的一模一样，都是在同一个日子，领了同样多的钱！

钱打到"一折通"上，自己想什么时候取就什么时候取，取多少也随自己的便，怎么会这么巧，同一个日子，同一个钱数？

他们问，能把存折拿出来，让我们看看吗？他说，丢了，让我弄丢了。

回到县里，审计组找到民政局主管副局长，也不向他说实际情况，只让他头前带路，到档案室。他领着大家转了一圈儿，安排到局办公室里，便再无踪影，溜之大吉。

在办公室，他们从自己带来的资料中随机选取一个重复申领低保的保户，要求工作人员当场找出来查看。

工作人员便去查找档案资料，不一会儿回来说找不到。转眼，也不见了。过了一会儿又回来了，高兴地说，找出来了！

大家一看，正常的审批材料手续齐备，应该有数十页之多，这一份却只有寥寥三张纸。低保人的申请、照片和所在单位证明等一概没有，只有墨迹未干的县民政局公章、乡民政所长手戳和主管局长签字。显然这是刚刚炮制出来的。

前台演戏，后台化妆。原来刚才那个溜之大吉的主管局长，到后台签字去了。

他们又提出一个名字，还是如法炮制。

没有什么好试探的了。正如林长庄所说，这都是做假啊！

审计组对着那两个可疑的日期和两笔钱数下家伙了。

他们到了农村信用合作社，直接查阅并记录下这两日取现金额分别为 470 元和 1100 元的全部凭证。结果发现 4 月 13 日共发生取款 470 元的业务 200 余笔，支取人为同一笔体。11 月 8 日取款 1100 元的发生了 105 笔。比照 200 余笔，还差 100 笔，因此判断，还应该有约 100 笔支取 1100 元的业务发生。或许是因为当天没能办结，那么，11 月 8 日前后的时间段内很可能会再次提款。果然，在 11 月 7 日和 9 日的取款业务里又发生了 100 笔。

这绝不是各个分散的低保户整齐划一地把钱支走了，而是被一个或几个吃"唐僧肉"的人取走了，所以取款笔迹均为一个人的笔体。

那些被借用名字办了城镇低保的人，万寿勇或万寿林也好，岳桂云、孟胜旺也罢，他们是一分钱也得不到的，都让吃"唐僧肉"的人拿走了。

谁是吃"唐僧肉"的人呢？

在确凿的证据面前，局长孙某不得不承认，冒用农村低保人之名，违规秘密办理200余个城镇低保存折，骗取国家资金48万元的违纪事实。

大额现金提取，正常情况下会同时转存或汇入其他账户。在那两个不同寻常的日子里，累计分别提取了几十万现金，一定会转存其他账户的。果然发现，4月13日有两笔计9.4万元的转账，对方账户显示为中心敬老院。11月8日则有一笔19.89万元转账，受款方为杏基敬老院承建商付某的个人账户。与当日提款22万元尚有2.11万元的差额，应为现金形式存在，去向不明。通过对取款、转款人的笔体辨认，调查方向转向民政局会计刘玉红。

审计组通过调查刘玉红的账户，发现大笔资金来路不明，并与局长孙某有资金往来。种种迹象表明，局长孙某、会计刘玉红等存在贪污、受贿、挪用等重要经济犯罪嫌疑。为避免打草惊蛇，给将来司法机关办案造成不利影响，审计组在银行和信用社的调查、取证工作一直在秘密状态下进行，并随时向厅领导汇报情况。遵照厅领导指示，在提取了必要物证后将案件移交给市纪委、检察院。纪委、检察院高度重视，立即组成联合专案组，根据审计组提供的情况在初步核实的基础上，对相关人等进行立案侦查，一举查出涉案人员九人（含局长在内的民政局干部七人、村支部书记一人、县土地局副局长一人），其中三人被批捕，六人受到党纪、政纪处分，同时追缴违法资金74.9万元。

4.陪哭·捐钱·新兵·拍案

这社保的钱，有如此刀法娴熟地遭分割、被侵吞，也有稀里糊涂地被践踏、受糟践。

靳志宏，这个在英国曼彻斯特学习过的社保处正处级调研员，一个很有情调的女人，就看到了这一幕。

她和尹剑来到桥西区民政局账务科。先是尹剑翻看账册时，有两个字认不太清，就问财务科长。他过来一看，脸就变了颜色，伸手抢过去，把这一页撕下去了。这时尹剑要求盘他的保险柜，同时打电话让靳志宏过去。

靳志宏上去看到，在十来平方米的小屋里，放着几个破柜子，摆着一张床，女会计站在床边一副听天由命的样子。床上、地下摆满了账本和票据，各种印章装了半塑料袋，有十几个笔记本散落在地上。

靳志宏感到，怎么这么破，这么乱啊！民政的专项资金都是救急、救命的钱，怎么能这样管理呢？她走过去翻了翻那些账本，一笔笔的收入支出倒也记得比较清楚，但是没有几页就完了，每页也没记满。几个账本全是这样。难道这是做样子给谁看的吗？

她就瞥了女会计一眼，女会计竟会心地一笑，仿佛接受了她的表扬。看来这的确是做给别人看的"标准账"。

靳志宏又从地上捡起个笔记本，并又向会计看了一眼。

这回会计不笑了，表情比哭还难看，刹那间有一种要抢过笔记本的冲动，但立刻松弛下来，恢复了听天由命的表情。

靳志宏打开笔记本一看，上面密密麻麻记载着很多信息，而且整本都写满了，再看别的本子，也是如此。

虽然写满了信息，但给人的感觉却是一团乱麻。随意、无序、混乱，各种开支五花八门，款的来源全是代号，人名、地名、单位名、公司名、厂子名、街道名、乡镇名，几百、几千、几万、几十万、上百万，正数、负数、符号、代码……简直是一部天书！外人绝对看不懂，自己人肯定分得清。

这就是账外账！把专项款鼓捣到账外，必须这样来记账。看来会计学又开创了新科目。靳志宏受益匪浅。

只有把老局长找来了。人挺好，就是不懂财务，但管的财务上的事并不少，宗教协会的财务也在他这儿。尽管跟佛打交道，也没影响他只为小团体利益着想，而不去普度众生。把财务大账入到小账上，入到十几个笔记本上，卖婚姻登记证，收复印费，当然也包括用专项资金给大家谋福利，买这买那。

老局长白发苍苍，知道错了，呜呜地哭起来。

靳志宏爱动感情，也被他带哭了。

她也不知道为什么要哭。同情吗？有点儿。他是一个德高望重很要面子的人，然而晚节不保，追悔莫及。什么机制把他带坏的呢？

痛恨？更有点儿。财务制度就这样被人肆意，甚至是稀里糊涂地践踏着。国家的财富，哪儿还有什么尊严可讲，成了连老局长这样的软弱之人、老实之人，都可以随意践踏的对象、任意凌辱的奴婢！

哭吧！为这种惨不忍睹的现实，为这些"活命钱"的可悲下场，痛痛快快哭一场，释放一下，然后斗志昂扬上战场，审计他们！

以连副转业，现为农业环保处副处级调研员的吴彩兵女士，看似简单直率，却很会跟被审计对象动心眼儿、搞周旋。审计丰润县土地整理中心时，说把土地补偿金都发下去了，发给干活整理土地的农民了，便拿出一个名单来。他们在骆瑞凯组长的带领下，到岔河镇去了解情况。

她见一个土地局的人要陪他们去，就说，过去我当兵时在这儿拉过练，一草一木，一沟一冈，都非常熟悉，不用带路，你回去吧，中午还得接孩子，再说车也盛不下了。理由充足，无法拒绝，那人就回去了，临走时还不忘嘱咐，三年大变样，都不一样了。她说，没问题，都一样。

一样不一样，反正都一样，都一样不熟悉，都一样找不到。吴彩兵根本就没到过这儿，但必须把那人支走。要不你还没到，他的短信过去了，早给你布置好了，你还能了解到真实情况吗？那人并不知道他们要去哪儿。

签字领工资的都是一个人的笔体，有200多万元。国家土地补偿金，都用于土地补偿了吗？还是被别人挪用、侵吞了？

他们上午8点开车出发，十几公里路，走到10点才到。大家说，只当你领着我们搞拉练算了！

找到四个老头，问名单上的人，他们所在的村在哪儿？能不能领着我们去一趟？老头说，不能，我们还有事呢！大家没有办法了。

吴彩兵挤到前面说，大爷，你们有事，也不就是为了挣点钱嘛！老头说，可不是咋的！小吴说，这不就结了，给我们带路，我们给你们点儿钱。老头说，这哪儿好意思！过去八路军进村，别说带路了，干活抬担架都没要过钱。

小吴颇受感动，塞给那个开小拖车的老头100元钱，说，大爷，你开拖车把我们拉去，这算是一点油钱。

他们就坐着小拖车进了一个村，不显山，不露水，把小汽车留在了镇上。

问第一个人，工资表上有他的名，他说，我根本就没领过钱！这也不是我签的字儿。这是哪个臭王八干的事!

问第二个人,是村干部、会计,说,忒缺德!怎么会有这种事?

问第三个人,是别人替第三个回答的:他做地下工作去了。

大家很纳闷。

那人接着说,三年前就出车祸死了!

问第四个人,是个老红军,80多岁了,受过伤,家里很穷,但有政府补贴,还养活着一个同样80多岁的弟弟,平时有侄儿给送菜。他说,我不知道,我哪儿能干得动!

大家受了感动,骆处带头捐钱,他捐200元,剩下每人100元,共500元,给老红军留下了。

工资表上的人都没有领到工资,当然也没干活,都让别人借他们的名义领走了,这块"唐僧肉"有200多万元。

刘利身体强壮,声音洪亮,走路带着风,对审计充满热爱,怀有敬畏,虚心学习,还是生手,他没有审计老手那种沉稳的目光、游刃有余的微笑和颇有见地的言谈,有的只是单纯的目光、虚心的微笑和畅快的言谈。

是的,他是审计新兵,但他决心从头做起,占领审计的制高点。这个目标对于军人出身的他,是那样的明确而神圣,所以他单纯并虚心地奋进着,直到有一天把自己变成一个审计老手。

刘利刚刚转业到厅,是经济执法处的副处级调研员。在北京军区装备部时是正团职,财务后勤、军事行政、军械物资、汽车运输全干过,是一个响当当的军官,但昔日的辉煌已经成为历史。

到地方是否还能叫得响,他也做过短暂的思想斗争,但很快确定:放下包袱,全面融入,虚心学习,自强不息。吃这碗饭,干这份活,干什么,吆喝什么。半路出家,一路赶上就是了。财会自学,法律自学。重打鼓,另开张。

怎么看账,怎么盘库,怎么进点调查,拜人为师,虚心求教。

剪报五大本,笔记10万言。

函授,培训班,有机会就争着上。

审计安监局预算执行,这是刘利的处女作。进点调查,下发通知,查账,翻票据,发现漏税、大额支取现金1000多万元、违反财务规定等问题,提出审计建议,也算圆满。

去廊坊地债审计,大兵团作战,跟着李永新历练,受益匪浅。延伸审计,深入到乡,核实土地置换中补偿款到老百姓手里没有;拆迁了,散住了,又住上新房了,看蔬菜大棚、坟头、青苗,数多少棵树,照相,记录;实际情况跟图上标的不一样,乡里讲的跟老百姓说的不一样……最后审出补偿款被虚支冒领了多少。成果也算不错。

每一项工作的点滴成绩,都在增加着刘利的自信心。

陈旭永跟着董建柱、马占仓到馆陶县审计城市环保资金、低保和惠农资金这三项资金时立了大功。

从账面上取得证据,有问题资金 300 多万元,让县城管局进一步提供相关资料,副局长说不清楚,局长不露面,不是去邯郸了,就是在高速公路上。这样看不到协议,没有会议纪要,又不能面谈,不如以退为进,先回石家庄,取得领导支持,再杀个回马枪。

消息放出去,县里以为要收兵,晚上便宴请送行。财政局、城管局、审计局的领导都来了。吃完饭回到宾馆,10 点多钟抱来一沓材料,是补偿协议的复印件,共有 34 份。大家分头认真查看。忽然,陈旭永一拍桌子说,是假的!董建柱和马占仓同时扭过头盯着他。他说,你们看这内容,这每份协议签字人的笔体!二人看了看,认可"是假的"。

是继续查,还是走?马占仓说,走,麻痹他们一下。然后就回到省城。过了几天,县里打电话问,还过来不过来?老董说,再说吧!其实他们当天就过去了。直接奔村里,根本不跟县里打招呼。

把车停在村外,兜里揣着材料进了村。问第一户,建垃圾填埋厂占耕地的协议呢?

回答说,城管根本就没有给过协议!

又问第二户,一亩地补多少钱?如果不到位,我们替你们催催。

回答说,一亩地得六七万。

钱数倒差不多,但亩数不一样。城管报的亩数多。老百姓一户一般是两三亩,到城管那儿就成了七八亩。

走了四五户,都不一样。一个上岁数的人把他们拉到外头说,他们净瞎忽悠,陈某从副乡长提到城管局长,协议不公开、不公示,群众啥也不知道,关系好的就签合同,不好的就不签。

马占仓说,这事咱们得商量商量。大家就到小树林里商量,认为逐个核实没有必要,时间长了怕县里知道了不好办。赶快回村找几户,取几份证据材料就行了。找了几个拆迁户,让他看单子,都不一样,单子上写的数大,他们领的数小。有的没占这个人的地,协议上也有名字。他们就用手机拍了照。

到下午,县里来人找到他们,说,来了不打招呼,去宾馆,去宾馆!

他们在宾馆写了材料,报刘副厅长。第二天又一起向郭厅长汇报。马占仓主说,陈旭永辅助。郭厅长说,这事不小,这么着吧,交县纪委处理,让县纪委来人。最后落实违纪资金300万元,副局长严重警告,局长通报全县,引以为戒。

5.《欧阳海之歌》

农业资源再不能遭到破坏了,自然生态环境也再不能遭到破坏了。这是民生的根本。没有这些,民何以生,国何以强,喜雨甘露何以降?

骆瑞凯是农业资源与环保审计处处长,专门管这个事的。历史把他推到一个关键的部位,时势造英雄的时刻到来了。

骆瑞凯个子不高,两只眼睛很有神采地转动着,好像是要捕捉什么,配合嘴上的微笑,使人感到这人很好沟通,可以依赖,能够共事。嘴巴也挺好使,表述观点,交流看法,绝不会落在任何人后边。

总的感觉,他在全方位地积极而匆忙地生活和工作着,等待着历史的机遇降临到他的头上。

骆瑞凯1958年生,沧州市肃宁县尚村镇骆家屯人,毕业于沧州财贸学校会计专业,1980年分配到沧州烟酒公司当会计。

他经常看报纸,关注各方面的信息。他看到全省人才交流大会要招聘具有大专以上学历的人,就毫不犹豫地去了石家庄。在交流大会上他转悠了几个地方,有的要求学历高,他去不了,有的条件不好,他不想去。正好省审计厅招中专以上商业会计,他就报上名了。填了表,回家等消息。几天以后,通知他带毕业证过来。人事处邵积庆处长接待并面试了他,问他当会计管理的财务规模有多大、有什么想法。

他就把自己当会计的巨大规模说得有声有色。邵处长,未来的邵副厅长很满意。

有什么想法呢? 骆瑞凯自问自答地说,我觉得,干审计这一行得有会计基础,但只有基础,悟性不高也不行。

邵处长大吃一惊,想不到他对审计有这么精辟的认识! 看来他的悟性不低。邵处长马上做出判断,这是个人才,便把他招来放到财经贸处,交由黄处长使用。

其实骆瑞凯还有好多想法,不可能对邵处长都说出来。他在市烟酒公司干,还是有点儿小权力的,上上下下也是有点儿小关系的,很舍不得离开,但为了心目中那个说不太清楚的大目标,为了干点儿大事,他必须上进,必须离开,寻找更广阔的天地。

骆瑞凯一生受两个人的影响最大。一是他的大哥,二是他的父亲。大哥的影响最直接、最关键,父亲的影响最根本、最长远。

大哥因为家里困难,只上到初中,没上高中,卖苦力,打短工,给人家扣坯子,农村活计中的"四大累"之一,一天挣三块钱。他跟哥哥一起干过,太累。哥哥让他一起干,不是为了别的,正是为了教育他。将来你可不能像我一样干这个,要干大事!

骆瑞凯就记住了,不能干那个,要干大事。而且把"那个"扩大化了,不光是扣坯子,一切认为不是大事的,都是"那个",所以关键时刻,他就跳出了"那个"烟酒茶糖,到了审计厅。

父亲的影响则是骨子里的。父亲干过武工队,打日本,端炮楼,抬担架,送军粮,新中国成立后又当村干部。父亲是他学习的榜样。别看他个儿小,但上学时是孩子王,还是班长。他要像父亲一样,干大事。

除了受父亲和哥哥的影响,欧阳海对骆瑞凯的影响是最大的。欧阳海是金敬迈的长篇小说《欧阳海之歌》的主人公,是个现实生活中拦惊马的英雄,上世纪60年代影响了一代人。

英雄情结在他幼小的心灵里形成了,但是想当兵的愿望实现不了啦,因为二哥当兵走了,他就不能再当兵了。

在烟酒公司当会计时,面对大量的批发商品,如何核算成本,是一个挑战。因为这是一个特别复杂的问题,但是让骆瑞凯掰扯出来了,最后连一分钱的成本都能给你算出来。然而这算什么英雄呢?

骆瑞凯从1985年进审计厅,财经贸处、行政事业处、工建交处、农林水派出处,一路干下来,直到2009年当上农业资源与环保审计处处长,一晃已经过去了28年,英雄距离自己还有多远?

是的,英雄的情结还在,但是比起早年的渴望,已经多了些实实在在的分量,沉甸甸地压在肩头,让他喘不过气来。

骆瑞凯撑着,撑着,再撑着。

担起来,撑住它,就是英雄!

在这个处,责任要比一般的处大,因为关系到资源的开发和环境的保护,这是百年大计、千年大计,是千秋万代、子孙生存的大问题,所以万万不能留下审计风险,要经得起历史的检验。

现在资源和环境的保护,已经提到议事日程上来了。因为实际问题太严重。无序开发,资源管理混乱。矿产,海洋,国土,林业,水源。林业和水利比较规范。矿山资源无序开采,土洋并举,矿难频仍。矿产属于国家的,不允许随意开采,但私挖乱采,官员入股,官员与矿主勾结,局面一片混乱。

乱象在前,审计要上。骆瑞凯带人全面审计调查,提出建议。参与个案审计,追究责任,杀一儆百。张家口矿难审计是他的代表作。

国土资源的保护,任重道远。现在经济不景气,卖地收钱,土地财政,造成房价越来越高,泡沫越来越大。政府出让土地,开发商牟取暴利。灰色成本比比皆是。公章要盖几十个,层层过关办手续。房子住好几年,章还没盖完。无良心的开发商,轧道、堵道,不按规划建筑,造成城市垃圾,破坏环境。过热的房地产带来了什么?

每一级政府,都发展经济、上项目,土地却越来越少。18亿土地红线不能突破。招商引资就得用地,指标有限,怎么办?以租代征,土地置换,土地流转,占补平衡等等。征转土地有指标,指标不够便做假。非法把耕地变成建设用地,怕被看出来,就在马路上铺土种麦苗,卫星拍下来的是麦田,而不是建设用地。

土地开发整理资金问题最多。出让土地有钱,都反映在账上,这是可以审计的。2011年去张家口高新区沈家屯延伸审计,征地建汽车市场,该给承包村里土地的人110万元,却只给70万元。骆瑞凯到当事人家里去了解情况,他吞吞吐吐不敢说。最后审计组出面,给他补足了差额。

张家口热力公司投资3000万,私有企业天津铸塑公司投资2000万,成立张家口热力股份有限公司。市财政局拨款1.5亿元,让该公司改扩建供热管道,这个公司的财务总监却把6800万元转到天津公司。天津公司就把政府的工程款作为自己的投资了。在2010年债务审计中发现了这个问题,写出审计报告,经过市长批示过问,才得到纠正。

桥东区房管局一个保险柜里就存有174万元现金。经过审计,问题触目惊心。分管副局长和局长免职,把违法违纪资金上缴财政。

平房改造项目、城中村改造项目中,拆迁成本被过高地估算了,使政府投入大量专项资金,造成补贴多、支付少。开发商一分钱没有,空手套白狼也可以盖房。他们只交一点定金,就得到大面积出让的土地,然后建房卖房,在城中村改造得一部分钱,再通过把原设计的20层楼盖成30层楼,以此降低成本,又用土地抵押贷款,大面积的房子就盖成了。他们不怕房价低落,反正一分钱没花自己的,但政府害怕,还等着房子创收,发工资呢。

骆瑞凯面对土地资源和环保的乱象,资源破坏,财源流失,开源"截"流,拦住那一群疯狂践踏的野马,顶天立地,撑起一片清朗的天空,难道不是英雄吗?

6.雪山雄鹰

河北省审计厅能有今天这么好的局面,推出一座金山,成为国家财政的聚宝盆和摇钱树,普降喜雨于千家万户,与厅领导班子成员之间的精诚合作是分不开的。每当面临重要任务,每当面临困难时刻,这种合作精神就成为弥足珍贵的黏合剂。

黏合剂里一员大将叫吴兵冲。

吴兵冲长得很壮实,仅次于焦士谦,但比焦小四岁。这是一个出道很早,见过大世面的人。可谓阅尽沧桑,所以无论处理什么事情,都有一种很宏观的视野,举重若轻,闲庭信步,很少与人发生无谓的争执,更不会计较个人利益,剩下的就是一心向善,讲究和谐。

在领导班子中有这么一个人,真是宝贵,所以他一直是厅党组副书记、二把手,最近才退出班子,晋升为巡视员。

说吴兵冲见过世面,是有根据的。他出生在河北省辛集市南智丘镇孟关村,爷爷闯关东,父亲是抗联,后加入四野,入关,南下,现在年近九旬,仍然健朗。前辈的世面见得多,难道不会遗传给他吗?

还真遗传给他了。他可谓生不逢时,上学时正赶上"文革"。初中毕业后,回村当生产队长、团支部书记,1974年考上秦皇岛煤矿工业管理学校。就在这个时候,机遇来了。

1976年中央选2000学生进藏。当时西藏形势很紧,缺人才,吴兵冲被分配到那曲地区工业局。那曲地区比阿里地区海拔还高200米,纯粹的无人区。西藏是脊梁,这里是脊背。他能够坚持下来,是前辈走南闯北的基因在起作用。他成长为一只雪山雄鹰。

吴兵冲先在工业局计划科工作，两个月后当地区企业整顿工作组组长，到一个石灰厂，要建成大庆式的企业。他团结藏族干部，干成了，就地当了厂长。1978年参加在人民大会堂举行的工业学大庆会议，他的厂子是西藏五家大庆式企业之一。回来后调任地区工业局学大庆办公室负责人。1979年调任地区煤矿副书记，本来是准备让他接班的，但没过两年项目下马了。他回到地区计划委员会，当计统科副科长。1984年初，到嘉黎县任常委副县长。时年29岁，被称为"娃娃县长"。一年后调任地区计委副主任，1990年当主任，1992年调任昌都地区副专员，时年38岁。1997年回来，因为父母有病，没人照顾，否则官就当大了。最后他颇为感慨地说。

　　吴兵冲为什么要说这些？我们为什么要记录这些？因为一个人的历史可以反映一个时代。吴兵冲就站在历史的那个点上。我们要探讨的是，他这样一个干部在今天会有什么意义？他也要追寻，我是怎样走过来的，现在还应该怎样走？理顺这些东西难道不是很有意义的吗？

　　是的，他站在了那个历史的点上。上世纪70年代后期"派性斗争"在那个边远的地方还没有退出历史舞台，一派人要捉拿他，藏民们保护他，把他挤在人群中间，不让被抓走，并高呼口号："永远怀念毛主席！吴兵冲是个好同志！"

　　那一刻，吴兵冲站在藏民们跳动的胸膛和有力的臂膀之间，他感到他们的血液透过藏袍流进了他的体内……

　　面对藏民，面对雪山，他哪里还有居功自傲的资本？副厅长当了15年，默默奉献，忠于职守，考核年年第一。离岗去党校学习，也是最优秀学员。他陪了四任厅长。

　　吴兵冲说，审计机关作为经济执法部门，作用不能替代，没有自身利益，一心为国家，应该是最忠诚的。别的许多部门都会有自己的利益，行业利益、罚没分成、个人提取等等，我们一分钱自身利益没有。

　　完全是和谐审计、文明审计。司法机关、税务部门下决定，没有商量余地，咱们出审计报告，提整改建议，必须征求被审计单位的意见。治理国家必须刚柔相济，审计更多时候是以柔克刚。

　　无论是充当保卫国家经济安全的卫士，还是扮演打击经济违法行为的勇士，抑或是作为揭示问题、提出全局性意见的谋士，我们都是以账说话，以理服人，客观公正，绝不以势压人。

　　有的同志老是感叹审计没有强制手段，好像没有这些手段，不能限制对方的人身自由，问题就不好解决，好多事就办不成。我不这样看。没有手段正是自己强大的表现，用不着使手段，用理就可以把你征服，这是真正的征服，让你心服。心服才可长治久安。

因为没有自身利益，做事就客观，是一个明明白白的账，所以政府和企业有了矛盾和解决不了的问题，就请审计出马，都相信审计。审计系统是一块净土。吴兵冲说。

他接着说，历届领导思路清楚，政治嗅觉敏锐，谋划工作时对全局和重点问题把握比较准，代表了群众意愿，能服从大局，能抓住民众关注的问题，这才有所作为。

揭示和查处问题的力度在不断加大，不回避，脑子清醒。额度和案件是上升的。敢于碰硬，揭示问题，不搞"卫生项目"。

必须有服务意识。对被审计单位揭示问题之后，一定要在分析原因、提出建议上下工夫，在整改上下工夫。为什么有很多问题，年年被关注，年年审，却还是年年有？就是因为整改不够。所以要注重整改，杜绝规律性问题再次发生。

吴兵冲的这些话，这些观点，都是他在工作中的体会。我们不难看出，他有许多过人之处。这就是作为有他这样经历的人的一种特殊禀赋。真正党的宝贵财富！

正因为阅尽沧桑，他才珍惜和谐。他维护班子团结，要求大家一个鼻孔出气。只有班子团结，才能带好这个队伍。他说，全省审计队伍共有近五千人，这是国家可以信任的队伍。我们作风过硬，制度健全，机制完善，运转灵活，为国家把好财政关，维持好经济秩序，当仁不让，一往无前。

吴兵冲激动起来，满屋里走动。我们仿佛看到那只雪山上的雄鹰，又在展翅飞翔。

队伍要不断地培养和历练。人的培养应该是多方位的，要潜移默化地教导。这方面郭厅长做得很好，他给大家上道德课，毛泽东诞辰上党课。举什么旗，走什么路，还是要讲的。文化教育，传统教育，必不可少。在业务上要有过硬的本领，则需不断充电。早饭都到食堂吃，这是健康的生活方式，也是和谐的表现形式。老干部工作也都是OK。只有一切都OK了，才能整体OK，审计OK。

吴兵冲精神焕发，充满朝气。

雄鹰的视野永远是广阔的，OK还要不断延伸。

吴兵冲说，当巡视员之后，我管计算机中心、教育培训、机关党委、学会、协会等工作。内审协会，这块工作是很重要的。我们的陈厅长是内审协会会长，抓得很好，我大力支持他。

国家审计分三大块，一是政府审计；二是内部审计；三是社会审计。政府审计就是我们这支部队，正规军。内部审计是国家机关、企事业单位的内设审计部门，全省两三万人，力量庞大。法院、检察院都有内部审计。他们主要审下属单位。通过审计规范了本单位的财务行为，国家审计就好办了。另一方面，人紧的时候，我们也可以抽他们的人帮忙。全省政府债务审计，抽调内审50多人。他们水平很高。例如神龙药业，内审人员是从全国招聘的，有博士、硕士生。企业为了生存，必须通过审计避免风险，提高效益。可是这一点好多政府部门却意识不到。河北钢铁集团，就通过内审，揭示出很多问题。

陈金如当会长，搞得很务实，一是指导下面审计；二是办培训班，从各单位抽人培训，每年办五六期；三是组织国际内部注册审计师考试，缩写是CII。考试总部在美国，每年试卷发过来，考过发资格证书，每年都考上300多人。试卷发到保定四监狱，派警车送到考场，一门考半天，四门考两天，答卷再发回美国。考试侧重思路，思维方式不转变，死记硬背考不了。

如此重要的一支队伍，郭厅长要把它管起来，申请成立内审指导处，现在已经快批下来了。

过去社会审计有审计事务所，现在叫会计师事务所，由财政厅的注册会计师协会管他们，主要服务于私企的审计验资等业务，但也有双方勾结弄虚作假的。厅里的法规处可以去检查他们。咱们也可以借用他们的审计结果，包括内部审计。

最后"雪山雄鹰"说，听话，干活，站好最后一班岗。

一只曾经叱咤风云的鹰，能够这么准确地找到自己的位置，你能不说这是一种更为有力的飞翔吗？

就在我们快要完成这部书稿的时候，吴兵冲为了支持厅党组的工作，在没有合适人选的情况下，自告奋勇，挑起扶贫的重担，不顾长期高原生活落下的心脏病，再次登上张家口坝上高原的崇礼县，包了两个村，回到了曾经保护过他的人民中间。

第十章　问责

为官一任，造福一方。做到没做到？国家审计来了，问责来了！

问责就是用权力制约权力，防止滥用权力现象的发生。

中国国家审计围绕权力运行，加强了对政府部门及其工作人员的审计监督。尤其是加大了对领导干部经济责任审计力度，为监督和考核各级政府官员提供了重要依据。

十几年来，共对43万多名领导干部进行了经济责任审计。

一大批正确履行经济责任、工作实绩突出的领导干部，因审计结果反映较好而受到肯定、表扬和提拔使用。

一些被诬告的领导干部，通过审计澄清了所反映的问题。也有一批领导干部因未能正确行使权力被给予免职、降职等处分。

英国议会于1866年以法案形式明确，政府的一切收支应由代表议会、独立于政府之外的主计审计长实施审查，主计审计长由英王任命，只有经过议会两院的一致同意，才能将其辞退。

美国在2003年6月发布政府审计准则时称，公共资源使用的责任观念是国家管理程序的关键，是健康民主制度最基本的要素。

1.叫谁去问责

唐山市长陈翔的任期经济责任审计开始了。恰恰是中国共产党第十八次代表大会召开的前后。

开来唐山的审计人员近百人。带队的是经济责任审计处处长赵建护。

赵建护是火线转岗,成为经责处长的。那是 2011 年秋天,在对张家口原任市长张弼经济责任审计的中途,厅党组决定正在带领全处人员审计张家口城市银行的赵建护离开金融审计处,接任经责处长。

转眼就到了 2012 年的岁末,赵建护早已按部就班,干得像模像样,而且,经责处升格为经责局,正处变副厅也是呼之欲出,在非正式场合早有些乖巧的人在推杯换盏之间叫"赵局长请"。但是,这次唐山审计,毕竟是他接任后的第一单,也是空前的大任务。唐山块头大,坐拥河北"首富"头衔。这点非张家口可比。2011 年张家口的财政总收入 140 亿,唐山是 550 亿。这年头钱多是好事,家大业大,财大气粗,办大事不发愁,但事儿大随之而来的是事儿多,麻烦多。

特别是,唐山市有个曹妃甸,是科学发展示范区,两三年间,中央领导中常委来过七个,前来视察指导。兄弟省市纷纷来学习取经,南湖生态园区,曹妃甸港口建设,生态城建设,一道道亮丽的政绩风景线,让人目不暇接。那里寄托了唐山人太多的东西,也寄托了河北人太多的东西。

还有一点不便为外人道,郭明勤在唐山当了几年市委副书记兼纪委书记,接任审计厅厅长,他是"从唐山走出去的"。在审计还不被社会,特别是不被党政官员们全面理解的时候,别让人猜疑:唐山是不是亏待了人家老郭,是不是和谁谁有过节?这次人家派人审计来了吧!所以,老郭就需要格外注意细节上的事情,要格外对赵建护他们多关照几句,嘱咐几句。虽然这只是例行的审计。

要细致稳妥,不可有丝毫的毛躁。

好在赵建护是个很有耐心的人。这是审计人员的基本性格特征,不,对一般人讲叫性格特征,对审计人员讲是必备的职业素质。耐心对审计人员重要,对审计处长更重要,对经责审计处处长更更重要。

怎样使用赵建护,把他放在一个什么样的岗位上,郭明勤也极耐心。

赵建护 1962 年出生,属虎。生活中的他似乎应该早出生一年,属牛才对。像牛一样稳当,心比四肢快,很少行为失当。1983 年河北农业大学农学系毕业,没去农业厅研究种地,来审计厅搞起审计,都只为他遇到了注定影响他一生走向的人——郭明勤。上世纪 90 年代末,老郭在省物产集团当老总,他是下属部门经理。十年以后,他又来到老郭麾下当了处长。

刚由企业调来机关,他当了一年调研员。后来金融审计处处长出现空缺,因为赵建护有当银行行长的经历,被认为是合适人选,但郭明勤举着棋子的手愣是在空中悬了一两个月,直到方方面面都说该落下来了,才落下来。如今这经责处长的重要性,叫老郭举着棋子的手悬的时间更长,喊该落了也不落,直到经历了政府债务等几次大的审计活动的考验,才落到棋盘上。

郭明勤把赵建护叫到了办公室,像考官在面试学生。

郭明勤问,你要依法审计,可现在整体上审计的法律制度环境不好,一方面有法不依,一方面法律又滞后,在这种困境里,很难平衡兼顾合法、合情、合理,该怎么办?

赵建护答,客观公正,具体问题具体分析。

这个人有个特点,谨言慎行,没有废话,但他那胸有成竹的表情,已经使老郭看到,他的韬略和心计,招数和方法,全在"具体问题具体分析"里了,加之最后挂在嘴角的那一丝狡黠的微笑,足以说明问题。

郭明勤又问,被审计对象不服怎么办?

赵建护答,以理服人,用数字说话。

郭明勤问,领导口头说支持,实际上站在被审计对象一边,导致审计决定、审计建议落实难,怎么办?

赵建护答,多报告、多化解,用好法律给咱的建议权、处置权。

郭明勤又问,审计决定落实难,审计成果不被重视、不被利用,违法违纪问题屡审屡犯,长此以往影响了审计人员的积极性怎么办?

赵建护又答,多理解、多沟通,用事业目标凝聚人心。

好家伙!一来一往,一问一答。郭厅长也没想到会是这样一种场面。看来这个小子真是下工夫准备这次考试了,预料到总会有这一出,让他把题赌上了。对答如流,颇有自信,便也不足为奇。

有前面张家口经济责任审计的经验,特别是经过审计署、审计厅专业高手的总结、提炼、升华，那篇《以经济责任审计为抓手综合实施审计项目的成功实践》生了翅膀，飞向署机关，飞向全国每一个审计厅局、特派办，使河北省审计厅、河北省审计厅经责审计处，成为取经的所在。这给赵建护他们审好唐山项目平添了底气和信心。然而实际上赵建护没那么自信，他告诉自己：耐住心，别浮躁。河北不能光出经验，还得有更好的做法、更好的总结，一步一个台阶，踏踏实实地走路。

考验和挑战首先来自他的审计对象，对象的耐心，不说强过他，起码不亚于他。

原来，相对于张家口审计，这次到唐山，赵建护是有备而来。不能再冷手抓热馒头，审前调查、工作方案、实施方案、审计委托书、审计通知书，一个都不能少。做足了，很耐心，很细密，但是审计对象比他更耐心，也更细密。

唐山方面，一见到省委组织部发给审计厅的经责审计委托书，立即指令唐山市审计局，把可能涉及的单位，犄角旮旯儿，都模拟考试般审了一遍，尤其注意了保险柜（估计那个刘军这次也来）。审计通知书一到，临阵了，又来个"二模"、"三模"，关键部位，又拉网审了两遍——不会有大的闪失了吧？

六个审计组一进入现场作业，不约而同地陷入了"空城"，尽管四处有掌声，但张着双拳找不着对手。账面清清楚楚，保险柜里更是秩序井然。处长们、组长们就不约而同地来找赵建护：怎么搞啊？

赵建护就憨憨地笑着说，是啊，咱们扛着枪来林子里打鸟，人家远远地望见咱来了，就先朝林子里开了一枪、两枪、三枪。一枪鸟就都跑光了，何况三枪。

一切可以让审计下手的敏感部位，都在三声枪响的提示下得到了"妥善"处理。也就是说，鸟都跑光了，你还审计什么呢？怎么办？

赵建护毕竟是赵建护，目光远大。他继续说，是啊，怎么办？别忘了，经责审计的目标可不只是一些飞翔的鸟，还有河里的鱼。我们还可以捞鱼嘛！也就是说，经责审计不同于常规的财政审计，飞走一些这方面敏感的鸟不要紧，我们要的是有关市长责任的大鱼。

对，捞鱼！他接着说，唐山市局审的是什么？财务收支和预算执行。我们是经责审计。他们自查自纠，抹平消化一些事情，这是好事。可话说回来，站在市长的高度审市长，他们的视野就不够了。只要文件纪要抹不掉，南湖、钢厂、曹妃甸不能挖个坑埋起来，对我们来说这就够了。

前方失利的消息还是传到了厅机关：唐山审计遇阻。

郭明勤就叫刘健跑一趟。

刘健追星赶月跑到唐山，赵建护站在新华酒店的院子里接着，直接进了房间。进屋把门关上，刘健就急切地问：怎么搞得这么僵？

赵建护憨憨一笑，没有啊。

没有？还是擅自消化了？

赵建护加快了一点儿语速，正想给您汇报。

这时，副市长带着财政局长敲门进来说，啊，刘副厅长辛苦啦。

晚餐后，赵建护向刘健汇报，财政决算审计到地税，发现有一笔几百万元的"奖励"返还去了财政。可市财政局的预算大账上没有反映，审计组就让他们交出小账。"小账"就是"小金库"，早被三令五申列为财经领域的严打对象，不被挤到悬崖上，岂能轻易示人？

赵建护说，昨天"小账"拿到了，每一笔都有审批签字，线头儿到跳楼死了的原局长那里就断了。考虑到这次审计的主要目标，也考虑到我们和财政的特殊关系，是不是抓大放小……

刘健说，什么，什么？你给我打住。什么特殊关系？是不是看到刚才财政局长对我很热情，看在我的面子上放他们一马？我是当过财政局长，至今财政也还有我许多朋友，可是我们这次审计必须公私分明啊！

赵建护说，我不是那个意思，我是说，无论从审计和财政两家的关系，还是从这次审计的重点来看，都应该抓大放小。

刘健说，那也得请示郭厅长。

抓大放小是对的。郭厅长同意。

这不单单因为任何部门都要考虑跟财政部门的关系，闹僵了，经费就没有保障了，审计机关也不例外，也要考虑，但主要还不是因为这个，主要是因为这次是经责审计，必须抓大放小，不能胡子眉毛一把抓。

我们采访的时候，以为审计已经进入了高潮，赵建护说，我这里只有低潮没高潮。想了想又认真地说，就给你们看点儿高潮吧！万厚生上午要去商业银行封存物品，你们一起去看看吧。

万厚生是赵建护在金融处时的老搭档，两人神韵相通，也很沉稳、耐心。这次是金融审计组的组长。

来到商业银行总部大楼,过了若干门禁,一位阿庆嫂式的财务总监迎接着,把一行人带到设在会议室的临时审计作业现场。给每人递上一杯茶,又在桌子上放两盒中华烟——硬盒的那种。在等待的空当,就找些无关紧要的话题谈论些谁也不会往心里去的事情。

过了半个多小时,到了开金库的时间,市审计局的金融科长也开车过来,准备见证清点后把财物拉走封存。

金库狭小拥挤得像间杂货店。人员就位后,万厚生说,现场审计即将结束撤点,依照法定程序,我们把有关账外财物予以封存,并交唐山市审计局代为保管。于是,叫银行的人找来几只购物袋,照着本本按图索骥:金条若干——清点,装袋;纸币大全若干——清点,装袋;世博纪念币若干——清点,装袋;购物卡若干——清点,装袋;中华牌香烟一箱另26条,黄鹤楼牌香烟3条——清点……

分管行长在一边低声嘟囔:没什么藏着掖着的,开门过日子谁也不能房顶上开个窗户朝天走。

财务总监趁势说,烟就放下吧,还得用呢。

万厚生很耐心,但不容置疑地说,带走。没问题再还给你们。哎,这散放的中华烟怎么少了十条?

总监说,这些天用了。会议室每天不得放几盒?

是说审计组占着的那个会议室。

万厚生捏一把烟盒说,这可是软包的,会议室放的是硬盒的。

众人就不再出声。

市局的金融科长一见42万余元的物品装了几大袋,顾不得皱眉头就给局里拨电话,再过来一位,这可不是我一个人干的活儿!

作者再次与赵建护交谈时,他仍然耐心地解释说,真没什么激烈的矛盾冲突,也没什么对立情绪。都认账。剩下的只是讨价还价。比如,这个我们及时整改了,就不要上审计报告啦;政府债务少写点吧,别影响稳定,也别让敌对势力拿去做反华文章。

2."哼哈"的威力与"红幕"的作用

这一次国有企业审计组来了"哼哈二将",属于郝婷的部将,也都能征善战。

明代小说《封神演义》里描写了两员神将:哼将郑伦,能鼻哼白气制敌;哈将陈奇,能口哈黄气擒将。张建华和冯立众,两个老实巴交的审计干部,当然没有那么大道行,一哼一哈就克敌制胜,但也确实是一个哼,一个哈,而且很不简单。

在企业审计处,张建华是无可争议的元老。老到什么程度?比企业审计处本身还老。1986年从河北大学经济系毕业分配来省审计厅,下乡扶了一年贫,1988年1月就到了处里,那时本处刚由"工建交审计处"改称"公交审计处"。张建华除了在企业处是元老,他还占着另一"老"——审计厅最老的主任科员。老到什么程度?老到连那些不搭界、不相干的人都过意不去了,说该提提了,不能再老下去啦!

张建华既不是锦心绣口,也不是花拳绣腿,他业务强,好动脑筋,文笔不错,只是不太善于表达,更不善于展示自己光鲜的一面。喜欢枯坐着喝茶、抽烟,只在谈起审计业务的时候,偶尔会兴奋得意,溢于言表。

张建华最得意的比喻,是把审计比喻成社会经济生活之路上的"交警"——比"警察"分工更细了一步。当"交警"很辛苦、很上火,于是,他在前年的5月,春夏之交最容易上火的季节,带着地方政府债务审计没有消解的疲劳,又和冯立众等人投入了建投项目沧州自来水厂的审计。那时就害上了毛病,低烧不退,嗓子疼,说话嘶哑,还老是不由自主地发出嗯哼、嗯哼的声音。嘴上不说,心里还是纠结着自己的嗓子别长什么"东西"吧。来这里的路上,几个小时的车程,他坐在前排老嗯哼,听得司机心烦,又不好埋怨他,就不时地劝他喝口水。

冯立众在企业审计处已经当了11年副处长,由小冯熬到了老冯。生为秦皇岛人,一脚关里,一脚关外,有东北人的爽快,有河北人的憨厚,看上去没心没肺、嘻嘻哈哈的。

就这么个"哼哈二将"。

张建华一拿到实施方案就直摇头。他觉得,这次的审计吸取了张家口审计的经验,或者是教训,准备得充分,但唐山是工业大市,光审一家"城建投"涵盖不全面,起码要选三家大型企业审深、审透,才能支撑起将来的审计报告。对了,他张建华就这么实际,他一个主任科员,还用不着他管天管地的,但既然国有企业组的审计报告要由他操持,就得从一开始就上心。他就是这么一个人,在他看来,有小职务,不能有小人物,打我张建华手里出去的东西就要戳得住,讲得清楚,看得明白,一次成功,一蹴而就,别返工,你们省事,我也省心。留着工夫,我还抽抽烟、喝喝茶呢。

他去找这次的主审任永静,讲了自己的看法。看法被采纳了。于是就有了后来审计报告中大量翔实的数据,还诞生了一份《唐山市国有企业资产监管运营情况调查报告》。

也许是因为这次审计中的优秀表现,也许是听到了群众的呼声,最近厅党组把张建华提了个副处级调研员。

冯立众不大喜欢闷着头想心事,他喜欢临场发挥,喜欢在审计过程中乘虚而入,借力发力,扩大战果。等你醒悟过来的时候,他已经固定证据完毕,请君入瓮了。

在被审计单位名单上,原本没有国资委,更没有什么巨龙公司。冯立众审"城建投",发现有100万元借给了巨龙公司,2007年借的,应该2008年偿还。这都到了2012年末,"城建投"不好意思要,"巨龙"也"不好意思"还。冯立众就让"城建投"的财务科长带他去"巨龙",有一搭没一搭地"座谈"。

"巨龙"的负责人是个典型的唐山汉子,一看来了半个老乡登门座谈,就老大的热情,一点儿也不吞吞吐吐,有问必答,还有意无意间多饶上两句。

这100万元收到了吧?

收到了。

能还不?

没问题。准能。

哦,挺景气啊。都弄点啥事业啊?

房地产。

稳赚哦。资金够啊?

——同来的财务科长察觉座谈走了板,赶紧使眼色,但负责人没反应过来,继续说,够。国资委给我1000万元。

冯立众就顺势说,既然有国资委的1000万,看来归还"城建投"的100万一点儿问题也没有。麻烦你给我签个字吧。

就这样坐实了国资委挪用1000万元专项资金的问题。

郝卿当过村官,在石家庄市栾城县西许营村任党支部副书记,东跑西颠,因为听不懂"村语",被老支书摔着烟袋锅骂道,什么他妈大学生,连话也听不懂! 有了这段在下面"被骂"的历练和阅历,审计的事情难不住她。几年过去,她总结出一条审计的经验:就是拿笔跟人打架。这是怎么说的呢?让我们奇文共欣赏吧!

审计组姑娘们的眼球被"民源"吸引住了。

"民源公司",是唐山人社局下属从事劳务服务的国有企业。"国有企业",在现实社会经济生活中,往往是一道红幕,背后遮盖着许多东西。

先前,市人社局(就业服务局)下属就业指导中心,凭借着独特的身份、资源、劳务派遣的主营业务,连年盈利,利润率平均8.29%。到2008年,为实行政企脱钩,就业局公职人员、就业指导中心法定代表人任迁,注册成立了同一法人代表的"民源劳务服务有限公司",此后情况就急遽发生变化。2008年至2011年三年间,就业中心向"民源"转移业务12.9亿元,净利润2498.08万元。同期,就业中心由盈利变累计亏损1000.28万元。

一边亏了,一边肥了,但都是国有企业,肉烂在了锅里,没什么可说的。当时"民源"还是顶着"国有"帽子的。

2012年2月,法定代表人任迁把"民源"80%的股份卖给了个人,2926.46万元的资产,买了48万元!

审计组的姑娘们还是单纯了些。她们到工商银行检查"民源"有关人员的个人账户,叫市有关方面接洽。一接洽就出了毛病,无意中暴露了自己的行踪和意图。

她们到了工商银行凤凰支行,要求对方依法履行协查责任,人家却不理她们。到离下班还有十分钟,有人说你们要干什么,这边来吧。她们这边来了,那个叫她们这边来的人,上个洗手间,蒸发了。

她们还没回过神来,银行下班了,落锁了,关住出不去了。

邢琴姑娘倒是处乱不惊,说楼上好像还有人。果然,楼上值班经理还在。问怎么把我们锁这儿了?人家冷冷地说,你们不是不走吗?

倒也没多刁难,也没拿住追究私闯金融重地,开门放她们出来了。

银行都这样,就别再指望那个"民源"的任某配合审计了。

赵建护终于要发力拔掉这颗钉子了。

审计组依法检查了任迁的办公室,还有办公室的两台电脑。该获得的获得了,如必要的数据,还意外查获了价值不菲的玉石、纪念币和金银饰品等。

审计组的一番苦心、一番付出,也得到了一番回报。这回报就是民源公司的经营风险终于被人社局的领导们看到和承认了,并进行了整改,撤换了企业负责人。

3. 光荣的一半是责任

谁不想光荣呢?

得到光荣,如果机缘巧合,天助我也,再能进一步跨进历史,名载史册,那真是一番人生大追求、大抱负。

唐山很光荣,曹妃甸很光荣,名列"十一五",这是铁定走进现代中国经济社会发展的历史卷册的。《中华人民共和国经济社会发展第十一个五年规划》把唐山港定位在"交通基础设施重点工程",把曹妃甸定位在"循环经济示范试点工程"。陈翔很光荣,在"十一五"执行的大部分时间里,他是唐山市的市长。

唐山是一艘巨轮,曹妃甸是这艘巨轮的锚地和母港,陈翔曾经是这艘巨轮的船长。

与光荣相伴的,是责任。放飞梦想是浪漫的,把梦想变成现实则是艰辛的。

孙中山说,兹拟建筑不封冻之深水大港于直隶湾中,使之与纽约等大。

指的就是曹妃甸这片水域。

胡锦涛说,曹妃甸是黄金宝地。

温家宝说,我们要把黄金宝地打造好。

时任唐山市委书记赵勇说,曹妃甸要成为科学发展的样板和示范区。

陈翔说,唐山转型生态城市,曹妃甸冲击全球第三大港。

郭明勤的"审计报告"说……

其实,谁说也不要紧,谁说,也不如"民主法治"说管用。因为,一个人,和他说的话,在历史的时空里,只是占据着一个瞬间,总会渐行渐远,从有而归于无。相比之下,民主与法治则更可靠,更久远。民主与法治,又是一种黏合剂,把光荣与责任、梦想与现实,牢靠地黏合在一起,防止任何个人和组织轻率地选择前者而丢弃后者。因此,要科学发展,就要给科学发展插上两只翅膀,只有插上了民主与法治的翅膀,科学发展的理念才能飞翔,飞翔得更稳、更高、更远,更快地抵达伟大复兴的目的地。

　　肯定不是吹牛，肯定是依据了权威的分类标准，唐山人说，曹妃甸是"钻石级港址"。事实上，曹妃甸真的是"吹"出来的。一"吹"两得，开了港，造了地。曹妃甸原本是个小岛，或叫小甸子，落潮时面积有四平方公里，涨潮时淹掉一半，还剩两平方公里。梦想的胚芽就从这个小甸子上破土而出。这里30米深水海岸线长达六公里，且不冻不淤，是渤海唯一不需要开挖航道和港池即可建设30万吨级大型泊位的天然港址。

　　这个梦想太宏大，肯定不是几平方公里的小甸子能托举的。于是开来叫"绞吸船"的庞然大物，绞起海底的泥沙，吸入管道，吹向天空，落下的沙子积淀成新的陆地，吸走泥沙的海底成为拓展的航道。机械化的伟力，使如此繁重的工程如同孩子玩耍吹彩泡，一绞，一吸，一吹，一落，就把原先几平方公里的小甸子，吹成了两百多平方公里的"次大陆"。有了足够安放一个宏大梦想的地方，中央工艺美术学院的谷嶙教授来采风，被这景象摄住了心魄，专门作了一幅国画，渲染那吹上天空的泥沙像弥天的彩虹，题款是：吹沙填海造陆地，伟业震世全国殊。

　　相对于以上人物的强力和曹妃甸的巨大，王元勋、冯妍妍、王毅和牛彦华的四人审计组，简直太萝卜头，太渺小了。人一渺小，不管是生活，还是工作，不管是吃饭，还是走路，针头线脑的麻烦、磕磕绊绊的事情就多。王元勋他们经过了无数的麻烦和曲折，叫人领略了小人物组成的尖刀班的风采，把曹妃甸新区和其下辖的一县两区，审了个一清二楚。

　　大人物不劳烦去干些婆婆妈妈、鸡鸣狗盗的小事情，所以不管甲方、乙方，大人物总是戴着白手套，笑容可掬，客客气气的。真正被绊倒和使绊子的，都是小人物、临时工，甚至社会闲散人员。

　　难道不是吗？在兴隆审计中我们已经领略了。领导们和和气气地见面，小人物们认认真真地摩擦。

　　老实木讷的王元勋明白个中道理，于是，在《河北省审计厅关于唐山市曹妃甸区2009年至2011年经济发展情况的审计调查报告》中，字斟句酌地写道：审计工作得到了区党委、政府和辖区管委会及其部门单位的积极配合。被审计调查单位对其提供的审计所需资料的真实性和完整性负责。

私下里，王元勋形象地说，得失就在几步楼梯上。

审曹妃甸工业区时，用的是当地司机，一告诉他到哪里去审计，他就躲进洗手间去打电话，来不及就发短信，通风报信。这一天掌握了线索，一个单位的保险柜里有问题，也知道司机所干的勾当，就提前不说，上了车才说去哪儿。开着车看你还怎么做手脚？可就从六楼上到七楼的几步楼梯上，他发了个短信，结果打开保险柜，空空如也，什么都没了。

作者到唐山的时候，已是临近审计的尾声，实际上，也到了陈翔担任唐山市长的尾声。当然，他离开唐山，荣任别处，那是两三个月以后的事情。那天在"金古月会馆"参加茶文化艺术活动首发式，因为有武夷山市长出席，陈翔也来了。人很爽朗，又有几分湖南读书人那种"唯楚有才"的自恃和书卷气。其间没有人提起唐山、曹妃甸的话题，陈翔即兴朗诵了唐山诗人郝立轩的《喊黄河》片段：

> 我问雪花，雪花无声融成水滴；
> 我问水滴，水滴无痕汇成溪流；
> 我问溪流，溪流无悔注入大海；
> 哦，我终于懂得了
> 你的伟岸无比。

自认为没发挥到最高水平，但仍不失浑厚，磁性。

他借助诗人之口在"我问"。

审计此刻也在"问他"。

要问责任重几许？要问责任尽如何？

作者觅到两个版本。

唐山资深人士说，大到唐山的当政者，小到曹妃甸的负责人，都要经受住一个考验——处理好先出气（空气和环境），还是先吃饭（民生和财力）的问题。科学发展的"科学"就在这里。他说，曹妃甸是抓住机遇，还是丧失机遇，关键要切记两点，不头脑发热，不放松管理。

另一版本，就是"审计报告"里给出的标准答案："项目年"、"千个项目攻坚"，运动式扩大投资规模的做法，值得商榷。土地资源和生产设备大量闲置，政府过度举债，已经到了应该预警的程度。

债,《说文解字》解释,"从人责"。也就是说,具体的债务,一定要有具体的人,负具体的责任。还是要讲"责任"。

截至本作品发稿,审计时的唐山市长、市委书记,都已"现任"改称"原任",另有任用,而《关于陈翔任期经济责任的审计报告》仍没有正式成文和发布,仍处于"交换意见稿"状态。郭厅长没有解释具体原因。作者就想,是不是对事项和数字看法不一致,意见交换不下来?是不是——调侃地想——留待下任市长用?

问题大同小异。年年审,年年有,常审常新。天不变,道亦不变。

尾 声

审计厅门前有一块褐色巨石，从太行山上搬来的，三米多高，两米多宽，上刻两个毛体朱砂红字："真石"。

真是石头。硬硬的石头，方正的石头，响当当的石头，有斤两的石头，女娲补天的石头！

无论如何，它都是块石头。宁折不弯，宁碎不烂的真石头。绝不是个冒牌货，更不是赝品。

"真石"者，真是石头也。

老郭喜欢石头。

哦，他身上就戴着一块叫做玉的石头。身上戴着一块，门口立着一块。他喜欢石和玉。

他觉得石头有一种品质值得人学习。

那就是坚定，有形有样，站在那里稳稳当当。不是没形没样，或者看不清模样，或者一开始还有形有样，但不坚定。不是站在那里晃晃悠悠，左摇右摆，好像一棵墙头草。要站，就稳稳当当地站着。

他就要像石头一样稳稳当当地站在审计厅大门口，经受雨雪风霜，烈日暴晒，雾霾满天，空气污染，一切挺住，绝不离岗。

他有石的坚硬，也有玉的柔软。

但绝不是赝品。

是真石。

关羽就稳稳当当地站着，把守财门。

那张面如重枣的红脸，那颔下黑瀑一样的长髯。

太美了！

老郭下意识地站了起来，左手在下巴上一捋，没有东西，但脸色黑红，血气方刚。

他要学习红脸，他就是个红脸。

他想到了几年前向省长作的那次汇报。

省长说，红脸好！

那块"真石"就是红脸，稳稳当当地站在审计厅的大门口。

他忽然感到，那块红褐色的巨石，就是审计人的群像。

真石者，真实也。

老郭喜欢真实。

那块红褐色的巨石，那幅审计人的群像，是那样的真石而真实，一切的虚伪和枉法，都会在真实的"真石"面前碰得头破血流。

当然门面也早已改观。不再"艰苦朴素"，但也不奢华。庭院里铺着一水儿的"天安门红"石砖，显得那样庄严而肃穆。